아들아, 넌 어떻게 살래?

아들아, 넌 어떻게 살래?

최용탁 산문집

녹색평론사

일러두기

1부는 2013년부터 2년간 격월간 《녹색평론》에 연재했던 글이고, 2부는 〈한국농정신문〉, 〈한국일보〉 등에 발표한 글을 선별해 묶었다. 그리고 3부는 2014년 갑오농민혁명 120주년을 맞아 〈한국농정신문〉의 의뢰를 받아 동학농민혁명의 발자취를 따라가며 스케치하듯 쓴 글이다. 전남·북 일대에 국한되어 농민혁명의 전모를 드러내는 글은 전혀 아니지만, 기본적으로 혁명이 전개되어간 과정에 대한 이해를 돕고자 했다. 역사적 사실에 여행자의 감상이 뒤섞인 글이라 그저 에세이로 읽어도 무방하겠다는 생각으로 여기에 싣는다.

글쓴이의 말

농사를 지으며 살아온 지난 20여 년이 어떻게 흘러갔는지 모르겠다. 귀농한 후 낳은 자식들 셋이 다 자랐고 복숭아나무는 늙어 스스로 쓰러지기도 하는 세월이었건만 돌이켜보면 아득하기만 하다. 무슨 성취를 바라 힘을 쏟지 않았으니까 눈에 띄는 무언가가 남아 있을 리 없다. 다만 어쩌다 글을 쓰는 자가 되어 세상 귀퉁이 지면에 별 뜻 없는 흔적을 남기고 말았으니, 이는 두고두고 두려운 일이다.

녹색평론사 김종철 선생님이 처음 전화로 연재를 제안하셨던 날을 잊지 못한다. 사실 나는 《녹색평론》의 오랜 독자였으며 98년도에는 시를 투고하여 실린 적도 있었다. 《녹색평론》에 2년 넘게 글을 쓰게 된 것은 실로 과분하기 그지없는 일이었다. 빛나는 지면 사이에 나의 보잘것없는 글이 놓인다는 것은 감히 소망하기 어려웠던 꿈이기도 했다.

이제 더 큰 후의를 입어 단행본까지 나오게 되었다. 다시 읽어

보니 부끄럽다. 애당초 식견이나 철학이 없는 글임을 알고 있지만 모아놓고 보니 어쩔 수 없이 나무에게 미안해진다. 산문을 쓸 때마다 감출 건 감추고 보일 건 보여주되 속살을 아주 가리지는 말자고 생각한다. 같은 시대를 살아가는 한 사람의 농부로, 덜떨어진 소설가의 넋두리 비슷하게라도 읽힐까, 역시 두려운 일이다.

언제나 친절하고 마음 편하게 대해주시는 녹색평론사 편집부의 김정현 선생님께 각별한 고마움을 전한다. 이번 단행본의 꼼꼼한 교정까지, 많은 은혜를 입었다.

아침저녁으로 이른 꽃들이 터진다.

2016년 3월
최용탁

목차

3부

1부

사과꽃이 필 때부터
장마가 오기까지

 우선, 내가 살고 있는 마을에서 일어난 에피소드 두 개를 소개하는 것으로 글머리를 삼아야겠다. 사소한 일이라고도 할 수 있겠지만, 별일이 일어날 일이 별로 없는 마을에서 그만하면 각별한 사건이라고 할 만한 일화이다.

 첫 번째 사건은 논에서 일어났다. 우리 마을에는 밭보다 논이 훨씬 많은데, 반듯하게 경지정리가 된 2만 5,000여 평의 논을 사이에 두고 열여덟 가구가 동리를 이루고 있다. 논 한 뙈기는 보통 700평에서 1,000여 평 정도이다. 그중에 태반은 외지인들이 소유한 논이고 그들은 소작을 주기 때문에 해마다 논을 부치는 사람이 바뀌는 곳이 여러 군데다. 기계화에 더해 못자리도 필요 없이 모를 대신 키워주는 업자까지 있어 논에 발 한 번 담그지 않고도 지을 수 있는 게 논농사가 되고 말았다. 모가 심기고 가을에 추수를 할 때까지 언제 누가 와서 짓는지 알지 못하는 경우조차 있다. 그런 논배미 가운데 하나를 이웃 마을로 귀농한 젊은이 ― 40대 후반이지만 그만하면 젊은이라고 해야 마땅하다 ―

12

가 소작으로 얻은 모양이었다. 그런데 어느 날부터 그 논에서 실로 참기 어려운 냄새가 진동하기 시작했다. 누구나 단박에 정체를 알 수 있는 그 냄새는 사람의 똥만이 피워낼 수 있는 향기였다. 사실 나는 이미 전에 그 논에서 이상한 광경을 목격하였다. 시골에서는 여간해서 보기 힘든, 정화조의 내용물을 수거하는 탱크 차량이 논가에 서 있었던 것이다. 차로 스쳐 지나가면서도 냄새가 지독했는데, 바로 그 차가 문제의 논에 인분을 퍼부었던 것이다. 마을사람들은 경악했다. 인분을 채마밭의 거름으로 써본 기억들은 있지만, 모내기 전의 논에 뿌리는 것은 상상하지 못했던 촌부들 사이에서 그 일을 두고 설왕설래가 일었다. 인분이 독해서 모를 심어봐야 제대로 살지 못할 것이라는 게 다수 의견이었고, 대학까지 나왔다는 그 귀농인이 어련히 알아서 했겠냐는게 일부 주장이었다. 결론은 쉽게 났다. 곧이어 심은 모가 일주일을 넘기지 못하고 몽땅, 말 그대로 단 한 포기도 남김없이 죽고 말았던 것이다. 아마 그는 어딘가에서 듣거나 배운 것을 야심차게 실천했던 모양인데, 나는 그래도 인분 정도에 모가 깡그리 죽었다는 게 좀 이상하기는 했다. 사람이 독해지면서 똥도 덩달아 독해진 게 아닐까, 하는 부질없는 생각이 들기도 했다. 하여튼 한 해 농사를 시작과 동시에 망쳐버린 그가 안쓰러워 마을사람들은 여전히 풍기는 냄새에 대해 더이상 불평을 하지 않는다. 그리고 그 논은 다시 로타리가 쳐지고 두둑이 만들어졌다. 아마밭작물을 심을 작정인 것 같은데 과연 어떤 작물이 독한 인분을이겨내고 자랄지 지켜볼 일이다.

두 번째 사건은 하나의 경사라고 해야겠는데, 마을에서 가장 젊은 부부가 셋째 아이를 임신한 것이다. 젊다고는 하지만 마흔 셋 동갑내기 부부니까, 꽤 늦은 임신이었다. 그들은 7년쯤 전에, 사과 과수원을 하던 남자의 부모가 노쇠하여 노동력을 잃게 되자 도시생활을 접고 농사를 짓기 위해 마을로 들어왔다. 사실 그의 부모도 우리 마을사람은 아니었다. 과일 위탁상을 하던 그의 아버지는 어떤 채무관계로 우리 마을 과수원을 담보로 잡았다가 헐값에 빼앗다시피 했다는 거였다. 이미 수십 년 전이고 나 역시 마을 토박이가 아닌 귀농자라서 자세한 내용을 알 순 없지만 마을사람들이 그들을 보는 눈은 곱지 않았다. 그런데 막내아들이 과수원을 하겠다고 들어온 지 1년도 되지 않아 부모는 쫓기듯 시내로 나가고 말았다. 그사이에 나는 부모 자식 간이라고는 믿기지 않을 만큼 험악한 언사가 오가는 싸움을 여러 번 목격했다. 그런 사정 때문에 나는 나이로 보아 가까이 지낼 만한 그이지만, 끝내 곁을 주지 않고 지낸다. 그래도 마을을 고향으로 삼아 태어나는 아기가 생긴 것은 내 막내 이후 15년 만이었다.

꽃 피는 과수원

과수원에 꽃이 필 무렵에 벗들과 전화를 하게 되면 그들의 목소리가 영탄조로 변하곤 한다. 복숭아꽃 흐드러진 봄밤에 술 한 잔을 기울이고 싶다느니, 사과꽃 날리는 과수원에 앉아 어쩌고저쩌고하는 감상에 젖다가 기어이 상춘객이 되어 찾아오기도 한다.

내 주위의 벗들이 대개 글판 언저리에 있는 이들이라 남보다 감성이 뛰어난 건 좋은데, 문제는 꽃 필 무렵의 과수원은 1년 중에 가장 바쁜 철이라는 점이다. 요즘은 놀러 와서도 자고 가는 일이 거의 없지만 그래도 술잔을 기울이다 보면 일이 밀리기 일쑤다.

예전에는 꽃 필 무렵이 그리 바쁘지 않았다. 수정이 된 후 꽃잎이 다 떨어지고 나서도 열매가 봉긋하게 커져야 비로소 열매솎기가 시작되니까 시간에 쫓길 일이 없었다. 그런데 언제부턴가, 사과와 복숭아 과수원들은 미처 꽃이 만개하기도 전에 적뢰, 적화라는 것을 한다. 적뢰는 꽃눈을 따주는 것이고 적화는 꽃을 따 내는 것이다. 왜 그런 일을 하는가 하면, 쉽게 말해 선택과 집중이라고 할 수 있겠다. 즉 가지에서 상품인 열매가 될 꽃눈이나 꽃만 두고 나머지를 제거해주면 여러 개로 분산될 영양이 집중되어 더 크고 실한 과일이 된다는 것이다. 될성부른 놈만 놔두고 나머지는 애초부터 싹을 잘라버려라, 뭐 이런 살벌한 논리다. 그리고 나도 지금은 그 살벌한 논리를 곱다시 따른다. 경험상 그렇게 하는 게 좋은 과일을 맺는 건 틀림없기 때문이다.

손이 많이 가는 과수원 일 중에도 특히 꽃따기나 열매솎기는 여러 날을 매달려야 하는 고달픈 작업이다. 봄 햇살이 따가울 때여서 얼굴이 새까맣게 타는 것도 이 무렵부터다. 그래도 우리 집은 부모님과 우리 내외까지 네 명의 일손이 있어서 남들이 부러워할 정도다. 대개 한 집에 하나 아니면 둘뿐이다. 그런 집들은 부득이 품을 사서 일을 하는데 만만찮은 품삯은 둘째 치고 제때에 일꾼을 사는 일이 보통 어렵지가 않다. 어디라 할 것 없이 농촌에는 일손이 달리기 때문이다. 거기에다 꽃따기나 열매솎기는 꽤나 예민한 작업이어서 여간 신경을 쓰지 않으면 둘 것과 따 낼 것을 반대로 하기 십상이다. 그래서 할 수 있는 한 식구들끼리 하는 게 안전하다.

네 식구가 함께 일을 하면 이런저런 이야기를 나누게 된다. 그리 할 말이 많지 않은 나와는 달리 아내는 시부모와 온종일 재잘대며 도무지 하지 않아도 좋을 이야기까지 그치는 법이 없다. 아이들의 학교생활부터 처갓집 옥상에서 키우는 블루베리에 꽃이 핀 이야기며 주말연속극 속 배다른 자식 이야기까지 내게는 외계 언어 같은 주제들이 이어진다. 일흔 중반의 아버지와 어머니, 그리고 나와 아내는 모두 같은 마을에서 태어나 같은 초등학교를 나왔다. 한마을에서 거의 부족혼을 하듯이 부모와 자식이 혼인을 하였으니 옛날이야기가 나오면 서로의 기억 속에 들어 있는 게 비슷해서 누구도 소외(?)받지 않는 즐거운 대화가 오가곤 한다. 고향 마을에서 살던 추억담은 거듭 되풀이해도 물리지 않는 주제이다.

아버지는 비록 배우지는 못했지만 여러모로 예술적인 감성이 있는 분이다. 책 읽기를 좋아하고 젊었을 때 혼자 배웠다는 기타로 수준급의 연주를 하기도 한다. 내가 문학의 길로 들어선 것도 거의 아버지의 피를 물려받았기 때문이라고 생각한다. 하지만 아버지와의 대화가 늘 즐겁고 유쾌한 것은 아니다. 내가 아버지와의 대화에서 깊은 단절감을 느낄 때는 정치나 사회문제를 입에 올릴 때이다. 뿌리 깊은 반공의식이야 시대의 한계와 의식을 깨우칠 만한 계기를 갖지 못했기 때문임을 알고 있지만, 아버지가 평소 입에 담지 않는 거친 언사를 아무렇지 않게 사용하는 것은 참으로 듣기가 괴롭다. 이념도 아니고 신념도 아닌, 그저 증오에 찬 말을 들을 때마다 나는 아버지가 불쌍하다. 반공이라는 허위의식으로 모든 사람들을 둘로 나누어 일방적으로 한편을 매도하는 아버지는 정신적인 불구를 앓고 있는 것이나 다름없다. 위정자들의 선전과 조선일보류의 파시스트들이 아버지를 불구로 만든 것이다. 전에는 언쟁을 벌이기도 했지만 요즘은 잠자코 혼자 열을 내시다가 사그라지기를 기다린다. 나이가 들면서 세상에 대해 더 너그러워지고 타인을 이해하는 품이 넓어지지 못하는 안타까움에 다만 슬플 뿐이다.

비단 아버지뿐 아니다. 때로 나이 든 어른들이 하는 얘기를 들으며 나는 인간적인 절망에 빠진 적이 여러 번이었다. 얼마 전, 어깨가 아파서 면 소재지에 있는 병원에 침을 맞으러 갔었다. 값이 싸고 용하다는 소문에 병원은 늘 북적인다. 차례를 기다리느라 30~40분을 앉아 있으며 노인 세 분이 주고받는 이야기를 듣게 되었다. 그중 한 분은 같은 복숭아작목반이어서 인사도 드린 터였다. 그런데 평생 농사만 지어온 분들이 실로 거친 증오를 내뿜는 것이었다. 요컨대, 박근혜의 정책을 반대하는 야당에 대한 살벌한 난도질이었다. 죽일 놈, 살릴 놈은 예사이고 글로 옮기기 민망한 욕설이 거침없이 터져 나왔다. 기다리는 아주머니들이나 간호원은 안중에도 없는 듯, 그리고 대통령이 자신들의 처조카라도 되는 것처럼 목소리를 높였다. 말 한마디 나누어본 적 없을 이들에게 그토록 맹렬한 증오를 터뜨리는 것이 어떻게 가능할까. 아연한 기분이었다. 대화는 점점 불을 뿜더니 거침없이 '빨갱이'라는 단어가 튀어나왔다. 우리 현대사에서 가장 끔찍한 단어가 바로 '빨갱이'라는 말이다. 친일파라는 말도, 매국노라는 말도 이 피투성이 단어 앞에서는 맥을 추지 못한다. 나는 개인적으로 이 단어를 입에 올리는 사람과는 절대 마음을 열고 대하지 못한다.

끔찍했다. 그 노인들에게 야당은 말할 것도 없고 박근혜의 길을 막는 모두가 '사지를 찢을'(글로 옮기기 민망한 어느 노인의 표현) 인간들이었다. 그런 생각을 품고 인생을 산다는 것은 실로 서글프고 초라한 일이 아닐 수 없다. 유감스럽게도 나는 주위에서 그런 노인들을 아주 많이 보며 산다. 거의 대다수라 할 정도다. 왜 이렇게 되었을까. 나이가 들어 삶이 깊어지는 대신 더욱 편협해지고 증오가 늘어나게 된 원인이 무엇일까. 아버지를 보면서 나는 이 문제를 곰곰 생각해보게 되었다. 그리고 마을 모둠살이가 사라진 데 그 원인이 있을 수 있다는 짐작을 한다. 함께 어울려 살던 옛 마을에서는 상대에 대한 이해와 자신에 대한 돌아봄이 기본원리로 작동하였다. 그런 모둠살이가 깨져버리면 인간은 잘못된 에고의 늪에 갇히고 타인에 대한 증오를 키우게 된다. 결국 자본과 개발이 인간의 심성을 망가뜨린 것이다.

나는 결코 효자가 아니고 그렇게 될 가능성도 없지만, 진정으로 아버지를 가엾게 생각하는 게 하나 있다. 한국전쟁이 터지던 해 열두 살의 아버지는, 좌익으로 몰려 집단 학살된 시체더미 속에서 할아버지를 찾아 지게에 지고 왔다고 한다. 그 일 하나만으로도 나는 아버지의 모든 것을 이해하고 불쌍히 여긴다. 뜨겁던 여름, 부패한 시체를 뒤집던 열두 살 소년을 상상하는 것만으로도 나는 숨이 막힌다. 아버지와의 대화가 버성기는가 싶으면 나는 곧바로 화제를 돌린다. 봄마다 찾아와 우는 소쩍새나, 나날이 짙어가는 참나무 숲, 저녁 새참거리인 미나리 부침개 따위로도 얼마든지 우리의 이야기는 이어져간다.

너무 많은 오이

오이가 달리기 시작했다. 맨 먼저 달린 것들은 꼬부랑이가 되어 따 냈더니 금방 길고 실한 놈들이 매달렸다. 장마에 외 붙듯한다더니, 장마는 시작도 하지 않았는데 오이는 잘도 자란다. 하긴 텃밭 옆에 샘이 있어서 가물라치면 연신 물을 주었으니 비가 그립지도 않았으리라. 고작 여섯 포기를 심었을 뿐인데 미처 다 먹지 못할 것 같다. 날로 썰어서 된장을 찍어 먹기도 하고 겉절이로 무쳐 밥에 비비기도 하는데 이런저런 나물에 오이가 들어가면 감칠맛을 더한다. 올해는 해마다 하던 상추와 고추, 옥수수 등속에 더해 파프리카를 열댓 포기 심었다. 그게 건강에 좋다고 텔레비전에 나왔다며 아내가 장에서 모종을 사왔다. 좋다는 것이 어디 한두 가진가, 내가 빈정대는 투가 되자 아내는 그 모두가 허약한(?) 나를 위한 것이란다. 내가 몇 달째 고생하고 있는 대상포진이라는 병을 얻고 나서 아내는 나를 환자 비스름하게 취급한다. 얼마 전부터는 개똥쑥이란 걸 달여주는데 어릴 때 배앓이 때문에 어머니가 해준 익모초만큼이나 쓰다.

텃밭에 달린 오이만 해도 남을 판에 아랫집 아주머니가 또 오이를 여남은 개나 가지고 왔다. 우리가 늦게 심어서 아직 달리지 않았을 것 같아 따 왔다는 것이었다. 이쯤만 돼도 시내에 있는 처가와 동서네에게 나누어 줘야 할 지경인데 해거름 녘에 또 오이가 무려 한 접은 되게 들어왔다. 이번에는 아랫마을 조씨네 아들이었다. 아예 트럭에 오이를 싣고 다니며 집집마다 나누어 주는 모양이었다. 반갑지 않은 일이었으나 성의를 보아 고맙다는 말과 함께 커피까지 한잔 내고 돌려보내고 나자 실로 처치 곤란한 오이가 산더미였다. 그가 가져온 오이는 구부러졌거나 모양이 없어 상품으로 나가지 못한 것들이었다. 조씨네 둘째 아들이 귀농한 것은 작년 봄이었고 그는 곧바로 비닐하우스 네 동을 지어 오이 농사를 시작했다. 그는 우리 마을에서 처음으로 농사를 짓기 위해 돌아온 토박이였다.

그의 부모, 그러니까 조씨 내외는 예전에 마을에서 다른 집의 고용살이를 했을 정도로 아주 가난했다고 한다. 내외가 결혼했을 때 가진 것이라곤 보리쌀 두 말과 남의 집 행랑에 딸린 단칸방뿐이었다. 그런 애옥살이 끝에 그들은 마을에서 가장 많은, 7,000여 평의 농토를 마련했다. 그 누구도 따라오기 어려운 근면과 성실이 이루어낸 작은 기적이었다.

자식농사도 실하게 지어 3남 2녀를 모두 출가시키고 명절이나 휴가철이면 줄줄이, 자가용이 제일 많이 들어서는 집이 또한 조씨네였다. 부부는 비록 일자무식의 농투성이였지만 스스로 일군

재산과 장성한 자식은 크나큰 자부심이었다.

어느 정도 생활이 안정되자 남편은 늦게 배운 술을 늘 입에 달고 살았다. 되들이 소주를 사놓고 아침저녁으로 한 주발씩 거르지 않더니 그예 재작년 가을에 세상을 떴다. 일흔이 훨씬 넘은 나이였으니까, 그다지 애석한 죽음은 아니었다. 남편이 죽고 나자 평생 함께한 반려의 죽음에 크게 상심할 줄 알았던 아주머니는 시간이 갈수록 생기가 돌았다. 남자로서 좀 쓸쓸한 얘기지만, 나는 농촌에 살면서 지아비가 먼저 세상을 뜬 후에 더 활달하고 윤기 있게 사는 지어미들을 여러 명 보았다. 홀아비는 이가 서 말이요, 과부는 은이 서 말이라는 속담이 조금도 틀리지 않음에 고개를 주억거리곤 했다.

하여튼 조씨 아주머니도 끼니때마다 챙겨야 할 지아비가 없게 되자, 한결 자유로워졌다. 그녀는 일당 5만 원을 받으며 더욱 열심히 남의 일을 다녔고, 겨울이면 내내 마을회관에서 느긋하게 평생 처음 찾아온 자유를 만끽하는 듯했다.

그런데 작년 봄, 마흔 중반의 둘째 아들이 농사를 짓기 위해 고향으로 돌아온다는 소문이 돌았다. 그녀에게 엄청난 자랑이자 자부심이었던 둘째 아들은 대학에서 토목을 전공하고 꽤 큰 건설회사에 다닌다고 해서 마을사람들에게는 성공한 자식의 표본 같은 경우였다. 그런데 진즉에 회사에서 구조조정이 되고 몇 년간 도시에서 실업자 생활을 한 끝에 고향으로 농사를 지으러 내려온다는 것이었다. 어머니로선 복장이 터지고 남들 보기에도 창피한 노릇이었다. 더구나 애들 교육 때문에 가족은 모두 도시에 두고 아들 혼자 내려온다고 했다.

나와 비슷한 또래의 아들은 우리 마을 귀농 1호답게, 또 대학까지 나온 인텔리답게 자신이 몇 년간의 농작물 추이를 면밀하게 살펴본 결과, 오이 농사를 지으면 충분히 수지가 맞는 농사가될 것이라고 했다. 결국 그는 어머니 소유의 논에 하우스 네 동을 지었다. 그런데 첫해부터 오이값이 예상보다 터무니없이 낮았다. 지난 두어 해 동안 값이 좋아서 오이를 심은 농가가 늘어난탓인지, 개당 200원도 채 못 받는다고 했다. 더 딱하기는 그의어머니다. 홀아비 아닌 홀아비로 고향에 내려온 아들 끼니를 챙기고 평생 처음 하는 하우스농사를 돕느라 알토란같이 벌던 남의 일도 못 다니고, 얼굴은 남편이 살아 있을 때처럼 다시 울상이 되고 말았다.

장마가 코앞에 닥친 6월 중순, 그나저나 저 많은 오이를 어찌할거나. (2013년 6월)

사과에 붉은 깔이
들어오시네

깔 들어오시지?

처음에는 무슨 말인지 알아듣지 못했다. 아버지와 연배가 비슷한 작목반장님이 우리 집에 들어서며 내게 물은 말이었다. 잠시 당황했다가 이내 뜻을 알아차렸다. 추석 무렵에 따는 홍로라는 사과에 색깔이 나기 시작했느냐는 물음이었다. 홍로는 반드시 추석에 출하를 해야 하는 품종이라 그때까지 제대로 색이 나지 않으면 한 해 농사를 망치는 것이나 다름이 없다. 하여 8월 중순 전에 색이 나기 시작하느냐가 올해처럼 비가 잦고 구름 낀 날이 많은 해에는 너나없이 조바심하는 관심사다. 그런데 나 같으면 색이 나기 시작한다고 할 것을 그분은 깔이 들어오신다고 했다. 무언가 상쾌한 충격이 내 마음을 훑고 지나갔다. 그 말속에는 농사짓는 사람이 가진 근원적인 겸양이 들어 있었다. 봄부터 내내 과수원에서 땀 흘리며 온갖 노력을 다한 것은 자신일지라도 마지막으로 열매에 스미는 것은 더 높은 어떤 힘이라는 겸손, 혹은 경외의 감정이다. '들어오신다'는 높임말에는 조심스러움과 기대, 기쁨 따위가 함께 어우러져 온종일 나를 물들였다. 다행히, 아니 감사하게도 우리 과수원 역시 날마다 조금씩 붉은 깔이 들어오고 계신다.

과수원을 하면서 가끔씩 만나는 이런 유의 경이로움은 두말할 나위 없는 기쁨이지만 나는 오늘, 감출 수 없는 슬픔에 대해서도 정직하련다.

움직이는 비애

낮은 구름이 심상찮게 오가더니 점심참을 넘기자마자 갑작스레 찬 기운을 품은 바람이 불기 시작했다. 맹렬한 기운을 품은 바람이었다. 앞산의 낙엽송이 쓰러질 듯 몸을 눕히고 복숭아와 사과 나무들도 속수무책으로 바람에 휘날렸다. 바람 속으로 굵은 빗방울이 섞이는가 싶더니 곧 폭우가 되어 쏟아진다. 묵시록적으로 어두워진 하늘 아래 쉼 없이 천둥은 울고 번개는 내리꽂혔다. 수년째 보지 못한 돌풍과 폭우가 20분쯤 몰아쳤다. 수확을 시작한 복숭아와 한창 알이 굵어가는 사과가 다 떨어지겠다며 어머니는 좌불안석이다.

바람이 잦아들자마자 아직 비가 흩뿌리는 과수원을 둘러보러 나갔다. 복숭아는 더러 떨어졌지만 사과는 거짓말처럼 단 하나도 땅 위에 뒹구는 놈이 없다. 좁은 지역을 통과하는 돌풍이 사과밭을 얼비껴갔는지도 모를 일이지만 사과 꼭지는 놀라울 정도로 질기다. 밑으로 잡아당겨서는 가지가 부러질지언정 여간해서 꼭지가 떨어지지 않는다. 그래서 사과를 딸 때는 과일을 밑에서 받치면서 위로 젖혀주어야 한다. 나는 이렇게 질긴 사과 꼭지가 왜 저절로 떨어지겠냐며 올해는 낙과방지제를 살포하지 않겠다고 단호한 어조로 말한다. 내 말에 부모님은 불안한 표정이 된다.

사과는 수확 무렵이 되면 저절로 떨어지는 게 꽤 있다. 제힘에 버겁게 열매를 달았거나 이미 씨앗이 여물 대로 여물어 얼른 떨어져서 흙 속에 묻히고 싶은 놈들일 게다. 그래서 대개 그런 낙과를 방지하는 '안티폴'이라는 노골적인 이름의 생장조절제를 살포한다. 수확을 한 달쯤 앞두고, 그러니까 요즘 그 약제를 뿌려준다. 떨어지는 사과를 붙들어준다는 수입품 약은 놀라운 효능을 발휘한다. 농민들끼리 농담처럼 "떨어지던 사과도 도로 들어붙는다"고 할 정도다. 하지만 포장박스에 쓰여 있는 설명을 읽어보면 어쩔 수 없이 섬뜩한 기분이 든다. 생장조절제라는 명칭부터 거부감을 불러일으키고, 살포하다가 사람이 들이마셨을 경우에는 즉시 어찌어찌하라는 경고 문구도 살벌하다. 게다가 뿌리고 난 직후에 비가 와서 약제가 씻겨버리더라도 절대 다시 살포해서는 안된다는 문구까지 있다. 대체 무슨 성분이 들어 있기에 그런 효능을 발휘하며, 또 무엇 때문에 반드시, 즉시, 따위의 언사를 구사하며 위협을 하는지 나는 불신 가득한 눈으로 바라볼 수밖에 없다. 이런 공갈을 자행하는 약제를 자연적으로 떨어지는 얼마간의 사과를 막기 위해 쓸 수는 없다. 나중에 식구들한테 원망을 듣게 될지라도 말이다.

소나기처럼 지나가는 비인 줄 알았더니 워낙 세찬 기세가 남긴 여운인지 날이 들지 않고 부슬비가 되어 몇 시간이나 질금거렸다. 남은 일을 작파하고 원두막에 앉아 출출한 속을 막걸리 한 되로 천천히 달랜다. 소주를 즐기지만 내일 새벽에 사다리를 오르내리며 복숭아를 따야 하기에 막걸리 정도로 그치기로 한다.

원두막 추녀로 고즈넉하게 빗물이 듣고 술기운이 퍼지면서 자꾸만 김수영의 시 한 구절이 맴돈다. "움직이는 비애를 아느냐." 제목이 아마 '비'였던 것 같은데 다른 구절은 생각이 나지 않고 오직 그 한 줄만 되뇌어진다. 그리고 마치 내 온 생애가 비애인 것처럼 감정이 부풀어 오른다. 아니, 과장을 걷어내더라도 과수원을 하는 삶은 비애에 가깝다. 그것은 이제 되돌리기 어려운 내 선택과 지난 19년에 대한 괴로운 자기확인 같은 것이다.

농촌으로 돌아와 농민으로 살겠다던 결심에는 어쭙잖으나마 존재론적인 고민과 결단이 있었다. 돌아보면 희뿌옇게 퇴색하고 말았지만 돈과 경쟁, 외화(外華) 따위에 더이상 짓눌리고 싶지 않다는 자존감과 함께 농사를 짓는 게 이 파괴적인 세기의 열차에서 하차하는 길일 거라고 믿었다. 그러나 첫 시작에 치명적인 실수가 있었다. 나는 이제야 명료하게 그 실수를 깨닫는다. 바로 내가 선택한 농사가 과수원이었다는 것이 지금 내게는 비애가 되었다. 물론 절반 이상은 나의 나약한 의지와 벗어날 수 없는 (그것도 결국 의지 문제지만) 생활의 무게 탓이었지만, 결국 나는 유기농을 포기했고 남들이 하는 대로 농약을 퍼붓고 화학비료를 뿌려대며 제초제까지 치는 자가 되었다. 그리 넓지 않은 과수원에 19년 동안 뿌린 농약만 수천만 원어치에 이른다. 농약은 땅으로 스미고 개울로 내려가 강물에 섞이고 서해 바다까지 흘러갔을 것이다. 소위 밀식재배라는 새로운 과수농법을 하면서 그것이 토양과 나무에 극심한 스트레스를 주는, 거의 학대하는 방식임도 알게 되었다. 대체 나는 무슨 짓을 한 것일까.

과수원을 하면서 나는 스스로를 더이상 깨끗하다고 느낄 수 없게 되었다. 기름진 고기를 포식하고 난 뒤처럼 무언가 불순한 일에 가담하고 있다는 느낌이 언제나 찐득하게 머릿속에 달라붙어 있다. 과수원은 진정한 의미에서 농사가 아니라는 생각을 떨칠 수가 없다. 철저하게 시장에서 결정되고 그 시장에 목을 매는, 그것도 꼭 필요한 1차 생산물도 아닌 사과와 복숭아 농사는 내가 농군이 아닌 일종의 장사꾼이 아닌가 하는 자괴감에 빠지게 한다.

귀농을 하면서 과수원이 아닌 식량작물을 선택했다면 달라졌을까. 아마 달라졌을 것이다. 내 삶은 훨씬 담백해지고 비 오는 날 원두막에 앉아서 움직이는 비애를 아느냐, 따위의 앞뒤 없는 시구가 떠오르지도 않았을 것이다. 무엇보다 나는 왜 사람들이 이토록 많은 과일을 먹어야 하는지 의심스럽다. 너무나, 너무나 많은 과일을 먹고 있다. 절반 이하로 줄여도 결코 아무 탈이 나지 않을 것이다. 마치 우유를 많이 먹어야 한다는 영양학자들의 연구비용을 낙농업자가 대듯이, 과일을 많이 먹어야 한다는 미신을 퍼뜨리는 자들 뒤에도 무언가 음모가 있지 않을까 싶기도 하다. 그렇다면 나 역시 그런 음모에 기생하는 셈이니 더욱 괴로운 일이다.

그러나 결국 나는 내 인생에서 30~40대를 고스란히 과수원에 바치고 말았다. 이제 후회해도 늦었고 몸도 많이 약해져서 다른 농사를 새로 시작할 엄두를 내기도 쉽지 않다. 시나브로, 조금씩 쌓여 이제는 장기(臟器)처럼 몸속 어딘가에 자리 잡은 삶과 세상에 대한 비관주의도 내게서 의욕을 앗아가고 있다. 부끄러운 고백이지만 나는 어쩌면 지속적인 타락을 면하지 못할 것 같다.

아들아, 넌 뭐 하고 살래?

저녁에 중학교 2학년인 아들 녀석이 버스를 타고 들어온다는 전화가 왔다. 방학인데도 친구들과 노는 재미에 통 시골에 오지 않아 할머니 할아버지를 서운하게 하던 녀석이었다. 먹성 좋은 손자가 온다는 전갈에 어머니는 일부러 면 소재지에 나가 장을 보아 왔다. 함께 일하는 나와 먹을 때는 푸성귀만 무성하던 밥상에 자반 구이와 돼지고기볶음까지 차려졌다. 이건 뭐, 손자가 아니라 거의 손님 대접이다. 그만한 대접을 받았으면 할머니 할아버지가 보고 싶어 왔다고 한마디 하면 오죽 좋으련만 사춘기의 퉁명스러움이 불뚱가지 비슷하게 발전한 녀석은 미어지게 밥을 먹으며 한다는 소리가 겨우 나와 함께 해야 할 방학숙제가 있어서 왔다는 거였다.

애초에 귀농을 할 때 아내와 다짐을 둔 것 중 하나가 아이들을 키우고 교육하는 문제였다. 간단히 말하면, 귀농 목적 중 하나가 아이들에게 농촌을 고향으로 만들어주자는 것이었으므로 농사를 짓는 부모와 함께 일을 하며 자연 속에서 자라게 하자는 것과 사교육이니 입시니 하는 경쟁 속에 아이들을 들이밀지 말자는 것이었다. 겨우 맏이가 태어났을 때였으니까 그 정도의 원칙만 가지고 최대한 자유롭게 키우자고 마음을 먹었었다. 하지만 많은 것이 그렇듯 그만한 것도 지키기 어려웠다. 커가면서 일이라고는 땅콩이나 감자를 캘 때 호미를 잡아보는 것이 고작이었고 또 일부러 시킬 만한 일도 마땅치 않았다. 어린아이들 손도 필요했던 옛날 농사가 아닌 탓이었다. 게다가 할머니 할아버지가 손자들을 끔찍하게 여겨서 일 시키는 것을 친자학대쯤으로 노여워하여 그때마다 부딪칠 수도 없었다. 내가 어려서부터 농사일을 거들더니 대학까지 나와 그예 농사를 짓게 되었다는 어머니의 기나긴 오해도 한몫 거들었다. 하여 아이들은 농촌에서 자랐달 뿐 콩과 보리도 구분하지 못하는 신세가 되고 말았다.

교육문제도 면내의 중학교가 폐교 위기에 처하면서 초등학교만 시골에서 나오고 결국 40리 떨어진 충주시내로 나가고 말았다. 그 이후 지금까지 째는 형편에 어울리지 않게 두 집 살림을 계속하고 있다. 아이들은 금세 시내에 적응하여 가끔 집에 오면 벌레가 많다느니, 밤에 너무 깜깜하다느니 하고 하루 이틀 자는 것도 불편해한다. 기가 찰 노릇이지만 함부로 윽박질렀다가는 머리 큰 자식들이 아비 보기를 돌같이 할까 두려워 그럴 수도 없다. 겨우 초심을 지킨 것이라고는 사교육을 시키지 않은 것과 대학 진학 여부를 스스로에게 맡긴 것뿐인데, 그 또한 아비의 무능력과 무관심으로 여기고 있는지도 모르겠다.

하여튼 공부며 숙제며 모두 아내에게 미루고 모르쇠로 일관하는 무심한 나와 함께 할 숙제가 있다니 의아한 일이었다. 들어보니 얼핏 수긍이 가면서도 이상한 숙제였다. '아빠의 직업을 체험하고 그 느낌을 적어 오기'라는 것이었다. 내가 학교에 다닐 때는 상상도 하지 못했던 숙제였으니 요즘은 교육이 좀 달라졌나 싶은 생각이 들긴 했다. 하지만 좀 이해가 되지 않았다. 아버지가 공무원이면 거길 따라가서 체험하고, 택시운전사면 옆자리에 타고 체험한다는 말인가. 직업에 따라서 체험할 수 없는 아이들도 있을 텐데 일률적으로 그런 과제를 내준다는 게 역시 획일주의에서 벗어나지 못한 증거가 아닌가 싶기도 했다. 아버지의 직업 현장에서 찍은 사진도 첨부해야 한다며 아들은 카메라까지 챙겨 왔다.

녀석은 보통 누가 나의 직업을 물으면 소설가라고 대답한다. 당사자인 나는 결코 내 직업이 소설가라고 하지 않고 항상 농부임을 내세우는데 말이다. 어린 마음에 농사꾼보다는 소설가가 더 그럴듯하게 보이는 모양이다. 하긴 초등학교 때 아버지의 직업을 묻는 설문에 농부라고 썼다가 작은 수모를 당한 적도 있었다. 담임교사와 학부모들이 면담을 하는데 의사 어머니와는 20여 분이나 상담하던 것을 아내와는 할 말이 없다는 듯이 5분을 채 넘기지 않더란다. 그것이 다 아버지의 직업이 '농부'인 탓이라고 식식거리는 아내에게 소갈머리가 좁다고 퉁을 주었지만 그다음부터는 아내 역시 남편을 그 알량한 '소설가'라고 소개하기를 주저하지 않는다. 나로서는 그쪽이 더 낯간지럽고 부끄럽지만.

하여튼 직업을 소설가로 삼는다면 아들은 도저히 숙제를 하지 못할 것이었다. 어떻게 소설가라는 직업을 함께 체험하고 느낌을 적겠는가. 아들도 내 말에 수긍했고 나의 진짜 직업인 농사일을 함께 체험하기로 했다. 마침 요즘 복숭아를 수확하기 시작했으므로 녀석에게 아침에 일찍 일어나야 한다고 다짐을 두었다. 하지만 녀석은 잔소리하는 엄마가 없고 뭐든 오냐오냐하는 할아버지 할머니 '빽'을 믿고 밤늦게까지 텔레비전을 보고 이어폰으로 노래를 듣더니 열두 시도 넘어서 잠이 들었다. 방학인 요즈음 여덟 시가 넘어야 일어나는 녀석을 여섯 시도 채 안되어 깨웠다. 쉽지 않을 거라고 생각했는데 뜻밖에 눈을 비비며 일어났다. 밤사이에 또 비가 한차례 지나갔는지 복숭아나무는 흠뻑 물을 머금어 건드리기만 해도 주룩주룩 물을 쏟았다. 우비에 모자까지 씌워 녀석을 밭으로 데려갔다. 부모님은 일찍 일어난 손자가 기특하다면서도 일은 무슨 일이냐며 사진이나 찍으라고 했지만 체험을 해보려면 진짜 해야 한다는 완강한 내 주장에 밀려 결국 아들 녀석은 과수원으로 들어섰다.

질척거리는 밭에, 나무에서는 물이 쏟아지지, 잠은 덜 깼지, 무엇을 해야 할지는 모르겠지, 녀석은 속으로 숙제를 하는 대신 벌점을 맞는 편이 낫겠다고 생각하는 게 틀림없었다. 나는 녀석에게 할 일을 주었다. 복숭아를 따려면 사다리를 들고 다녀야 하는데 낮은 곳에 있는 복숭아를 따다 보면 사다리와 멀리 떨어지기 일쑤다. 그러면 다시 사다리를 가지고 와야 하는데 이게 생각보다 일하는 속도를 많이 잡아먹는다. 아들이 할 일은 세 사람의 사다리를 계속 가깝게 옮겨주는 일이었다. 복숭아를 따본 경험이 전혀 없는 아들에게 따라고 하면 복숭아에 상처를 낼 게 뻔했고 올해 복숭아값이 괜찮은 편이라 하나라도 못쓰게 되면 큰 손해인 까닭이었다.

그렇다고 내가 시킨 일이 아주 만만한 일은 아니었다. 어쨌든 세 사람의 사다리를 계속 옮겨주려면 쉴 짬이 없었다. 두 시간이나 지났을까, 일어나면 곧 아침을 먹어야 한다는 신념을 가진 녀석이 할머니에게 배가 고프다고 칭얼댄다. 어머니는 손자가 좋아하는 두부찌개를 진즉에 끓여놓았고 계란부침도 두 개나 녀석의 밥그릇에 얹어준다. 입이 벌어진 녀석은 고봉밥을 달게 비웠다.

아직 많이 수확하는 게 아니어서 점심참도 안되어 포장작업까지 마쳤다. 끝까지 곁에서 도운 손자가 기특해 할머니는 만 원짜리 한 장을 쥐여주고, 녀석은 또 입이 벌어졌다. 처음으로 새벽에 일어나 마무리까지 함께했다는 뿌듯함이 차오르는 모양이었다. 오래간만에 얼굴에서 짜증기가 사라지고 목소리도 높아졌다. 덩달아 기분이 좋아진 할아버지가 던진 실로 상투적인 질문, 그러니까 나중에 커서 뭐가 되고 싶냐는 물음에 아뿔싸, 녀석의 입에서 나온 대답이 할머니 할아버지를 얼어붙게 만들었다. 절반쯤은 농이고 절반은 방금 일을 마친 탓이었겠지만 놀랍게도 녀석은 과수원을 하는 농부가 되겠다는 것이었다. 나 역시 잠시 멈칫했는데, 아주 오래된 어떤 장면이 겹쳐졌기 때문이었다. 그것은 녀석보다 두어 살이 더 많던 때의 나였다. 그때 처음 나는 아버지에게 포도밭을 하면서 시를 쓰는 사람이 되겠노라는 선언 비

숫한 것을 했다. 조그만 포도밭이 있어서 포도나무 집 아들이라고 불리던 나는 진정으로 그렇게 살고 싶었다. 결국 그와 비슷하게 꿈을 이루긴 했지만, 어릴 때 깊이 새겨진 과수원이라는 작은 환상이 괴로움의 근원이 될 줄이야 어찌 알았으랴. 놀라고 실망한 두 분이 아들을 붙들고 겨끔내기로 잔소리 겸 호소를 시작하는데 나는 슬그머니 자리를 피해 담배 한 대를 피워 물었다.

여전히 폭염이 계속되는 하늘에는 점점이 구름이 떠가고 사과에는 쉬지 않고 붉은 깔이 들어오시는 오후였다. (2013년 8월)

가을이 깊으면
추위를 생각하고

올 농사가 얼추 끝났다. 콩과 들깨를 터는 일이 아직 남았지만 자투리땅에 조금씩 심은 것들이라 별로 품이 들어갈 일은 아니다. 두어 달 동안 복숭아와 사과를 다 내고 나니 언제나 그렇듯이 마음이 허탈하다. 네 식구가 매달린 한 해 농사가 하급 공무원 1년 연봉 정도에 그친 아쉬움만은 아니고, 텅 빈 과수원이 불러일으키는 쓸쓸함 같은 게 더해져 마지막으로 사과를 출하한 날, 아내와 나는 아직 환한 대낮에 전어회 한 접시를 놓고 술잔을 기울였다. 평소 술을 거의 마시지 않는 아내도 소주를 서너 잔 비우더니 그대로 쓰러져 잠이 들고 말았다. 나도 오랜만에 취하도록 마실 분위기였지만 새벽 한 시에는 일어나 운전을 해야 하는 괴로운 신세여서 아쉬운 잔을 내려놓고 말았다.

유난히 올해가 힘들었던 이유는 큰딸에 이어 둘째가 고등학교 3학년인 까닭이었다. 이태 연속 고3을 모시고(?) 사는 일이 만만치가 않았다. 아침 일곱 시에 학교에 갔다가 새벽 한 시가 넘어서 돌아오는 강행군을 하고 있는데 나는 잠을 미리 자기도, 계속 깨어 있기도 어정쩡한 그 시간에 차를 몰아 아이를 태우러 가야한다. 아내 역시 늦게 들어오는 아이에게 간식이라도 챙겨주느라 제대로 잠을 자지 못했다. 게다가 낮에는 종일 일을 해야 하니 쌓인 피로가 풀릴 틈이 없었다. 제발 열한 시까지만 공부를 하라는 나와 한 시까지는 해야 한다는 아이의 주장이 여러 차례 부딪쳤지만 결국 내가 지고 말았다. 원수 같은 수능 시험이 얼른 지나가기만 바랄 뿐이다.

대추 터는 날, 연탄이 들어오다

아버지와 대추를 털기로 했다.

처음 귀농했을 때부터 밭머리에 늙은 대추나무가 하나 서 있다. 그 나무에서 달리는 것만으로도 1년 내내 대추 걱정은 할 필요가 없었다. 맛도 아주 달아서 가을이면 딴 대추를 알뜰히 말려 제사상에 올리거나 대추찰떡을 해 먹고 겨울밤의 간식으로도 삼았다. 해마다 대추를 터는 날이면 아이들에게도 신나는 날이었다. 바닥에 비닐 멍석을 깔고 대추를 털면 우두두, 소리를 내며 우박처럼 쏟아지는 대추. 머리에 대추를 맞아가며 신이 나던 아이들도 이제는 모두 커버려서 시골집에는 잘 오지도 않는다. 결국 늙은 아버지와 내가 외롭고 재미없게 대추를 턴다. 가지가 휘어지게 대추가 달리던 나무도 고목이 되어서인지 올해는 얼마 달리지도 않았다. 하긴 새로 심은 대추나무도 전보다 형편없이 열매를 매단 것을 보면 다른 과일과 달리 대추는 흉년인 모양이다.

어렸을 적에 나는 몸에 종기가 자주 생겼다. 이유는 모르겠지만 나뿐 아니라 그 시절에는 종기를 달고 사는 아이들이 많았다. 한약 냄새가 나는 '이명래고약'이라는 게 상비약으로 있을 정도였다. 종기가 한창 성을 내면 욱신거리고 아파서 잠을 설치곤 했다. 어느 날, 하필 얼굴에 난 종기가 잔뜩 곪아 끙끙거리자 잠자던 아버지가 주섬주섬 옷을 꿰어 입고 일어났다. 대추 가시를 따러 간다고 했다. 종기는 바늘 같은 쇠붙이로 찌르면 더욱 악화되기 때문에 꼭 대추나무 가시로 고름을 터뜨려야 한다고 했다. 그런데 대추나무는 멀리 산 아래 곳집 뒤에 있었다. 마을에서 공동으로 쓰는 상여를 넣어두는 곳집은 두려움의 대상이었다. 늘 침침한 산그늘 속에 들어앉은 곳집은 한낮이라도 혼자 지나갈 수 없을 만큼 무서웠다. 그런데 마을에 대추나무라곤 그 곳집 뒤의 몇 그루가 전부였다. 달빛이 비추는 길을 따라 홑저고리 바람으로 대추 가시를 따러 가는 아버지의 뒷모습이 보이지 않을 때까지 나는 눈으로 따라갔다. 어린 마음에 아버지가 무사히 돌아올 수 있을까, 몹시 마음을 졸였던 기억이 지금도 생생하다.

대추를 털 때는 손이 닿는 낮은 곳이라도 장대로 털어준다. 대추와 함께 잎이나 줄기도 많이 떨어지는데 그것이 일종의 전정(가지치기)이다. 대추나무처럼 크게 자라는 나무는 가위로 전정을 할 수가 없으니까 자연스럽게 장대로 가지를 솎아주는 것일 게다. 물푸레나무를 잘라 만든 장대는 나무에 비해 짧아서 아버지는 대추나무 중간쯤까지 타고 올라가 장대를 휘둘렀다. 당연히 내가 올라가야 하지만 난 나무 타기는 젬병이다. 반대로 아버지는 별달리 발을 둘 곳이 없는 대추나무를 잘도 타신다. 나보고는 위험하니까 평생토록 나무에 올라갈 마음도 먹지 말란다. 뭐가 뭔지, 무언가 말이 안되는 상황임은 분명한데 떨어지는 대추가 연신 머리를 때려 자꾸 헛웃음만 나왔다.

딴 대추를 양지쪽에 널고 점심을 먹고 나자 낯선 트럭 한 대가 올라왔다. 집으로 올라오는 길은 약간 비탈진 오르막일 뿐인데, 털털거리며 간신히 올라오는 품이 이상했다. 트럭에 실린 것은 며칠 전에 주문한 연탄이었다. 1톤 차에 무려 1,000장을 실었으니 기계인들 어찌 힘에 부치지 않을까. 연탄 한 장 무게는 3킬로가 훨씬 넘는다.

추수동장이라고 들어봤지? 이게 제일 큰 준비다.

차에 잔뜩 실린 연탄을 보고 아버지가 문자 한마디를 쓴다. 《백수문》을 뗀 적은 없지만 명색이 소설간데 모를 리가 있나.

가을에 거두고 겨울을 준비한다, 그런 뜻이잖유. 근데 김장이 더 큰 준비 아녀요?

시량(柴糧)이라 했으니 땔거리가 먼저다. 한래서왕(寒來暑往)이라더니 날이 조석으로 추워지는구나.

《소학》 언저리까지 가보았다는 아버지의 문자에 그쯤에서 수긋해질밖에 없다.

처음으로 우리 집에 연탄을 싣고 온 이들은 아직 마흔도 되지 않아 보이는 젊은 부부였다. 그런데 첫눈에 뭐랄까, 애처로움이 배어나는 모습이었다. 입성이나 검댕 칠이 된 얼굴이야 다루는 물건이 그러하니 어쩔 수 없다지만, 말할 때마다 얼굴에 퍼지는 선한 웃음이 오히려 애처로웠다. 이 살벌한 세상에서 그런 얼굴로 살아가는 게 가당키나 한가, 그런 느낌이었다. 그런대로 살집이 있는 아내와 달리 남편은 아주 깡말라서 과연 무거운 연탄을 나를 수 있을지 걱정스러울 지경이었다. 그런데 그가 가진 집게는 놀랍게도 네 장씩, 그러니까 양손에 여덟 장의 연탄을 한꺼번에 집을 수 있는 거였다. 여덟 장이면 무게가 30킬로에 가깝다. 왜소하고 마른 체격의 사내가 연탄을 나르는 모습은 보면서도 믿기지 않을 정도였다.

부부는 쉬지 않고 연탄을 내려 쌓기 시작했다. 다음 배달이 또 있어 시간이 빠듯하다고 했다. 나는 빤히 구경만 할 수가 없어서 도우려 했지만 차에서 내릴 때나 쌓을 때 일정한 순서가 있어서 오히려 방해가 될 뿐이었다. 그래도 나는 그들 곁을 떠나지 않고 이런저런 이야기를 붙였다. 소설 쓰는 데 써먹을 수 있지 않을까 하는 못된 생각 때문이었는데, 그들은 귀찮아하지 않고 대답을 해주었다. 선선한 날씨에도 나중에는 땀을 몹시 흘렸다. 내가 들은 바에 따르면 참으로 일에 대한 대가가 형편없었다. 나는 한 장에 460원씩 연탄을 구입했다. 그들 부부는 상호를 내건 연탄가게 주인이자(실제 매장은 없다) 배달부인데, 전화나 알음알음으로 주문이 오면 70리 정도 떨어진 공장에서 연탄을 사다가 배달해준다는 것이다. 공장에서 받는 가격은 350원, 그러니까 1,000장을 사서 배달하면 10만 원 정도가 남는 셈이었다. 요즘처럼 한창 연탄을 구입하는 시기에는 아침부터 밤까지 하루에 최대 세 번까지 뛸 수가 있단다. 얼핏 30만 원의 돈벌이는 꽤 쏠쏠한 것 같지만, 성수기 외에는 하루에 한 번도 없는 경우가 허다하고, 적재정량을 초과해서 실을 수밖에 없는 특성상 차도 쉽게 망가진다고 한다. 차에서 연탄이 쓰러져 낭패를 보는 경우도 1년에 몇 번씩 있단다. 도시에서 차가 가까이 들어가지 못하는 곳은 거리에 따라 운반비를 더 받기도 하는데, 그렇게 되면 시간이 많이 걸리기 때문에 수입이 더 늘어나는 건 아니다.

나는 몇 년째 연탄보일러를 때는데 배달되는 연탄을 처음부터 지켜보기는 이번이 처음이었다. 거의 두 시간에 걸친 그들의 노동은 실로 대단한 강도였다. 주문한 내가 미안한 마음이 들 정도였다. 목에 건 수건이며 옷이 땀으로 흠뻑 젖었고 눈에 핏발까지 섰다. 내다준 꽤 큰 물병이 남김없이 비워졌다. 연탄을 쌓을 공간이 넉넉하지 않아서 거의 자신의 키 높이만큼 쌓느라 말 그대로 악전고투가 계속되었다. 젊은 아내는 어디가 좋지 않은지 지나치다 싶을 만큼 숨을 몰아쉬느라 더이상 대화를 할 수도 없었다. 나 같으면 절대로 감당하지 못할 노동이었다. 오래전에 불렀다가 잊은 노래 중에 "죽음의 고역 같은 노동에서 해방되어" 운운했던 노동가요가 다 떠오를 지경이었다. 내가 건넨 몇 마디의 위로와 안쓰러워하는 눈빛이 부담이었을까. 그가 한마디 했다.

아휴, 농사일이 더 힘들겠쥬, 뭐.

남들이 보면 포복절도할 만한 광경이었을 게다. 우리사회에서 제일 천민 계급이라 할 농민과 연탄배달부가 앉아서 서로 제 일이 더 나은 것 같다고 상대를 위로하고 있는 꼴이니 말이다. 어쨌든 그와 나는 가장 낮은 차원에서 계급적 연대감을 깊이 느꼈다고나 해야 할지 모르겠다.

다행히 공장에서 실을 때는 지게차가 실어준다며 일을 마친 그가 웃으며 말했다. 우리 집은 가깝게 차를 댈 수 있어서 아주 편한 경우라고 했다. 나는 저장해두었던 사과 몇 알을 봉지에 담아서 시동을 걸고 떠나려는 차에 넣어주었다. 상품성이 없어 시장에 나가지 못한 시원찮은 놈들이었다. 그런데 다음 순간, 나를 경악하게 만든 일이 일어났다. 그가 다시 차에서 내리더니 무언가 큰 죄를 지은 사람 같은 표정으로 다가왔다. 그러고는 자신의 죄를 고백하기 시작했다. 보통 시골에서 연탄 주문이 들어오면 배달이 쉬운 곳인지 아닌지 알 수가 없기 때문에, 10원을 더 붙여서 부른다는 것이었다. 그런데 우리 집처럼 거의 제자리에서 내리는 경우는 450원을 받아야 맞다는 얘기였다. 요컨대 장당 10원을 더 받았다는 고해와 함께 그가 만 원짜리 한 장을 내게 돌려주는 것이었다. 아, 이게 대체 무슨 사태란 말인가. 나는 전혀 감동하지 않았고 오히려 화가 치밀었다. 물론 그에게 화를 내지는 않았지만, 제발 이렇게까지 착하게 살지는 말라고 고함이라도 치고 싶은 심정이었다. 당신이 양처럼 살면 좋아할 놈들은 늑대들뿐일 거라고 엄중한 충고를 해주고 싶었다. 아마 지난 몇해 사이에 내 마음이 강퍅하게 변해서였을 것이다. 어쩌면 사는 일 자체가 자본의 체제에 당하고 조롱받는 거라는 울분이 자꾸만 마음속에 고였다가 그렇게 내 내면에서 폭발했는지도 모르겠다.

기어이 돈은 돌려받지 않았지만 스스로 비참한 기분을 지울 수 없었다. 왜냐하면 연탄값을 알아볼 때 사실 460원을 부른 사람은 그밖에 없었기 때문이었다. 다들 그보다는 10원이라도 비쌌다. 그러니까 나 역시 10원 때문에 전에 거래하던 사람이 아니라 처음으로 그들 부부 배달부에게 주문을 했던 것이다. 가격을 알아보고 더 싼 곳을 선택하는 게 합리적인 소비일 것이다. 그렇다. 합리적이고 약은 소비, 10원이라도, 10원 때문에, 그들 부부와 내가 만나게 되었고, 소박한 교감을 하게 되었고, 결국 씁쓸레한 기억 하나를 남겨놓았다.

다른 땔감들

연탄이 겨울을 나는 가장 중요한 땔감이지만 역시 꽤나 성가시기도 하다. 매일 때맞추어 갈아주는 일도, 연탄재를 처리하는 일도 눈이라도 쌓일라치면 귀찮지 않을 리 없다. 난방 효율도 낮아서 내복에 외투까지 걸치고 지내야 한다. 원래는 기름보일러를 쓰다가 도저히 감당을 할 수가 없어 연탄보일러를 따로 들인 것인데, 두 개가 서로 연결되어 있어서 정 급할 때는 기름을 쓰기도 한다. 1년에 꼭 한 드럼을 넣는데 기왕 연탄을 들인 김에 농협에 전화를 넣어서 석유도 배달시켰다. 27만 원이란다. 연탄까지 73만 원이 올겨울을 날 땔감 비용이다.

또다른 땔감으로는 나무가 있다. 내가 겨울에 빈둥거리며 책을 읽거나 글을 쓰는 작은 방에 필요한 얼마간의 나무는 별다른 품을 들이지 않아도 주위에 널려 있다. 때로는 집 뒤에 선 참나무를 베어 장작을 장만하기도 하지만 전정한 과수목이나 삭정이만 그러모아도 충분하다. 더구나 올해는 10년 동안 키우다 그에 실패한 체리나무를 수십 그루나 벤 탓에 쌓아둘 자리가 부족한 판이다.

겨울을 나는 세 가지 땔감 중에 가장 정이 가는 것은 역시 나무다. 아궁이 앞에 앉아 불을 때는 시간은 내가 제일 좋아하는 한때이기도 하다. 너울대는 불꽃과 나무 타는 냄새, 굴뚝 너머로 퍼지는 저녁연기가 어우러져, 인간 세상에 인간의 시간이 아닌 때도 있다는 호젓한 기분에 젖어들기도 한다.

생각하면 나무나 연탄, 석유가 모두 하나다. 시간을 달리해서 응축되었을 뿐, 에너지의 근원인 태양에서 온 것들이다. 우리가 알지 못하는 이유로 가이아 여신이 제 몸 깊숙이 재워놓은 화석연료를 꺼내어 불태우기 시작한 이후가 우리가 알고 있는 소위 산업혁명시대다. 이미 밝혀지고 있는 것처럼 그것은 자멸로 가는 첫발자국으로 기록될 것 같다. 적당한 선에서 멈추기에는 이미 너무 멀리 와버렸으니까. 나만 해도 거의 80년대 말까지 석유를 전혀 쓰지 않고 지낸 세월이었다. 스무 살 무렵에 화염병을 만드느라 접한 석유 냄새가 내가 처음으로 맡아본 냄새였을 정도였다. 경운기도 없이 농사를 지었던 터라 집에서 석유를 쓸 일은 없었다. 그러던 것이 불과 10여 년 사이에 동네마다 주유소가 생기고 농촌에 석유를 쓰는 온갖 농기계가 들어오면서 어느 집이나 석유를 받아다 놓고 쓰게 되었다. 나 역시 세금 없이 살 수 있는 석유를 1년에 수백 리터나 쓴다. 농촌이 해체되어 소농이 몰락하고 고령화가 급속히 진행되면서 거개의 농작업을 석유로 움직이는 농기계가 대신한다. 흔히 쓰는 관행농법이라는 모호한 말 대신 석유화학농법이라고 불러야 정확한 용어일 것이다. 김광규라는 시인은 모내기가 끝난 논둑을 걸어가는 소녀의 모습을 보고 "헤아릴 수 없는 그녀의 앞날/논물에 얼비치어 눈이 부시다"라고 읊었지만, 사실 모내기를 마친 논물에는 기름들이 둥둥 떠다니기 십상이다.

더욱 끔찍한 것은 겨울철 난방을 해서 채소 따위를 길러내는 비닐하우스다. 그런 곳에서는 상상을 초월할 정도로 많은 석유를 땐다. 겨울에 사 먹는 하우스 채소는 석유를 마신다고나 해야 할 정도다. 나는 꺼림칙할 뿐 아니라 딱히 입맛이 당기는 것도 아니어서 겨울에는 김장김치나 묵나물로만 채소를 섭취한다. 가지나 호박까지 고지로 만들어 먹는다. 물론 만들고 무치는 일은 아내가 하지만.

어쨌든 나름대로 거두어 갈무리하고 닥칠 추위에 대한 대비도 끝냈다. 화롯불에 묻어두었다가 밤참으로 삼을 고구마와 군밤도 넉넉히 쟁여두었다. 생각만으로도 조금 마음이 푸근해진다. 긴긴 겨울밤을 혼자 지새우는 재미를 무엇에 비하랴.(2013년 10월)

거름을 내고,
들녘은 눈에 덮였네

　주문한 거름이 진즉에 도착했음에도 그대로 눈비를 맞히며 천
연한 것은 좀체 엄두가 나지 않아서였다. 20킬로그램짜리 700포
대는 쌓인 위용만으로도 한숨이 나올 만했다. 그것들을 다 과수
원으로 나르고 쏟아서 고루 펴기까지 팔과 어깨가 견뎌주려나,
두렵기까지 했다. 간편하게 포대에 든 거름을 사서 쓴 지가 7~8
년이 되었는데, 처음에는 편하기가 그만이라 여겼던 게 갈수록
그도 힘에 겨운 일이 되었다. 그 전에는 소똥과 닭똥 따위를 실
어와 봄부터 발효를 시켜서 가을에 쓰곤 했다. 냄새는 말할 것
없고 몇 차례씩 전체를 뒤집어주고 손수레에 퍼 담아내는 일은
보통 고역이 아니었다. 지금은 아예 발효를 마친 거름을 포대에
담아 마당까지 배달해준다. 서른 포쯤을 거뜬하게 싣고 나르는
운반차도 있어서 그때에 비하면 절반 품도 들지 않는다. 그럼에
도 선뜻 엄두를 내지 못한 것은 갈수록 꾀가 나기도 하려니와 벌
써 기운이 떨어질 나이가 된 탓이랄밖에 없었다. 농촌에서야 젊
은이 취급을 받고 한창나이라는 말을 듣지만 그래도 쉰 고개에

접어드는 마당에 몸이 한결같을 리 없다. 그러던 차에 뜻하지 않은 곳에서 원군이 왔다.

나는 가끔 서울에 사는 중학교 3학년 조카와 실없는 전화를 하는데, 조카가 하나뿐이기도 하고 태어나서 네 살이 될 때까지 함께 시골집에서 살았던 터라 사이가 각별한 편이다. 틈만 나면 시골에 오고 싶어 하고 글 쓰는 큰아비를 무슨 대단한 사람인 줄로 나쁘지 않은 착각을 하고 있어서 더욱 정이 간다. 녀석과 통화를 하다가 푸념처럼 산더미처럼 쌓인 거름 낼 일이 걱정이라고 하자, 대뜸 일요일에 내려와서 제가 하겠노라고 큰소리를 쳤다. 생각해보니 이미 몸집이 클 대로 크고 힘이 남아도는 범강장달이 같은 조카였다. 또 그에 못지않은 내 막내도 있으니 둘은 한 살 차이로 형제 같은 사촌이다. 내 어찌 요 녀석들을 부려먹을 생각을 하지 못했던고, 쾌재를 부르고 날짜를 잡은 게 12월 초하루였다.

전날 내려온 조카와 막내에게 닭백숙을 한 마리씩 먹이고 이른 아침부터 거름을 내기 시작했다. 과연 힘이 넘치는 두 녀석은 운반차에 가득 포대를 싣는 데 단 5분도 걸리지 않았다. 내가 편히 앉아 차를 몰고 천천히 과수원 사이를 지나가면 뒤따라오는 둘이 한 나무에 한 포대씩 거름을 놓아둔다. 그러면 여전히 일을 놓지 않는 어머니가 칼로 포대를 찢고 아버지와 아내가 나무 주위로 거름을 쏟아주는 것이 마지막 과정이다. 싣고 내리는 일과 쏟는 일이 몹시 힘든 일인데, 운반차를 운전할 수 있는 사람이 나뿐이라 어쩔 수 없이 내가 제일 편하게 되었다. 한 시간쯤 호

기롭게 힘을 쓰던 녀석들이 연신 입에서 거친 숨을 쏟아냈다. 제
아무리 장사라도 힘만으로는 농사일을 못한다. 끈기와 요령이 필
요한 것이다. 여러 번 가르쳐주었는데도 포대를 들 때 주로 팔심
만 쓸 뿐 배와 허리를 이용할 줄 모른다. 발효가 되었다고는 하
지만 여전히 독하게 풍기는 거름 냄새 때문에 선뜻 팔을 깊이 넣
고 배에 붙여 들지 않는 거였다. 물론 나중에는 완전히 팔에 힘
이 빠져서 스스로 요령을 터득해갔다. 땀으로 옷을 적시며 겨울
해가 이울 때까지 두 녀석은 용을 써서 기어이 거름을 다 내었
다. 얼굴은 붉게 익었고 내년에 또 하자는 내 말에 어럽쇼, 두 녀
석 다 묵묵부답이다.

기억할 만한 이웃들

거름을 내고 나자 홀가분하기 그지없었다. 설을 쇠고 전정을
시작할 때까지 완전히 자유로운 긴 시간이 남아 있는 것이다. 읽
고 싶었지만 겨울로 미루어두었던 책을 몇권 주문하고 오랜만에
도서관으로 향했다. 나는 겸손하지 않은 사람이라서 때로 제 자
랑을 늘어놓는데, 지갑에 거의 무한대로 책을 빌릴 수 있는 다섯
개의 시립도서관카드가 있다는 게 가장 자주 쓰는 레퍼토리다.
어쨌든 여러 권의 책을 빌리자 갑자기 부자가 된 듯한 기분이 들
기도 했다. 시내에 나온 김에 아이들이 사는 집에서 하루를 묵기
로 하고 반주 한잔을 드는데 어쩐 일로 사나흘에 한 번쯤 울리는
전화벨이 우는 것이었다.

시내에 나온 걸 어떻게 알았는지 저녁을 먹자는 고향 친구였다. 나가 보니 시내에 사는 친구들 넷이 모여 있고 저녁 대신 술잔이 부지런히 돌고 있었다. 반갑지 않을 리가 없다. 이런저런 이야기가 취기에 섞여 중구난방으로 오가던 중에 누군가가 "박근혜가 머리 하나는 참 좋아, 안 그러냐?" 하는 것이었다. 물론 나의 반응은 박장대소였다. 누군들 그렇지 않겠는가. 그런데 뭔가 분위기가 달랐다. 당연히 반어법을 구사했을 거라고 생각했던 나와 달리 그 친구는 진지하게 자기 말의 근거를 주위섬겼다. 그에 따르면 역대 대통령 중에 가는 나라마다 그 나라의 말로 연설을 한 사람은 그녀 말고는 없었다는 것이었다. 또한 원고를 보지 않고 막힘없이 연설하는 경우도 없지 않느냐고 했다. 사람이 어떻게 다섯 개 나라(여섯 개라고 했던가?) 말을 할 수 있느냐고 그는 진정 놀라워했다. 나 역시 몹시 놀랐다. 듣고 싶지 않아도 사는 곳이 그런지라 주위에서 찬사와 칭송이 넘쳐흐르지만, 적어도 머리가 좋다는 말은 처음이었다. 게다가 다른 친구들 역시 별다른 반론 없이 고개를 주억거리는 터라 내 놀라움은 더욱 커졌다. 내가 사는 곳은 시·군 통합이 된 소도시인데 사람들이 술자리에서 정치적인 주제로 대화를 나누는 경우가 극히 드물다. 거의 전혀, 라고 해도 좋을 정도로 나는 그런 대화를 접해보지 못했다. 일종의 조심성이라고 해야 될 텐데, 속내를 드러내 보이지 않는다는 다소 과장된 지역색 말고, 한 다리를 건너면 누구나 다 얽혀 있는 소도시의 특성상 자신의 정치색을 드러내는 것에 대한 기피의식이 있는 것 같다. 강한 주장은 반향을 얻는 대신 저수지에 던져진 돌멩이처럼 무심과 (약간의 비겁함과) 군건한 침묵의 동맹 속으로 가라앉는 게 보통이다. 물론 장터에서 막걸리를 앞에 놓은 촌로들은 대개 일치단결하여 자신들의 신념을 토로하지만 말이다. 하여튼 뜻하지 않게 옛 친구의 정치적 발언을 접한 나는 화가 치미는 것 같던 기분이 차츰 슬픔이라고밖에 할 수 없는 감정으로 변해가는 것을 느꼈다. 어디에서 온, 무엇에 대한 슬픔인지는 알 수가 없었다.

새벽에 잠을 깬 것은 목이 말라서였지만 다시 잠을 이루지 못한 것은 아래에서 들려오는 범상치 않은 어떤 소리 때문이었다. 채 다섯 시가 되기 전이었고 날이 밝으려면 아직 먼 시간이었다. 아이들이 세 들어 사는 집은 상가건물 4층이다. 내가 정체를 잘 아는 그 소리가 들려온 곳은 바로 옆 건물이었다. 2층 건물의 아래층, 그리고 조그만 마당의 수돗가에서 홍합을 씻는 소리였다. 그 집은 중국음식점인데 홍합을 잔뜩 넣어주는 짬뽕은 꽤 소문이 나서 늘 손님으로 북적거린다. 새벽에 들려오는 소리는 다름 아닌 홍합을 씻는 소리다. 겨울철이라 창문을 꼭꼭 닫아두는데도 홍합 씻는 소리는 퍽이나 크게 들린다. 마치 동해안 어느 바닷가에서 자갈 해변에 파도가 밀려왔다 밀려가는 소리 같다. 꽤 여러 해 이웃해 살면서 나는 그 집 주인들을 조금은 알고 지내게 되었다. 젊은 부부와 남편 되는 사람의 동생이 함께 운영하는 식당인데, 세 살배기 아이 하나까지 네 식구가 식당 위층에서 살고 있다. 그러니까, 2층 건물을 다 세내어 아래층은 식당으로, 위층은 살림집으로 쓰고 있다. 그런데 그들이 위층에 살게 된 것은 불과 1년이 조금 넘었을 뿐이다. 그 전에는 식당에서 생활을 했다. 결혼하자마자 가진 돈 전부를 털어 식당을 차리고 나자 살림집을 얻을 여유가 없었단다. 식당에서 먹고 자며 악착같이 돈을 모아 2년 만에 위층까지 전세로 얻을 수 있었다. 남편과 시동생까지 젊은 세 식구가 옹색하게 살면서 아이도 태어났고 갓난아이를 식당에서 키우자니 얼마나 힘들었을 것인가. 그래도 젊은 아낙은 늘 수더분한 미소를 잃지 않는다. 새벽마다 홍합을 씻는 이는 남편이다. 이 추운 겨울에 찬물에 손을 담그고 거의 한 시간이나 홍합을 씻자면 얼마나 고통스러울까. 나는 새벽에 홍합 씻는 소리에 잠을 깰 때마다 가난한 서민들이 살아가는 힘겨움에 대한 연민과 함께 살아가는 일이 엄숙하고 경건하다는 것을 어쩔 수 없이 인정하고 만다.

그래도 장사가 제법 되어 돈을 모으는 그 식당은 나은 편이다. 안타깝게도 우리가 사는 건물의 아래층에 있던 치킨집 하나는 마침내 문을 닫았다. 닫은 지 한 달쯤 되었는데 안을 들여다보니 내부 집기며 배달용 오토바이까지 그대로 속에 있는 채다. 세를 놓는다는 문구와 전화번호가 적힌 종이만 바깥 유리에 붙어 바람에 날리고 있다. 치킨집이 들어온 것은 2년 반 전이었다. 오픈하는 날에는 대형 홍보차량에 바람잡이 하는 아가씨들까지 춤을 추어가며 요란을 떨었다. 밀가루 옷을 입히지 않고 닭을 오븐에서 구워낸다는 유명 브랜드의 치킨은 다른 데 비해서 비싼 편이었다. 기름에 튀겨내는 닭보다 양도 훨씬 적었다. 건강을 생각하는 웰빙 치킨이라고 광고를 했는데, 아직 민도(문화수준)가 낮은 지역이라 그런지 건강보다 양이라고 생각하는 자들이 많은 게 틀림없다. 치킨집 사장은 결혼도 하지 않은 총각인데 인상이 아주 좋다. 나는 딱 한 번밖에 치킨을 팔아주지 못했지만 가끔 들러서 안주 없이 생맥주 한잔을 마시곤 했다. 그러면 주인 총각은 처음 먹어보는 맛있는 과자를 몇개 접시에 가져온다. 거의 언제나 손님이 없었기 때문에 이런저런 이야기를 나누는데, 짐작했던 대로 장사가 잘 안되는 모양이었다. 나는 사실 알려고만 하면 하루에 닭을 몇 마리나 파는지 셀 수도 있었다. 왜냐하면 주문을 받는 즉시 오븐에 굽는 냄새가 곧바로 우리가 사는 집까지 올라오기 때문이었다. 어떤 날은 단 한 번도 냄새가 올라오지 않는 날도 있었다.

지난가을에 만났을 때 인상 좋은 주인은 올해를 넘기기 어려울 것 같다는 말을 했다. 나이를 묻는 내게 올해 서른셋이라고 말하며 어딘지 쓸쓸하던 그의 표정, 중학교를 졸업하고 배달 일을 시작해서 15년 만에 처음으로 자기 가게를 차렸다는 이야기가 쓰라렸다. 서른이 넘은 그에게 어서 돈을 벌어 장가 먼저 가라는 시답잖은 덕담을 건넨 적도 여러 번이어서 시름에 잠긴 그의 얼굴을 보는 것은 괴로운 일이었다. 그예 문을 닫게 되어 나는 다시 그를 만나지 못하게 되었다. 모은 돈을 모두 가게에 쏟아부었다가 빈손이 된 그는 처음 오토바이를 타던 열여섯 살로 돌아간 것일까. 그렇다면 그가 그동안 흘린 땀과 세월은 어디로 흘러간 것일까. 부질없는 생각일지라도 앞으로 살아갈 세상의 시간이 그에게 조금만 더 친절할 수 있기를.

달인이 산다

끝까지 이웃 이야기가 될 모양이다. 다들 크고 작은 논밭에 매달려 사는 우리 마을에 아주 특이한 이웃이 하나 있다. 여러 해 동안 비어서 폐가처럼 된 집을 얻어 마을로 이사 온 지 3년이 채 되지 않은 50대 중반의 부부다. 부부가 똑같이 구사하는 진한 경상도 사투리는 타 지역 사람들을 좀처럼 만나기 힘든 시골마을에서 꽤나 신선한 일이었고 조금 친해지면서 장난기 많은 마을의 아낙들이 사투리를 따라 하며 웃음을 터뜨리는 일도 잦다. 그런데 이들이 내 관심을 크게 끈 이유는 그들의 직업 때문이었다. 《한국직업사전》에도 올라 있지 않은 이들의 직업은 뭐랄까, 떠돌이 어부라고나 할 만한 것이다. 나이에 비해 퍽 젊어 보이는 사내에게 들은 바를 대충 옮기면 이러하다.

그들 부부는 본래 경상도 어느 시골에서 농사를 지었으나 워낙 농토가 적었던 탓에 남편의 소질을 살려서 민물고기를 잡아 매운탕집에 가져다주는 것을 부업으로 삼았단다. 소질이 워낙 뛰어나서였던지 민물고기를 잡아서 얻는 수입이 점점 늘어났고 본말이 전도되어 아예 아마추어 어부로 나서게 되었다. 그런데 어신이라도 강림했던 것일까. 이들 부부가 잡아들이는 물고기는 인근 수십 군데의 매운탕집에 댈 정도로 막대한 양에 이르렀던 모양이다. 그들은 몇 년에 한 번씩 자리를 옮겨 가며, 그러니까 물줄기와 고기를 따라 북상하여 20여 년 만에 마침내 남한강 줄기가 흐르는 우리 마을까지 이르게 된 것이었다. 그사이에 순전히 물고기를 잡아서 두 자식 학비를 대고 출가까지 시켰다. 좀체 믿기 어려운 이 이야기를 나는 그가 마당 한편에 설치한 거대한 수족관과 그 안에서 노니는 엄청난 숫자의 민물고기를 보고 비로소 수긍하였다.

내가 믿기 어려웠던 이유는 나 역시 민물고기 잡는 일에는 남들보다 출중한 재주를 가지고 있다고 생각하기 때문이다. 꽤 큰 지류가 남한강과 합쳐지는 합수머리를 고향으로 둔 나는 일찍부터 천렵(川獵)에 뛰어들어 족대, 투망질, 보쌈, 전짓대 낚시에 작살질까지 두루 몸에 익힌 바가 되었다. 지금도 물 맑은 냇가에 가면 매운탕 한 냄비 정도 거리는 별다른 도구 없이도 금세 잡을 수 있다. 하지만 내 경험으로 보아 냇가에서 잡는 민물고기라는 건 그토록 많이, 그러니까 생업을 대신할 만큼 잡을 수 있는 건 아니었다. 그런데 실제로 그런 사람이 나타났으니 내가 각별한 관심을 가진 건 당연하였다. 더구나 그가 잡는 방식은 내가 잘 아는 방법과 조금도 다르지 않았다. 주로 족대와 낚시, 개량된 보쌈 따위로 잡는 모양이었다. 잡는 곳은 크고 작은 냇가와 계곡이라고 했다. 가끔 말꼬리를 흐리는 것으로 보아 무언가 비밀이 있는 듯도 했으나, 남의 영업 비밀을 꼬치꼬치 캐물을 수는 없는 노릇이었다. 다만 그는 족대를 개량하여 들어온 물고기가 절대 빠져나가지 못하게 하는 방법 하나는 내게 가르쳐주었다.

부업으로 시작했지만 그는 이제 프로가 되었다. 잡은 물고기들은 깨끗이 손질하여 무게를 달아 진공포장을 한다. 여러 곳의 매운탕집에 납품하고 냉장박스에 담겨 택배로도 나간다. 스스로 제작한 도구와 정체불명의 철제 함을 실은 1톤 트럭을 타고 그들 부부가 출정하듯 집을 나서는 모습을 보면, 참 세상에는 기묘한 달인들이 살고 있다는 생각이 든다. 남을 믿지 못하는 못된 버릇으로 나는 한때 그들이 중국에서 민물고기를 수입하는 업자일지 모른다는 의심을 하기도 했다. 그러나 그들이 주로 잡아서 수입을 올린다는 물고기의 종류(수족관에 있는 대다수가 바로 이 물고기다)를 보고 그 의심을 풀었다. 우리 지역에서 '중타리'라는 방언으로 불리는 중고기가 그것이었다. 내가 아는 한 중고기가 수입으로 들어올 리는 없다. 아주 맑은 물에 살아서 끓이면 어딘지 쓴맛이 나는 것 같아 잡으면 버리곤 하던 물고기였다. 그놈이 요즘 귀하신 몸이 된 줄은 미처 몰랐었다.

이들 달인 이웃은 인심도 넉넉하여 나는 벌써 몇 차례나 메기와 미꾸라지를 얻어먹었다. 그냥 주어도 될 것을 꼭 손질과 포장까지 해서 집으로 가져왔다. 보통 한 팩이면 두 번 정도 매운탕을 끓일 양으로 넉넉하였다. 며칠 전에도 지난가을에 계곡에서 잡아 얼려놓았다는 산메기(미유기) 한 팩을 받았다. 손바닥 길이를 넘지 않는 작은 메기지만 매운탕을 끓이면 맛이 그만이다. 예상하건대 그들은 얼마 안 있어 우리 마을을 떠날 것이다. 물과 고기를 찾아 자꾸만 북쪽으로 올라가다가 삼팔선쯤에 다다르면 인생도 함께 저무는 나이가 되지 않을까.

김수영의 어느 시구절처럼 "어린아이고 어른이고 살아가는 것이 신기로워/물끄러미 보고 있기를 좋아하는" 내게 백 갈래 천 가지 색깔로 살아가는 사람들의 모습은 언제나 신기한 일이다. 밤새 내린 눈이 온 들녘을 뒤덮고서 아니다, 아니다, 나지막이 속삭일지라도. (2013년 12월)

기러기 울어 예는 하늘가

　겨울철 일 중에 가장 큰일인 전정이 끝났다. 아주 추운 날은 걸러가며 하는지라 달포 넘게 하는 때가 많은데 올해는 기상예보와 달리 포근한 날이 많아서 일찍 끝난 편이다. 웃자란 가지를 잘라주고 나무 힘에 적당하게 꽃눈을 남겨주는데 올해는 영 눈이 시원치 않았다. 크고 봉긋하게 불거진 눈이 봄에 힘차게 싹을 내민다. 그래야 크고 풍성하게 꽃이 피고 벌 나비가 모여들며 수정이 잘되어 열매가 실해진다. 한데 올해 꽃눈이 시원찮은 건 별다른 이유가 있어서가 아니다. 작년에 눈이 좋아서 제힘에 겹도록 너무 많은 열매를 달았던 탓이다. 욕심을 내어 많은 열매를 달았던 데는 내 얄팍한 계산속이 있었다.

　올해는 십수 년 만에 추석이 가장 이른 해다. 우리 과수원 사과는 대개 추석 무렵에 익는 품종인데 올해처럼 추석이 턱없이 이른 해는 도저히 명절에 맞추어 낼 도리가 없다. 추석이 지나면 곧바로 급전직하 똥값이 되는 게 사과값이라서 올해 농사는 시작부터 전망이 암담하다고 할 수 있다. 그래서 작년에 머리를 쓴다고 쓴 게, 어차피 내년에는 포기한다 생각하고 잔뜩 열매를 달아보자는 것이었다. 그러나 역시 계산대로 되는 게 아니었다. 나무에 버겁게 달린 사과는 제대로 크지 않았고 다른 해보다 병충해도 심했다. 예상했던 대로 올해 눈도 시원찮다. 작년에 많이 따 먹었으니 올해는 좀 쉬게 하거라, 하는 나무의 꾸짖음이 아닐 수 없다.

전정을 마무리하고 바로 '톱신페스트'를 발라주었다. 페인트처럼 걸쭉한 분홍색 액체인 이 약은 진짜 페인트를 칠하는 붓으로 바른다. 가지가 잘려나가 하얀 속살을 드러낸 곳마다 칠해진 분홍 페인트는 보기에 좀 흉측하다. 과수원과 분홍 페인트라니, 얼마나 어울리지 않는 조합인가. 하지만 이 약은 겨울잠 중간에 갑자기 가위와 톱날을 받은 나무에 대한 위무에 가깝다. 나무의 처지에서는 엉겁결에 당한 상처가 분명한 전정 부위에 인공 껍질을 도포해주는 격이라고나 할까. 병균이 침투하는 것을 막아준다는 본연의 임무보다 상처를 어루만진다는 감정이 내게도 조금은 위안이 되었다.

닭 세 마리

얼마 전에 마을에 있는 양계장에서 닭들이 나갔다. 나갔다, 라는 표현은 닭이 양계장을 탈출하거나 가출을 감행했다는 게 아니고 출하할 때가 되어 팔려 나갔다는 업계의 전문용어다. 새로 병아리들이 들어오는 것 역시 그냥 들어왔다고 하면 좋을 텐데 그 경우는 보통 입식했다, 라는 표현을 쓴다. 입식이라니, 아무 래도 갓 부화한 노란 병아리에게 쓰기에는 가혹한 언사란 느낌을 지울 수 없다. 하여튼, 이웃한 두 개 군(郡)에서 조류독감이 창궐하여 이미 80만 마리가 넘게 죽어간 상황에서 무사히 출하를 하게 된 것은 우선 이웃으로서 기뻐해줄 만한 일이었다.

마을의 양계장은 병아리를 들여와 한 달 조금 넘게 키워서 내는 육계농장이다. 알을 내는 농장과 달리 냄새가 없고 오·폐수도 나오지 않는다는 말에 마을주민들이 별 반대도 없이 동의서에 도장을 눌러준 게 10년쯤 전이다. 요즘 같으면 어림없는 일이지만 그때만 해도 머리를 조아려가며 먹고살게 해달라는 젊은 부부의 읍소에 야박하게 대할 수 없지 않느냐는 게 다수 의견이었다. 나 역시 집에서 양계장이 꽤 멀리 떨어지기도 했거니와 인상 좋은 그들 부부의 살길을 막아서고 싶은 마음은 조금도 없었다. 그런데 막상 농장을 짓고 양계를 시작하는 품새를 보니 '먹고살려는' 수준을 넘어선 듯했다. 8만 마리 정도를 들여와 키워서 내는 과정을 1년에 네 번가량 반복하는데, 남편 되는 사람의 표현대로 '아다리'가 맞으면 가히 엄청난 수입을 올리는 사업이었다. 수억 원의 수입을 올린다는 소문은 낯모르는 사촌이 땅을 산 격으로 배가 아픈 이들이 지어낸 건지 모르지만 부부가 따로 좋은 승용차를 몰고 다니는 것만으로도 풍문이 퍼지기엔 충분하였다.

닭들이 나갈 때는 철망처럼 생긴 케이지를 가득 실은 트럭이 줄지어 들어와서 닭을 실어 간다. 나는 여러 번 농장에 가서 닭들을 보았는데 눈으로 보면서도 8만 마리라는 수효를 실감할 수 없었다. 그 정도 숫자의 생령들이 좁은 공간에 모여 있다는 건 머리로도 눈으로도 감이 잡히지 않는 다른 세계였다. 닭들을 낼 때는 순전히 수작업으로 잡아서 케이지에 싣는다고 했다. 하긴 무슨 기계가 이리 뛰고 저리 뛰는 닭들을 잡을 것인가. 그런데 아무리 알뜰하게 잡아도 다음 날이나 며칠 후에 반드시 몇 마리가 나타난다는 것이었다. 몸을 감출 데라곤 없는 터진 공간 어디에 숨어 있었는지 포획자의 손길을 피한 닭들이 있다고 했다. 때로는 수십 마리까지 발견이 된단다. 나는 그 이야기를 듣고 어떤 신비한 느낌조차 받았다. 살고자 하는 격렬한 욕구가 그들을 잠시 투명 인간, 아니 투명 닭으로 만든 것은 아니었을까, 하는 따위 상상이었다. 8만이라는 엄청난 숫자는 예외적인 존재를 낳기에 충분한 숫자일 테니 말이다.

그렇게 남겨진 닭들은 이웃이나 마을회관으로 가게 된다. 곧바로 닭똥을 치우고 소독을 하여 다시 병아리를 들여올 준비를 해야 하기 때문에 잠시 운이 좋았던 닭들도 동료들이 갔던 길과 비슷한 운명을 따라갈 수밖에 없다. 하여 우리 마을은 1년에 몇 차례씩 공짜로 닭을 먹게 되었다. 이번에 닭이 나가고 이틀 후엔가, 양계장의 젊은 아들이 닭 세 마리를 담은 포대를 들고 왔다. 포대 안에서 푸드덕거리는 닭들은 예외적인 존재의 모습과는 어울리지 않게 곳곳에 뭉텅뭉텅 털이 빠져서 흰 닭인지, 분홍 닭인지 정체성을 의심할 만했다. 전에도 여러 번 그런 호의를 받았지만 이미 몇해 전부터 아버지가 집에서 살생을 금지해온 터라 마을회관에 가져다주곤 했었다. 이번에도 역시 회관에 가져다주면 알아서 잡아먹을 테지만 공짜 닭을 반겼던 마을사람들도 요즘은 차츰 뜨악해지고 있다. 그렇게 돈을 벌면서 고작 닭 몇 마리로 생색을 낸다는 비아냥거림은 시골사람을 무시한다는 억측으로까지 나아가곤 한다.

그깟 닭, 먹고 싶으믄 마트에서 사다 먹으믄 그만이지, 구찮케 물 끓여서 누가 잡아?

그러게. 주려면 동네여행 갈 때 돈으루나 보태믄 좀 좋아?

시골사람이라구 무시하는 게지. 닭 몇 마리믄 된다 이거지, 뭐.

회관으로 닭을 가져올 때마다 이런 말들이 한참이나 이어지다가 결국 누군가가 잡아서 백숙을 하거나 닭개장을 끓인다. 이번에는 더구나 조류독감이 돌고 있어서 회관으로 가져갔다가 되레 눈총이나 받을 듯해서 나는 닭 세 마리를 닭장에 풀어 놓았다. 야생성이라고는 전혀 없는 육계들이 추운 겨울날을 야외에서 견딜 수 없을 것 같아 헌 옷가지와 짚을 한 무더기 넣어주었다. 그래도 아마 죽을 거라고 예상하며, 그래도 어쩔 수 없지 않느냐고, 그만하면 동물보호론자도 아닌 터수에 할 만큼 한 거 아니냐고 위안하며.

벌써 몇 년째 빈 닭장을 허물지 않고 둔 까닭은 언젠가 다시 닭을 키울 생각이 있어서였다. 그동안 여러 차례 닭을 키우다가 결국은 죄다 잃기를 거듭했는데 이상하게 주위에 닭을 잡아먹는 산짐승들이 많았기 때문이었다. 주요 혐의자는 족제비였고 들고양이나 오소리도 수시로 닭들을 노리는 듯했다. 그렇다고 닭장 안에서만 키운다면 의미가 없었다. 산과 들에서 노니는 닭이 낳은 알을 맛보면 그 이유를 단박에 안다. 그리고 내게는 알에 얽힌 애틋한 추억이 있다.

　어릴 적에 우리 집도 늘 소와 닭을 키웠다. 겨울이면 닭들이 주로 노는 곳은 외양간이었다. 외양간에 깔아놓은 짚이며 소가 먹던 여물통에 닭들이 먹을 게 많아서였을 것이다. 눈을 끔뻑거리는 소와 분주하게 바닥을 쪼던 닭이 가끔 서로를 마주 볼 때가 바로 소 닭 보듯 할 때다. 그야말로 둘 다 무념무상임을 어린 눈으로도 알 수 있었다. 불과 서너 마리뿐이었기 때문에 하루에 한두 개의 알을 얻었다. 키만 컸지 삐쩍 마르고 얼굴에 늘 버짐이 피었던 내가 학교에 가려고 나서면 어머니는 삽짝 밖에서 기다렸다가 아직 따뜻한 알을 깨어 내게 먹였다. 어머니는 온기가 식지 않게 넣어두었던 깊은 품속 어딘가에서 알을 꺼내곤 했다. 당당하게 집 안에서 먹이지 못한 것은 호랑이보다 무서운 시어머니, 그러니까 할머니 때문이었다. 나를 귀여워했던 할머니가 못 먹게 할 리가 없건만, 어머니는 귀한 알을 할머니 앞에서 내게 먹일 생념조차 못 했던 것이다. 어느 날인가 결국 삽짝 밖 계란의 비밀을 알게 된 할머니에게 호된 꾸중을 들으며 눈물을 비치던 어머니, 집안에서 제일 씩씩하게 닭을 잡던 어머니가 이제는 많이 아프다. 힘겨운 걸음걸이로 한 움큼이나 되는 약을 드시며 어찌할 수 없는 노년의 길을 가고 있다.

　나 역시 닭을 키우며 얻은 알을 내 새끼들에게 먹이곤 했다. 흔한 게 계란이지만 집에서 낸 알을 어린 새끼들 밥 위에 얹어주며 사랑이란 어쩔 수 없이 내리사랑임을 먹먹하게 끄덕일 수밖에 없었다. 실패를 거듭하는 나의 양계를 끝내 포기하지 못하고 닭장을 그대로 둔 연유다. 닭 세 마리는 놀랍게도 하루가 지나고 이틀이 지나도 살아남았다. 겨와 밥찌끼와 마른 시래기 정도를 먹이로 주는데 분명 평생토록 사료만 먹었을 닭들이 식욕도 왕성한 편이다. 물론 이 닭들은 결코 알을 낳지 못할 것이고 굶주린 족제비가 호시탐탐 기회를 노릴 테니 잔명이 얼마나 될지도 모르겠다. 나로서는 좀 난감한 상황인데, 역시 겨울이 다 가기 전에 찬거리가 마땅찮은 마을회관으로 갈 가능성이 제일 높을 듯하다. 오직 사람의 식욕을 위해 키워진 동료 육계들이 그랬던 것처럼.

얼마 전 텔레비전에 나온 무슨 전문가라는 사람이 하는 말을 듣다가 놀랍고도 혼란스러운 감정을 느꼈다. 조류독감 사태에 대해 이야기하면서 그는 '살처분'만이 최선의 방책이라고 했다. 세상에, 어떻게 살처분과 최선이라는 말을 함께 쓸 수 있을까? 아니, 살처분이라는 단어는 최근에 만들어낸 최악의 용어 아닌가? 명부에 올려 흙으로 돌려보냈다, 정도로 쓰지는 못할지라도 마치 행정적으로 적절한 행위라는 듯 처분이라는 말 앞에 죽음이라고 붙이다니, 그리고 아무렇지도 않게 아이들이 보는 텔레비전이고 언론이고 떳떳하게 그따위 말을 쓰다니, 이는 폭력에 무감각해진 우리사회의 한 모습이다. 펄펄 끓는 냄비에 살아 있는 낙지를 넣으며 싱싱한 요리라고 찬탄하는 프로그램을 아이들과 함께 보는 것과 같은 끔찍함이다.

조류독감을 퍼뜨린 게 우리나라 겨울을 찾는 철새라고도 한다.

마치 책임이 철새에게 있는 양, 도래지를 제공한 곳에 배은망덕한 짓을 했다는 투로 농담인지 진담인지 모를 소리를 하는 괴상한 자도 보았다. 그러나 단언컨대, 저 밤하늘 달빛을 비껴 나는 기러기 떼는 완전무결하게 무죄다. 죄 많은 자들은 살처분을 명령하고 살처분이 최선이라는 무지몽매한 자들임이 분명하다. 나는 인간이라는 이름을 가진 그들보다 생명의 고리를 물고 울어예는 기러기들에게 더 의지하고 싶다. 설령 고병원성 무엇을 날개깃에 품고 있더라도 이상국 시인의 〈기러기 가족〉은 언제까지 겨울날의 애송시일 것이다.

"아버지, 송지호에 좀 쉬었다 가요/시베리아는 멀다/아버지, 우리는 왜 이렇게 날아야 해요/그런 소리 말아라 저 밑에는 날개도 없는 것들이 많단다"

구구팔팔

살처분이라는 끔찍한 말과 전혀 어감이 다른 최근에 알게 된 용어 하나. 언뜻 유쾌하나 어딘지 씁쓸한 뒷맛이 있는 '구구팔팔'이라는 말이다. 이미 오래전부터 회자되던 말인 것 같은데 나는 불과 두어 달 전에 생기 넘치는 한 중년 여성이 우리 마을을 찾아오면서 처음 들었다. 무언가 오묘한 수학적 진리가 숨어 있을 것 같은 이 말은 99세까지 팔팔하게 살자는, 수학과 생물학을 결합한 개념이라 할 만했다. 중년 여성은 자신이 구구팔팔 봉사대원이며 앞으로 정기적으로 마을 경로당을 찾아와 건강 체조며,

건강 강좌, 정신건강 요법까지 실행하겠다는 거였다. 나는 봉사라는 말의 뜻이 타인을 이용하여 자기만족을 얻는 행위라고 배웠기 때문에 퍽이나 마뜩잖았지만 마을의 노인들은 그게 아닌 모양이었다. 예상외로 거의 모든 어른들이 그녀가 지도하는 건강체조에 마법처럼 감염되어 한 달에 두어 번 오는 '구구팔팔데이'를 기다리는 거였다. 우리 부모님조차 배운 바대로 고무밴드를 걸고 팔다리운동을 날마다 하신다. 들어보니 운동도 운동이지만 봉사대원의 사근사근한 친절과 제 부모를 대하듯 연신 어머님, 아버님을 불러대는 게 마음을 빼앗길 정도로 좋은 모양이었다. 무뚝뚝하지 않으면 뾰루퉁하기 마련인 자식에 비하면 얼마나 좋을 것인가.

하여튼 시골에 있는 경로당까지 찾아와 듣기에도 달콤한 구구팔팔을 외치고 흥까지 돋우는 것을 뉘라서 트집 잡으랴. 다만 아주 운이 나쁘면 그 나이까지 살지도 모른다는 두려움을 가진 나 같은 사람이나, 기나긴 날들을 곤궁하고 외롭게 견뎌야 하는 촌로들에게는 어딘지 놀림을 받는 듯한 기묘한 느낌을 주는 용어이기도 하다. 실제로 내가 요즘 마을 어른들에게 가장 많이 받는 질문은 7월부터 준다는 기초연금에 대한 것이다. 그들이 알고 싶은 건 단 한 가지다. 하위 70프로에게 차등적으로 준다는 연금을 자신이 다 받을 수 있겠느냐는 것이다. 자신 명의로 된 논밭이나 돈 잘 버는 자식이 있어서 불이익을 받지나 않을까 불안해하는데, 나 역시 제대로 된 답을 줄 만큼 아는 게 없어서 대충 얼버무리고 만다. 공약한 대로 다 주면 좋았을 거라고 넌지시 한마디

하면 오히려 가난한 나라살림을 걱정하고 나오니 불안은 불안이고 우국의 심정은 따로 있는 모양이다.

여기에 내가 의아한 대목이 하나 있다. 전에 학생들의 무상급식이 이슈가 되었을 때 선별 급식을 반대한 가장 큰 논거는 낙인효과였다. 돈을 주고 먹는 아이들과 공짜로 먹는 아이들을 구분하는 잔인함만은 저지르지 말자는 호소는 결국 무상급식을 이끌어낸 힘이었다. 그런데 노인들에게 지급하는 기초연금에 대해서는 그 누구도 낙인효과를 거론하는 것을 본 적이 없다. 두 사안은 본질적으로 조금도 차이가 없다. 다만 대상이 노인이기 때문에 낙인을 찍어도 괜찮다는 것일까. 실제로, 그 나이에 자기 앞가림도 못하고 나랏돈을 축내느냐는 무지막지한 언사를 접하는 게 드문 일도 아니다. 마치 구걸하듯이 관리들에게 해마다 자신의 가난을 증명해가며 얼마의 돈을 받을지 불안해하는 연금이라니, 이것이 치욕이 아니고 무언가. 99세까지 팔팔하게 살라는 신통한 정책이 마냥 신통하게 보이지 않는 이유다.

설을 쇠고 한 살을 더 먹어 쉰이 되었다. 나이가 주는 무게였을까. 연초부터 마치 옛 혁명가라도 된 양, 무엇을 할 것인가 하는 뜬금없는 생각이 머리를 맴돈다. 정월 보름날, 달빛이 비치는 길을 이슥도록 걸었건만 겨울 하늘이 아득할 뿐, 아무 생각도 떠오르지 않고 밤새 한 마리 날지 않았다.(2014년 2월)

이른 꽃, 늦은 날들

해마다 기상이변이 그치지 않더니 올해도 예외는 아니다. 겨울 날씨가 따뜻해서 동해(凍害)를 입은 나무가 없던 것은 다행이지만, 갑자기 3월부터 초여름 날씨가 나타났다. 그러더니 작년보다 무려 보름이나 앞서서 꽃들이 피어나기 시작했다. 예년처럼 농사준비를 하다가 불의의 습격처럼 잎이 나오고 꽃이 피는 바람에 많은 혼란스러운 사태가 생겨났다. 화들짝, 꽃과 함께 나도 깨어나는 기분이랄까. 나쁘진 않았지만 기분 문제가 아니었다. 과수원을 하는 사람들은 대개 방제력이라는 도표 비슷한 것을 가지고 있는데, 이는 농약이나 거름, 영양제 등을 주어야 하는 시기를 날짜순으로 표시한 연중 농원 관리지침 같은 것이다. 그런데 개화가 훨씬 앞당겨지면서 혼돈이 오게 된 것이다. 나 역시 이른 봄에 살포하는 유황합제와 보르도액 따위의 시기를 제대로 맞추지 못했다.

날씨가 더워져서 자연스럽게 일찍 깨어나는 건 나무뿐이 아니다. 각종 충과 균들도 뒤질세라 그에 맞추어 움직이기 시작한다.

덩달아 나도 마음이 바빠져서 꽃을 따는 손길이 급해진다. 예전에는 과수원에 꽃이 만발했다가 열매가 맺히기 시작하면 열매솎기를 했는데, 요즈음은 조금이라도 더 과일을 키우기 위해 채 피지도 않은 꽃송이부터 사정없이 따낸다. 될성부른 놈만 남기고 나머지는 말 그대로 '채 피어보지도 못하고' 땅에 떨어지는 신세다. 요즘처럼 사과 과수원에 하얀 꽃이 흐드러지게 피어 있으면 지나가던 차들이 멈춰 서서 사진을 찍기도 하는데, 농민들은 주인의 게으름을 탓하며 혀를 찬다.

온 식구가 사과꽃을 따면서 아버지는 올해 추석이 워낙 일러서 일찍 과일이 익을 수 있도록 하늘이 조화를 부린 거라고, 정확히는 하나님이 다 그렇게 키우는 거라고 하신다. 얼마 전부터 갑자기 교회에 나가기 시작한 부모님은 평생 낯설었던 하나님이란 단어를 자주 입에 올리신다. 하나님보다는 '눈먼 시계공'을 더 믿는 나로서는 쓴웃음을 지을 뿐이지만 늙마에 교회 나가는 재미에 빠진 부모님을 탓할 마음은 없다. 하여튼 꽃따기는 겨우내 게을러진 몸으로 사다리를 쉴 새 없이 타야 하는 고된 과수원 노동의 시작이다.

마늘종이 올라왔네

아랫집에 사는 아주머니가 마늘종을 한 움큼 가지고 왔다. 역시 전 같으면 여러 날이 더 있어야 올라올 텐데 벌써 내밀기 시작한 모양이었다. 우리는 마늘종을 받고, 미처 먹지 못하게 많이 올라온 당파를 뽑아 건넨다. 이렇게 주고받는 게 시골에 사는 재미이기도 하다. 이웃들끼리는 식성도 대충 알고 있어서 아주머니가 아직 얼마 올라오지도 않은 마늘종을 가지고 온 이유는 바로 내가 마늘종을 최고의 반찬으로 삼는 걸 아는 까닭이다. 간장에 자작하게 졸이거나 소금물에 절였다가 장아찌로 무치거나, 아예 생으로 고추장에 찍어 먹기까지 나는 마늘종이 나오는 때면 끼니마다 빼놓지 않고 상에 올린다.

내가 태어나 살던 마을은 육쪽마늘이 유명했다. 우리 집은 마늘 농사를 많이 짓는 편이 아니었는데도 보통 1,000여 접을 수확했다. 한 접은 마늘 100통이다. 마늘종이 올라오는 시기는 농촌에서 가장 돈 가뭄이 드는 보릿고개 무렵이었다. 마늘종을 뽑아 100개씩 단을 묶어 자루에 넣은 다음 리어카에 싣고 50리 길 머나먼 장터에 내다 팔았다. 돌아오는 아버지가 손에 든 것은 충청도 산골에서 유일한 바닷고기로 알던 고등어자반이고 그날 저녁은 밥이 달고도 달았다. 마늘종을 뽑는 일에는 어린 나도 물론 동원되었다. 굵은 바늘로 마늘대 아래쪽 적당한 곳을 찔러주고 위로 잡아당기면 퐁, 소리를 내며 뽑혀 올라오는 새하얀 마늘종이 그렇게 좋았던 것은 아마 그것이 고등어자반으로 바뀔 수 있는 귀물이었기 때문이었을 것이다. 여름 내내 나뿐 아니고 급우들 거개가 도시락 반찬은 마늘종이었다. 마늘처럼 독하진 않아도 그 반찬 하나로 도시락을 비운 아이들 입에선 마늘 냄새가 풀풀 풍기기 마련이었다. 먼 도시에서 왔다는 담임선생님은 점심시간이 지나면 늘 코를 싸쥐고 다른 반찬 좀 싸오라고 철없는 소리를 했다. 콩 튀듯 팥 튀듯 바쁜 철에 아이들 도시락 반찬을 따로 해 주던 시절이 아니었다.

하여튼 같은 마을에서 태어나 자란 아내까지 식성이 비슷해서 마늘종을 다 좋아하는데 올해는 아예 마늘을 심지 않았다. 해마다 먹을 만큼은 했었는데, 갈수록 심으나 마나 한 게 마늘이었다. 우리 밭은 마늘 농사에는 전혀 맞지 않는 마사토인지라 재작년에는 아홉 접을 심어서 열한 접을 수확하는 기막힌 일도 있었다. 본래 들어간 씨에 비해 가장 소출이 적은 게 마늘이긴 하지만 이래저래 들어간 품과 자재를 빼면 늘 적자 농사였다. 거기다가 작년에 워낙 마늘값이 폭락하는 바람에 올해는 그냥 사서 먹을 요량을 하고 마늘 농사를 포기했던 것이다. 그런데 결과적으로 잘한 선택이었을까. 요즘 마늘과 양파를 두고 벌어지는 사태는 심상치가 않다.

우리나라에서 가장 많이 재배하고 중요한 작물이 무엇이냐고 물으면 아무리 도시사람이라도 쌀이라는 정답을 쉽게 말할 수 있다. 그런데 두 번째는 무엇이냐고 묻는다면 정답 비율이 얼마나 될까? 아마 열에 하나도 안될 것이다. 왜냐하면 정답은 바로 마늘이기 때문이다. 쌀 다음에 자연스럽게 나오는 게 보리일 테지만 슬프게도 보리는 이제 우리 땅에서 거의 자취를 감춘 작물이 되고 말았다. 정확히 말하면 보리가 사라진 자리를 마늘이 대신하게 된 것이다. 대표적인 월동작물인 보리를 정부에서 수매하지 않으면서 농민들은 대체 작물을 찾게 되었고 이제는 주산지가 따로 없을 정도로 전국이 마늘밭이 되었다. 지난겨울 겨울채

소를 하는 농민들이 겪었던 격심한 가격하락 역시 그와 같은 맥락이다. 조금이라도 수지타산이 맞을 성싶은 작물이 있으면 그리로 쏠린다. 그러다가 가격이 폭락하면 토끼몰이를 당하는 것처럼 농민들은 사지로 내몰린다. 마치 눈을 감고 경주를 하듯이 월동 이모작을 하는 데는 도저히 생산비를 맞출 수 없는 저간의 사정이 있다.

워낙 농촌에 관심이 없어서 사람들은 우리 농촌이 지금 거의 봉건제 수준으로 뒷걸음질 치고 있다는 사실을 잘 모른다. 헌법에 명시된 경자유전(耕者有田)의 원칙이 무색하게도 우리나라 농지는 현재 40퍼센트 이상이 임차지, 그러니까 지주가 아닌 소작인이 부치는 땅이다. 농가 비율로 치면 60퍼센트 이상이다. 이게 어느 정도로 심각한 수준이냐 하면 해방 후에 가장 들끓었던 이슈인 농지개혁 당시의 수준이다. 게다가 임대료는 논을 기준으로 보통 생산량의 절반 가까이 된다. 예를 들어 쌀 스물다섯 가마 정도를 생산하는 1,000평의 논이 있다고 치면 생산비가 열 가마, 소작료가 열 가마로 농민은 겨우 다섯 가마 정도를 남기게 되는 실정이다. 돈으로 치면 100만 원도 안된다. 설사 소작농이 아닌 자기 논이라도 수만 평의 논농사가 아니라면 도저히 생계를 유지할 수 없다. 우리나라 농가당 평균 농지는 3,000평이 조금 넘는 정도다. 그러하니 이모작을 해서 수입을 보충해야 하는데 대표적인 작물이 마늘인 것이다. 이미 국내 생산으로 충분한데도 정부는 중국과 체결한 의무도입량을 해마다 들여온다. 기억 속에 잊혔지만 중국과 10여 년 전에 마늘협상을 하며 정부가 국내시장을 모두 내주다시피 한 것은 중국 휴대폰 시장을 연다는 명분이었다. 보리와 밀은 사라지고 그나마 월동작물인 마늘과 양파, 감자 따위를 심어 생산비를 건지려 노력한 농민들은 이번 폭락 사태로 엄청난 타격을 받게 되었다. 남의 땅을 빌려 대규모로 농사를 지은 사람들은 수천만 원대의 손해를 본 경우가 많다고 한다. 그 정도면 회복하기 어려운 치명적인 경우인데 정부의 대책은 전무하다. 소비촉진운동과 농산물을 가공해서 판매하라는 게 고작이다. 농림축산식품부가 내놓는 정책이 가장 반농민적이 된 지는 오래되었다. 혹여 자본에 누가 될까 봐 미리미리 농업을 고사시키려는 임무를 띤 게 아닐까 의심이 들 정도다.

실제로 그런 일이 시도되었다고 나는 의심하고 있다. 연전에 '동부팜한농'이라는 대자본이 거대한 유리온실을, 그러니까 농민의 머리로는 상상하기 어려운 대규모로 기업식 농업을 하겠다고 나선 적이 있었다. 그 기업은 농민들에게 농약을 팔기도 하는 회사여서 농민들의 분노는 컸고 불매운동으로 이어지자 사업에서 손을 뗐지만 그 과정에서 보여준 당국의 태도는 실로 수상쩍었다. 갑자기 기업농에 대한 기사와 텔레비전 프로가 나오고 식물공장을 찬양하는 목소리가 곳곳에서 들려왔다. 식물공장이라니, 이건 일부러 불쾌감을 유발하기 위해 만든 단어 같기만 하다.

딸기밭이 사라졌다

며칠 전에 장에 갔던 아내가 딸기를 한 팩 사왔다. 좀 무른 게 섞이긴 했지만 생각보다 값이 눅어서 샀다고 했다. 내가 끝물이니까 당연히 값이 쌌을 거라고 하자 아내는 놀란 듯이 어떻게 4월에 딸기가 끝물이냐고 물었다. 놀란 것은 나였다. 농사꾼의 아내로 20년을 살면서 딸기가 언제 나오는 과일인지도 몰랐냐고 퉁을 주었더니, 우리 집 딸기는 이제 겨우 꽃이 피는 중인데 무슨 소리냐고 되묻는다. 그러고 보니 여러 해 전에 길가에 심어놓은 딸기가 해마다 봄이면 노란 꽃을 피우고 열매를 맺는다. 비닐도 씌우지 않고 그냥 땅에 심은 거라 개미를 위시한 여러 벌레들이 파먹고 정작 우리는 몇알 입맛만 다시는 정도지만 확실히 우리 딸기는 여름에 익는 게 맞다. 그럼 내가 잘못 안 걸까. 아니다. 지금 우리나라에서 딸기는 제철이 완전히 뒤바뀐 대표적인 과일이다.

40~50대의 중년이라면 딸기밭에 얽힌 추억이 있는 사람들이 꽤 있을 것이다. 80~90년대까지 도시 근교에는 딸기밭이 많았고 밭 주인들은 약간의 시설을 갖추어놓고 손님들을 끌었다. 나처럼 불량기가 있는 고등학생부터 대학생들, 연인들이 즐겨 데이트 장소로 삼던 곳이었다. 싱싱한 딸기를 먹거나 달달하게 담근 딸기주에 빈대떡 따위를 곁들이는 게 보통이었다. 그러니까 딸기밭이라는 장소는 꽤나 정감 있고 낭만적인 곳이었다. 그런데 어느새 딸기밭은 사라졌다. 지금 우리가 먹는 딸기는 어디서 어떻게 재배되고 있을까. 딸기는 놀랍게도 한겨울, 그러니까 12월쯤부터 시장에 나온다. 자라는 곳은 비닐하우스 안이다. 요즘은 시설이 빠르게 첨단화되어 딸기밭을 직접 보면 경이롭기까지 하다. 가장

충격적인 것은 딸기가 단 한 올의 뿌리도 땅에 내리지 않는다는 것이다. 어른 가슴 높이 정도에서 자라는 딸기는 관을 타고 공급되는 양액으로만 영양을 취하며 자란다. 하우스 안에는 온풍기가 돌고 꽃이 필 때는 수정을 위해 벌통을 들여다 놓는다. 사람은 허리를 굽힐 필요도 없이 서서 딸기를 수확하고, 딸기는 그날로 포장되어 시장으로 나간다.

내가 사는 주변에도 그런 딸기 하우스가 있어서 구경도 하고 맛도 보았는데 어떻든 나는 영양성분을 정확히 분석해서 공급해 준다는 양액이라는 것에 대해 본능적인 거부감이 일었다. 식물이 땅에서 공급받는 모든 것을 알고 있다는 인간의 오만에서 비롯된 것이 분명하기 때문이다. 딸기 덤불이 땅을 기면서 무엇을 빨아들여 비로소 한 알의 딸기가 되는지 아직 우리는 분명하게 아는 게 없다.

장황하게 딸기 이야기를 한 것은 그런 방식의 농업이 기업과 자본에 의해서 곧 시작될 것 같은 우려가 있어서다. 야금야금 진행되는 정부의 정책들은 거의 분명한 방향을 보여준다. 일례로 예전에는 농업법인의 경우 대표는 반드시 농민이어야 하고 법인 구성원의 절반이 농업에 종사해야 했으나 어느 사이에 법이 바뀌어 대표가 농민일 필요도 없으며 구성원 비율도 3분지 1로 완화되었다. 이는 민간자본에 농업을 장악할 길을 열어주려는 의도이며 이렇게 되면 농민은 공장의 노동자처럼 농업자본에 종속된 예농이 될 것이다. 또한 고삐 풀린 이윤추구는 농업의 본래적 가치를 저버리고 공장식 농업의 길로 나아갈 게 불 보듯 빤하다.

지금 현재도 정부의 정책은 들여다보면 기가 막힌 것들이 많다. 농식품수출지원금이라는 게 있다. 무려 6,000억 원이 넘는 액수인데 얼핏 들으면 농민들이 생산물을 수출하거나 원료로 납품할 때 받는 혜택쯤으로 들린다. 하지만 그 지원금 중 절반 이상을 가져가는 것은 '초코파이'를 만드는 어느 기업이다. 수입밀을 들여와 가공해서 수출하는 기업에 지원한 것을 마치 농민들에게 주어진 것인 줄 오해하게 만드는 대표적인 지원금이다. 도시민과 농민 사이를 마치 이간질이라도 시키려는 것처럼 생색내기에 그치는 정책이나 사업은 숱하게 많다. 실제로 농업 관련 기사에 농민을 암적인 존재로 여기는 듯한 댓글이 줄줄이 달리는 건 예사가 되고 있다. 괴롭고 슬픈 일이다.

　　대다수 국민들이 가장 자주 들으면서도 여전히 무슨 뜻인 줄 모르는 단어가 바로 '창조경제'라고 한다. 각계각층이 다 '창조경제'에 돌입해야 하는 엄중한 시기인지 정부에서는 농민들을 향해서도 '창조농업'을 하라고 강조한다. 이 어색한 단어만 해도 요령부득인데 '창조농업'의 내용인즉슨, ICT·BT융복합 농업, 농업의 6차 산업화, 스마트농업 등속이란다. 이만하면 '정책'이 아니라 평균연령 65세인 우리 농민들에게 모독감을 주려는 의도로 읽힌다. 물론 이는 기업농에 대한 정당화와 지원을 위한 밑그림이다. 이명박 정부에서 농업정책이 아예 없다고 비판들을 했는데 그게 아니라 '반농민-친기업농'이라는 엄연한 농정이 있었고 박근혜 정부에서는 그 기조에 더해 '창조농업'으로 한 발짝 더 나아갔다. 그 끝은 기나긴 살농정책의 완성이 될 것 같다.

생각해보면 지금의 사태는 오래전부터 예견된 것이다. 우루과이라운드에서 WTO(세계무역기구), 수많은 FTA(자유무역협정) 체결 등이 우리 농업의 목을 서서히 졸라왔고 이제 단말마의 위기까지 온 것이다. 모르는 사람이 들으면 좋은 말처럼 들리는 '개방농정'이라는 구호 아래 아무리 생각해도 너무 늦었다는 생각이 드는 지점까지 우리는 왔다. 통계를 보니 작년에 농가 3분지 2는 연 1,000만 원의 수입을 올리지 못했다고 한다. 순수입이라도 형편없는 액수인데 농산물을 판매한 총액이 그랬단다. 전체 농가의 절반은 농업 외에 다른 일을 해서 생계를 유지한다. 평균연령은 65세가 넘었고 농민 숫자는 이제 280만 명으로 줄어들었다. 이제 어디서 희망을 찾아야 할까. 잠이 오지 않는 밤이다.(2014년 4월)

스무 개의 나이테

해마다 몇 차례씩 일손을 얻게 된다. 주로 봄가을에 손을 얻는데 봄에는 열매솎기나 봉지 씌우기 작업을 한다. 일을 하러 오는 사람들은 같은 마을에 사는 아주머니들로 50대에서 70대까지 다섯 명 정도다. 열일곱 가구로 이루어진 작은 마을이기도 하려니와 급속히 고령화되어 남의 일을 다닐 만한 사람이라곤 그 다섯이 전부다. 노인 혼자 사는 집이 여섯이고 모두 여자 노인이다. 남편들은 거개가 내가 귀농한 이후에 하나둘 세상을 떴는데 알코올중독으로 인한 병이 원인이 된 경우가 많다. 나머지도 모두 부부로 이루어진 2인 가정이고 세 식구가 넘는 집은 두 집뿐이다. 사람은 줄었어도 논밭은 그대로여서 사람이 사라진 들녘에서 기계들이 대신 일을 한다. 농사철이면 기계 소리만 요란할 뿐, 사람 소리는 들리지 않는다. 이 풍경은 때로 괴기스럽다.

나는 별로 사교적이지 않고 딱히 말벗을 삼을 사람도 없어서 마을사람들과 살갑게 지내지 못하는 편이다. 물론 마을에서 제일 젊은 축이라 이런저런 마을 일에 함께하기는 하지만 부러 시간을 내어 어울리지는 않는다. 귀농 초기에 마을 일에 적극 나서다가 새마을지도자라는 황당한 감투를 떠안는 일이 생겨 어마뜨거라 하고 조금 거리를 두기로 마음먹은 탓도 있다. 그런 면에서 나는 농촌의 모둠살이에 부적격인 사람이지만 천성을 고치고 싶지는 않다.

그런 연유로 일손을 얻어 마을사람들과 함께 일을 하는 일주일여는 그들의 이야기를 듣거나 대화를 하는 연례행사 같은 것이기도 하다. 때로는 소설에 써먹을 일화들을 건지기도 하고 농촌 가정사의 속내를 들여다볼 기회가 되기도 한다. 일주일이란 시간은 꽤 길고 단순 반복작업은 지루하기 마련이라 마을사람들에게 일어난 시시콜콜한 일들이 모두 화제에 오른다. 그러니까 나는 한 번에 거의 1년 동안 일어난 모든 에피소드를 섭렵하게 되는 것이다. 더불어 저마다 구사하는 어휘나 말투 따위로 소설에 등장할 인물을 그릴 수도 있으니까 나로서는 두 가지 일, 농사일과 소설 쓰기를 동시에 하는 시간이라고도 할 수 있다. 당연히 그들은 농사일에 대한 품삯만을 요구할 뿐이어서 내게는 언제나 남는 장사다.

때가 때이니 만큼 간간이 시사적인 주제도 이야깃거리가 되었다. 임박한 지방선거가 주된 화제였고 난 언제나 그들이 나누는 선거 이야기를 흥미진진하게 듣는다. 시골사람들에게 제일 피부에 와 닿는 선거는 역시 지방선거다. 면내의 유지 한둘쯤은 지방의원으로 출마하게 마련이고 그들로 말하자면 안면이 있을 뿐아니라 사돈의 팔촌 격으로 누구나 인연이 있는 것이다. 그들 나름의 소박한 인물평부터 선거공보에는 결코 나오지 않는 뒷얘기들도 풍성하다. 물론 도지사나 시장으로 나가면 이야깃거리는 궁해지고 누군가의 과격한 발언에 맞장구를 치는 것으로 화제가 마감된다. '1번'이 아니면 나라가 금세 잘못될 것 같은, 갑작스레 증오를 드러내는 촌부들에게 나는 다만 쓴웃음으로 응답한다. 정치교양을 시도하기에는 날이 너무 덥고 나의 설득력은 턱없이 부족하여 아직 부모님조차 언제나 나와 다른 선택을 하는 형편이다.

그러고 보니 전과 달리 이번에는 나도 얼마간 기여를 한 게 있다. 부모님을 포함해 아주머니들이 전혀 마음을 정하지 못한 투표지가 하나 있었으니, 교육감이었다. 번호도 없고 누가 누군지 오리무중인 게 뻔해서 선거 바로 전날 나는 간단명료하게 내가 지지하는 후보의 이름을 알려주고 선택을 부탁했다. 구구절절하게 설명할 필요도 없이 지지를 당부한 말은 단 하나의 문장이었다. "지가 줌 아넌 사람인디유, 젤 괜찮은 사람이니께 꼭 한 표 찍어주서유." 그것으로 효과 만점이었고 다음 날 확인해본 결과 다행히 이름을 기억했다가 틀림없이 그 밑에 눌러주었다는 것이었다. 그 후보는 당선되었다. 교육감 선거에서 또하나 기억할 만한 게 있다. 아내는 아이 셋을 키우느라 비슷한 또래의 학부모들을 여럿 알고 지내는데, 그들이 모두 진보 교육감을 지지했더란다. 이상한 건 번호가 붙은 투표지에는 여전히 '1번'을 찍은 사람이 많다는 거였다. 생각하면 이상한 일이 아니었다. 아내말에 따르면 학년 초에 담임이 배정될 때 거개의 학부모가 선생님이 전교조에 속했는지 여부를 알아보는데, 예상과 달리 전교조 소속 선생님을 선호하기 때문이라고 한다. 적어도 아이를 차별하거나 비합리적인 요구를 하지 않는다는 믿음을 가지고 있단다. 그러니까 겪어보면 아는 것이다. 전교조에 대해 비이성적 비판을 해대는 이들은 대개 학생을 슬하에 두고 있지 않다.

유난히 이번 선거에서 면민들이 두 번 생각하지도 않고 여당 쪽으로 집결하게 된 이유가 있었다. 나로서는 충격적인 일이었는데, 여당 시·도지사들이 함께 내건 공약 중에 우리 면내에 대규모 물류단지를 조성한다는 게 있었다. 시골 동네에 수십만 평에 이르는 무언가가 들어선다는 게 사람들에게 개발에 대한 기대감을 품게 만든 것이다. 그런데 뭔가 미심쩍었다. 언젠가 그와 똑같은 공약을 한 사람이 있었다. '한반도 대운하'라는 해괴한 공약을 했던 이명박이었다. 그 공약에 따르면 내가 사는 충주는 운하 도시가 되며 바로 우리 마을 인근에 대규모 물류단지가 들어선다고 했다. 대운하는 폐기되었고 당연히 그에 따른 모든 공약도 날아간 줄 알았다. 그런데 놀라워라, 국토교통부 누리집에 들어가보니, 그들은 2008년 이후 변함없이 물류단지라는 걸 진행하고 있었다. 그러니까 이번 선거에 나선 자들은 이미 중앙정부 차원에서 진행되고 있는 사업을 자신들의 공약이라고 내걸었던 것이다. 그런 잔꾀야 정치꾼의 특장이지만 내가 진정 놀란 것은 토건 마피아들의 집요함이었다. 그들은 전임 대통령이 대운하 부수 공약으로 내걸었던 것을 절대 포기하지 않았던 것이다. 대운하가 폐기되더라도 기왕에 했던 물류단지 조성은 밀어붙일 만하다고 판단했을 테고 국토부 또한 호응했을 터였다. 은밀하고 포기할 줄 모르는 토건 마피아의 행태였다.

마을에 정착한 20년 동안 많은 변화가 있었다. 좁았던 길은 4차선으로 넓어졌고 평택에서 삼척까지 잇는 고속도로가 마을 앞을 지나가 공사가 한창이다. 세종시까지 이어지는 고속화도로를 닦는다고도 하고 몇 개의 산을 밀어내 공장들이 들어섰다. 급기야 마을 뒷산까지 개발업자 손에 넘어가 전원주택 단지를 조성하고 있다. 그러더니 이제는 이 내륙 한복판에 무슨 대규모 물류단지까지 만든다고 한다. 그런 과정에서 누구는 얼마에 땅을 팔았느니, 얼마를 보상받았느니 하는 소문이 흉흉하게 떠돌고 있다. 개발에 돈맛을 안 농민들이 몇억 단위를 쉽게 입에 올린다. 불과 20년 전만 해도 도무지 개발과 거리가 멀 것 같은 한적한 시골이었다. 면 소재지라 해도 놀러온 문우들이 옛날 영화 세트장 같다며 연방 사진을 찍어댈 정도로 옛 정취가 남아 있었다. 그런데 지금은 별의별 술집에 치킨집, 노래방과 찜질방까지 들어서서 도시 변두리 골목을 하나 옮겨놓은 꼴이 되었다.

아무래도 나는 다시 어디론가 떠나야 할까 보다.

늙은 나무들

처음 귀농했을 때부터 과수원 뒤쪽 산 아래 묵정밭이 하나 있었다. 관리를 하지 않아 산에서 내려온 칡덩굴이 덮고 잡초가 키를 넘게 자라 있었다. 주인 없이 묵힌 땅치고는 크기도 1,000여 평이 넘는 데다 모양도 직사각형으로 번듯했다. 알아보니 어느 문중 소유의 땅이었다. 문중 땅이 대개 그렇듯 돌보는 후손이 없어지자 그대로 묵은 것이었다. 우리 밭과 붙어 있다시피 했고 농사에 대한 의욕에 차 있던 때였다. 나는 문중의 책임자를 수소문하여 전화로 땅을 임대하겠다는 뜻을 밝히고 계약서를 쓰자고 했다. 서울에 사는 그는 반색을 하며 땅을 부쳐만 주면 고맙겠다는 것이었다. 실제로 산과 연결된 밭을 오래 묵히면 그대로 산이 되고 만다. 임대계약서를 쓰러 내려오겠다던 그는 차일피일하더니 무려 20년이 지난 지금까지 아직 나타나지 않고 있다. 물론 나도 만만찮게 꼼꼼한 사람이어서 해마다 그의 계좌로 약간의 소작료를 부쳐주며 실제적인 계약관계를 유지하고 있다. 굳이 밝히자면 소작료는 쌀 한 가마니로, 면적에 비하면 턱없이 헐하다.

하여튼 그렇게 해서 거의 공짜로 1,000여 평의 밭을 얻게 된 나는 내 땅과 다름없이 공을 들여 복숭아 과수원을 만들었다. 널찍하게 사이를 두어서 100그루 정도를 심었는데 오래 묵은 땅이어서인지 나무가 잘 자랐다. 정작 내가 산 땅은 모래가 많이 섞인 데다 해마다 화학비료를 뿌리며 농사를 짓던 땅이어서 과수원을 만드는 데 애를 먹었다. 포도나무는 모조리 뿌리혹병에 걸려 3년 만에 베어버렸고 배나무와 사과나무도 경험 부족으로 거의 해마다 새로운 묘목 심기를 되풀이했다. 제일 먼저 수확이 나오고 복숭아 맛도 좋아서 농업기술센터에서 주최한 복숭아 품평회에 나가 동상을 받은 것도 그 묵정밭에서 나온 복숭아였다. 굽은 나무가 선산 지킨다더니 생각지도 않게 얻은 밭이 효자 노릇을 했다. 복숭아 농사에 재미를 붙인 나는 결국 10년 넘게 가꾸어온 배 과수원을 갈아엎고 복숭아를 심었다. 그리고 또 세월이 흘러갔다.

복숭아나무는 20년 정도가 한계 수명이다. 물론 산에서 자라는 토종 나무는 그보다 훨씬 수명이 길지만 과수원에서 키우는 개량종은 그 정도 나이가 들면 고사하거나 열매를 제대로 매달지 못한다. 몇해 전부터 처음 심은 복숭아나무들이 하나둘 죽어가기 시작했다. 모진 추위가 몰아친 겨울을 지나고 나면 끝내 잎을 피우지 못하는 나무가 10여 그루씩 되었다. 끝내 작년에는 절반 정도만 남아서 밭이 휑해 보일 정도였다. 본래 수명이 다할 때가 되면 사이에 묘목을 심어 키워서 죽은 나무를 대체하는데, 나는 그 밭을 그대로 두었다. 새로 조성한 복숭아 과원에서 한창 수확이 나오고 사과나무도 자리를 잡아서 점점 손이 달리고 있었다. 요컨대 효자였던 묵정밭을 폐원하기로 했던 것이다. 부모님도 더이상 일을 하기에는 연세가 높고 나는 나대로 소설 쓰기에 좀더 시간을 내려는 속셈이 있었다. 그러자면 과수원 규모를 줄이는 수밖에 없었다. 하여 올해부터 그 밭을 묵히기로 작정하고 아예 겨울에 전정도 하지 않았다. 그리고 봄이 왔다.

이른 더위가 찾아온 올봄, 나무마다 꽃망울이 터지기 시작하자 이유도 없이 가슴이 벌렁거렸다. 무언가 잘못을 저지르고 있다는 느낌, 외면하고 싶었지만 그것은 50여 그루가 그저 서 있는 산 아래 밭에서 내게로 오는 느낌이었다. 가까이 가기조차 두려운 마음이 들었다. 멀리서 보아도 나무가 분홍빛으로 나날이 변해가고 있었다. 전정을 하지 않아 무성한 가지에 꽃이 터지기 시작했다. 더는 견딜 수가 없었다. 달려가 본 밭에서는 내가 평생 처음 본 엄청난 꽃사태가 일어나 있었다. 나무는 보이지 않고 온통 꽃 무더기였다. 수명이 다한 늙은 나무가 어떻게 그토록 많은 꽃을 피웠는지 아연히 바라보다가 나는 끝내 울컥하고 말았다. 아, 잘못했다.

그 길로 가위와 톱을 들고 온 나는 아버지와 함께 겹치고 휘어진 가지들을 잘라주기 시작했다. 아버지도 나와 같은 생각이었는지 "허 참, 허 참"을 연발했다. 그렇게 고사하도록 방치하려던 50그루의 늙은 복숭아나무는 다시 살아났다. 꽃이 필 때 전정을 해도 제대로 열매를 맺을 수 있는지는 뒷전이었다. 우선 나무를 살려야 한다는 생각뿐이었다. 그대로 그 많은 꽃이 열매를 맺는다면 여름을 넘기지 못하고 죽고 말 터였다.

신기하게도 늙은 복숭아나무는 전보다도 더 실하게 과실을 매달았다. 동계 약제를 전혀 치지 않았는데도 별 탈 없이 잘 자라고 있다. 봉지를 씌워보니 꼭 1만 장이 들어갔다. 한 그루에 200개쯤이 달린 셈이다. 한창때에 비해서 절반 정도지만 그저 고마울 뿐이다.

과수농사는 계속 내 마음을 거리끼게 한다. 어쩌면 훗날 참회의 목록에 오를 일일지도 모르겠다. 50그루의 복숭아나무를 고

사시키려 했던 작정의 밑절미에는 분명 깨끗하지 않은 계산이
들어 있었다. 그 나무들이 한창때처럼 열매를 매달 수 있었다면
나는 소설 운운하는 변명을 만들어내지 않았을 것이다. 그러니까
어차피 돈도 되지 않는 나무인걸, 하는 생각이 먼저였다.

　늙은 나무들에게 미안해하며 늦은 전정을 한 날은 4월 17일,
소돔과 고모라의 한복판에 거대한 충격으로 떨어진 세월호 대참
사 다음 날이었다. (2014년 6월)

이 또한 지나갈 것인가

배달되는 문학잡지들 곳곳에 슬픔이 배어 있다. 제일 먼저 민감하게 반응하는 시인들의 목소리를 따라가다 울컥, 목이 메곤 한다. 슬픔뿐 아니라 분노와 무력감, 열패감 같은 감정들도 묻어난다. 광화문에서 낭송되던 시인들의 목소리가 지면 속에도 핏물처럼 점점이 새겨져 있어 읽기가 힘들다. 산문이나 시평(時評)들도 (세월호) 참사를 다룬 글들이 많다. 너무도 끔찍한 일이 이토록 어이없는 방향으로 흘러가리라고 예상한 사람이 있었을까. 이번에는 달라질 거라는, 사회적 전환의 계기가 될 거라는 예상은 순진한 믿음이 아니었다. 대통령부터 여야 정치인까지 한목소리로 무려 '국가의 개조'까지 들먹이지 않았던가. 그런데 어느 순간 세상은 다시 잊으라고 한다. 여전히 가만히 있으라고 윽박지른다. 두 번의 선거를 치러낸 저들의 의기양양은 유족들을 비아냥거리는 지경에 이르렀다. 두려워라, 목숨으로도 어쩌지 못하는 저 벽을 무엇으로 넘을 것인가.

언제부턴가 기묘한 풍문 하나가 떠돌았다. 세월호 참사의 여파

84

로 소비가 위축되어 내수경기 침체가 심각하다는, 얼핏 피상적인 것 같지만 상당히 조직적으로 유포되는 풍문이었다. 그런 식의 불안이 불러오는 효과에 미소를 짓는 자들이 누구일지는 빤한 일이다. 손님이 없는 식당도, 매출이 줄어든 점포도, 유례없는 가격폭락 사태를 맞은 농산물도 참사로 인한 소비심리 위축이란다. 하여 참사 따위 잊고, 그러니까 제 입으로 말한 국가의 개조 따위도 잊고, 빨리 경제를 살리는 일에 매진하라는 요구가 국민의 뜻이라고 풍문은 재빨리 진화한다. 이런 얄팍한 사기극은 그러나 결정적인 위력을 발휘한다. 주위에서 보고 듣는 바로는 진짜 그렇게 생각하는 장삼이사들이 많다. 마치 참사 이전에는 서민경제가 흥청거리기나 했던 것처럼. 공기 중에 섞여 있어, 숨을 멈추지 않는 한 계속 들이마셔야 하는, 이 사회의 운명이 되어버린 온갖 거짓들에 숨이 막힌다.

쌀, 혹은 거짓말

쉴 새 없이 이어지는 충격적인 사태 속에서 슬며시, 거의 비밀리에 중대한 선언 하나가 발표되었다. 2014년 7월 18일 농림축산식품부장관 이동필에 의해 쌀 전면 개방, 저들의 교묘한 용어로는 쌀 관세화 조치라는 게 선언되었다. 이미 정부의 방침을 알고 있던 농민단체들이 항의하고 삭발농성에 돌입하기도 했지만, 때마침 발견된 어느 노인의 시체 하나가 쌀 개방 따위는 간단히 잊게 만들었다. 그리고 2015년 1월 1일부터 누구나 세금만 내면 자유롭게 외국 쌀을 들여올 수 있게 된다. 이게 과연 이렇게 간단하게 진행될 성질의 것일까. 나는 도무지 믿을 수가 없다.

첫째, 자칫 백성의 생명권이 위협받을 수 있는 일을 일개 장관이, 그것도 가장 반농민적인 부서라 할 수 있는 농림부장관이 종이 한 장을 펄럭이며 선언했다는 게 믿기지 않는다. 이 정도 사안이면 정부의 각 부처와 국회, 대통령까지 나서야 하는 게 마땅하다. 어떤 눈으로 보아도 이건 농민들만의 문제가 아니다. 흔히 쓰는 식량주권이라는 말의 뜻이 그렇지 않은가. 식량주권은 농민뿐 아니라 소비자인 백성 모두의 권리이자 국제교역 관계에서 자국민의 먹거리를 지켜야 하는 국가의 권리이기도 한, 헌법적 권리다. 기본권인 생명권에 직결되는 문제다. 이것을 장관이 기자 몇 명을 앉혀놓고 일방적으로 선언할 수는 없다.

둘째, 나는 장관이 거듭 강조했던 단 하나의 약속, 즉 정부를 믿어달라는 말을 전혀 믿을 수가 없다. 장황한 말을 싫어하지만 조금 긴 설명을 곁들여야겠다(실제로 시청 농정과에 근무하는 사람이 이 문제에 대해 거의 아무런 지식이 없다는 걸 알고 아연한 적도 있다. 그리고 미안하지만 농사꾼 아내로 살아온 내 처도 도통 모른다).

지금 우리나라는 40만 톤가량의 쌀을 의무적으로 수입한다. 이게 어느 정도 양이냐 하면 경기도 전체에서 생산되는 쌀과 비슷한 수준이고 전체 쌀 생산의 9퍼센트 정도다. 실로 엄청난 양인데 이 처치 곤란한 쌀 때문에 이제 어느 논이라도 쌀 이외의 다른 작물을 심는 게 가능해졌고, 국산 쌀에 수입 쌀을 섞어서 파는 눈속임도 허용되었다. 여기서 잊고 있던 정부의 거짓말 하나를 떠올려본다. 2004년 정부는 쌀 개방을 10년간 유예하며 의무수입량을 25만 톤 수준에서 막겠다고 공언한 바 있다. 40만 톤까지 증가하는 것으로 일단 협상을 했지만 차후에 국내문제를 들어 강력하게 재협상을 하겠다는 거였다. 순진한 농민들은 더러 그 말을 믿었으나, 이후 정부는 단 한 차례도 그와 관련된 협상을 시도조차 하지 않았다. 당장의 반대를 무마하고자 한 얕은 거짓이었다.

이번에도 또다른 거짓말을 시도하고 있다. 그는 당장 네 달 뒤에 시행할 전면 수입자유화 조치를 발표하면서 정작 관세를 몇 퍼센트로 할지는 밝히지 않았다. 농민들의 눈치를 보며 고율의 관세를 부과할 테니 정부를 믿어달라고만 한다. 일부 관변학자나 농민들의 입을 빌려 400퍼센트 운운하며 변죽을 울릴 뿐이다. 400퍼센트는 값이 싼 미국 쌀을 기준으로 가마당 25만 원 정도가 되는 관세율이다. 그렇게 되면 굳이 더 비싼 미국 쌀을 사 먹을 이유가 없지 않겠느냐는 것이다.

높은 관세는 정부가 내세우는 가장 강력한 무기지만 유감스럽게도 농민뿐만 아니라 그들이 그토록 두려워하는 국제기구에서 비웃을 일이다. 대체 우리를 뭘로 보고 그따위 수작을 부리느냐고 벌써 눈을 부라리고 있을지도 모른다. 한마디로 절대로 용인되지 않을, 저들도 속으로는 알고 있으면서 단지 농민들을 속이기 위해 내놓는 카드일 뿐이다. 이미 각국의 관세를 내리기 위한 국제협상이 진행되고 있는 마당에 FTA(자유무역협정)니 TPP(환태평양경제동반자협정)니 따위에 목을 매고 있는 정부가 뉘 앞이라

입이라도 벙긋할 것인가. 당장 2~3년은 높은 관세를 유지한다 해도 이미 검증된 협상능력으로 몇 년이나 버틸 것인지는 명약관화다. 현재 농민들은 관세율을 정한 다음 다시 바꿀 때는 국회의 동의를 받는 법을 만들자고 요구하고 있다. 최소한의 안전장치라도 마련해달라는 것이다. 그러나 정부에서는 이 단순한 요구마저 묵살하고 있다. 오만할뿐더러 저의가 드러나는 대목이라고 할 수 있다.

　얼마 전에 드러난 또하나의 거짓말. 그간 농민들의 주장을 궁색하게 만들었던 정부의 강력한 주장이 있었다. 수입개방을 하지 않으면 필리핀 꼴(?)이 난다는 협박성 주장이었다. 즉 우리와 비슷한 처지에 있던 필리핀이 개방을 하지 않음으로써 의무수입량이 두 배로 늘어나는 보복을 당했다는 것이었다. 우리가 당장 두 배인 80만 톤을 들여오게 되면 쌀농사는 파국을 면치 못한다는 위협은 상당히 치명적이었다. 그러나 국회에서 열린 — 거의 누구도 주목하지 않은 — 공청회에 참석한 필리핀 농민대표의 발표는 놀라운 것이었다. 우리 정부의 주장과는 정반대로 협상은 농민들의 주장이 관철된, 승리한 협상이었다고 했다. 쌀이 부족해서 이미 해마다 100만 톤이 훨씬 넘는 쌀을 수입하는 필리핀은 자유수입을 막는 조건으로 80만 톤의 의무수입을 하기로 했다는 거였다. 그러니까 불가피하게 수입해야 할 분량 내에서 협상을 마무리했기 때문에 필리핀 농업에 미치는 영향은 없다는 얘기였다. 이를 단순하게 의무수입량이 배로 늘어났다는 협박으로 둔갑시킨 정부의 거짓이 들통 나는 순간이었다.

그럼에도 정부의 선전은 집요하고 덩달아 춤을 추는 언론 역시 몽매한 농민들을 질타하는 데 주저하지 않는다. 질타의 요지는 국제무역질서 운운이다. 정부고 언론이고 '국제'라는 말 앞에는 어찌 그리 납작 엎드리는지, 국제기구니 국제조약은 언제나 신성불가침이다. 거기에 잘못 보이거나 규율을 어기면 당장 큰일이나 나는 것처럼 게거품을 문다. 거기에는 "그깟 식량 따위가 무엇이냐, 휴대폰이나 차를 팔아 사 먹으면 되지"라는 오랜 신탁이 의연하게 자리하고 있다. 어쩌면 국제기구가 '빅브라더'로서 세계를 적당히 분할하여 인간이 필요로 하는 모든 것을 생산, 분배까지 해주는 유토피아를 꿈꾸는지도 모르겠다. 그렇게 되면 우리나라에서 농민이니 논밭이니 하는 따위 싹 없애고 신나게 공장이나 돌릴 텐데, 이런 생각을 하지나 않을까. 씁쓸해서 해보는 말이다.

　　생각하면 그 '국제'라는 것도 우주 어디쯤에서 온 게 아닌 바에야 주권을 가진 한 나라가 당당하지 못할 이유는 없다. 게다가 그것이 나라를 이루는 백성들의 생명과 관련되었을 때는 대립도 하고 싸우기도 하는 게 차라리 국격을 높이는 길이다. 실제로 인도에서는 WTO와 대립해가면서 식량보장법을 통과시켰다. 식량주권과 비슷한 개념의 이 법을 제정하면서 인도는 WTO로부터 제소를 자제하겠다는 입장을 이끌어냈다. 요컨대 정부의 의지가 확고하다면 국제기구에도 균열을 낼 수 있다는 것이다. 지레 겁을 먹고 속곳까지 미리 벗어 주는 꼬락서니 따위는 보이지 말아야 할 것 아닌가.

울분들

몇몇 친구들이 술에 취하면 전화를 하곤 한다. 대개 두서없이 다음 날이면 잊어버릴 얘기들을 늘어놓지만 나는 인내심을 갖고 들어주는 편이다. 고단한 도시생활에 지칠 때 마음 편하게(?) 농사나 짓는 족속에게 넋두리라도 하고 싶은 모양이니 매정하게 끊을 수가 없다. 그런데 요즈음에는 전화로 울분을 토하는 일이 잦다. 울분 정도가 아니라 고래고래 욕을 퍼붓기도 한다. 나 역시 공감하는 바가 있어 맞장구를 쳐주곤 하는데, 며칠 전에는 그다지 많이 취한 목소리도 아닌 친구가 내뱉듯이 이러는 것이었다.

야, 그냥 원전이나 확 터졌으면 좋겠다.

지난해에 해운대에 같이 가서 하룻밤을 지내고 온 꽤나 진지한 고민을 달고 사는 친구였다. 7~8년 전부터 서서히 끓어오르던 분노가 마침내 갈 곳을 잃었을까. 나 역시 자꾸만 마음이 강팍해지고 때로는 주체하기 어려운 지경을 겪는 터라 이해 못할 바는 아니었다. 다만 어느 한구석 이게 바로 저들이 바라는 것일지도 모른다는 자각이 희미하게 들 뿐이었다.

비가 내리던 엊그제였다. 물에 빠진 생쥐 꼴로 복숭아를 겨우 따서 포장을 한 후 경매장에 내려주고 아랫마을을 지나는 길이었다. 길에서 좀 떨어진 마을 형님네 가지밭에서 요란한 엔진소리가 들려왔다. 웬일인가 싶어 차를 세우고 보니 형님이 등에 예초기를 메고 가지를 베어 넘기고 있었다. 금세 무슨 사정인지 짐작이 가서 그냥 발길을 돌릴 수가 없었다. 다가가서 보니 아직 시퍼런 잎과 검은 가지가 달린 가짓대가 속절없이 쓰러지고 있었다. 나를 보고 예초기를 멈춘 그가 소매를 잡아끌었다. 빗물인지 눈물인지 분간 못할 물기가 번들거리는 그의 얼굴은 붉게 상기되어 있었다. 그 울분을 어찌 내가 모르랴. 마을 앞 평상에 앉아 형님과 소주잔을 비웠다. 그래도 좀더 지켜보지 그랬냐고 위로 비슷한 말을 건네자 그가 고개를 절레절레 저었다. 10년 넘게 가지 농사를 짓던 중에 올 같은 해는 처음이라는 것이었다. 50개를 담은 한 박스 경매가가 5,000원을 넘겨본 적이 없다고 했다. 이미 들어서 대충 알고 있는 나는 하릴없이 자꾸 빈 잔만 채웠다. 보통 4,000원 정도가 나오는데, 거기에서 박스값 700원과 운반비 500원, 상하차비 500원, 경매 수수료 200원을 제해야 한다. 그러면 가지 하나가 50원이 채 안된다는 얘기다. 50원이라니, 애들조차 돌아보지 않을 돈, 50원. 결국 아직 수확기인 가지밭을 갈아엎고 가을배추나 심어보기로 했단다. 그것도 말리고 싶었다. 무엇을 심든 결국 적자가 날 거라는 불길한 말을 해주기는 괴로운 일이었다. 그도 나도 비 오는 길가에 앉아 자꾸만 소주잔만 비웠다.

가지뿐이 아니었다. 옥수수를 심었다가 따는 품삯도 나오지 않아 수확을 포기한 경우도 있고, 여름 오이 역시 매달린 채 늙게 둔 집도 있다. 고추 역시 값이 반 토막 났다. 너무도 선명한 원리가 작동한다. 값이 오르는 농산물은 즉시 수입을 하지만 값이 폭락하는 농산물에 대해서는 다만 무대책인 것이다. 이토록 반시장적인 정책에 맞서 어느 농민이 수지타산을 맞출 것인가. 이리저리 토끼처럼 내몰리기가 이미 수십 년째다. 나는 개인적으로 올해가 농민들이 종말적인 파국을 맞는 전환기적 해가 될 거라는 예감을 한다. 가까이에서 보면 선명하게 보인다. 거의 모든 농민이 살아남지 못할 것이며 결국 기나긴 살농정책의 최종적인 승리가 다가왔다. 그러나 쉽사리 승리를 구가하는 북소리를 울리지 말라. 하늘 저편에서 뎅, 뎅 어두운 조종(弔鐘)이 울기 시작할지도 모르니. (2014년 8월)

들녘에 찬 서리 내리고

벼 타작도 막바지에 들어서 이제 나락이 서 있는 논이 드물다. 우리 마을은 충청도치고는 논농사가 많은 곳이라 이맘때가 한 해 농사를 갈무리하는 제일 중요한 때이다. 도열병이 심한 남녘과 달리 별로 병충해를 입지 않아서 예년과 비슷한 소출이 나오는 모양이다. 나는 일찍 과일 수확을 끝낸 터라 산보 삼아 타작하는 논배미를 어슬렁거리곤 하는데, 그래도 홍성여야 마땅할 타작마당에 쓴 막걸리 한잔 오가는 곳이 없다. 워낙 기계 성능이 좋아서 웬만한 논배미는 한 시간이면 뚝딱 해치우니까 논 주인으로서도 번거롭게 새참을 내지 않는 것이다. 아예 주인이 나타나지 않는 경우도 꽤 있다. 기계를 부리는 사람은 의뢰받은 논에서 혼자 타작하고 돈은 계좌로 주고받는다. 서로 얼굴 한 번 보지 않고 추수가 끝나는 것이다. 이렇게 황량한 타작 풍경이라니. 게다가 이즈음에 단연 화제인 수매가에 대해서도 이상하리만큼 별말들이 없다. 정말 이상하다. 적막강산인 들판에 자포자기의 농심(農心)인가.

지난 대통령 선거 때 우리 마을 앞에도 박근혜 후보가 내건 '쌀값 22만 원 보장'이라는 간단명료한 현수막이 나부꼈다. 온건한 농민단체에서 요구한 최소한의 가격과 일치하는 금액이었다. 나는 믿지 않았지만 마을사람들은 그야말로 철석같이 믿고 환호했다. 그렇지 않아도 아낌없이 표를 줄 터인데 그런 고마운 약속까지 하다니, 뭐 이런 식의 감읍이 느껴질 정도였다. 그리고 올해 쌀값은 정확히 10년 전 가격인 (가마당) 16만 원으로 후퇴했다. 저 사악한 자들은 그만두고 나는 이 말 없는 농민들의 속내에 대해서도 갈수록 오리무중이 되어간다. 나도 그중 하나지만 말이다.

맞도리깨질

햇살 좋은 아침, 오늘은 들깨를 털기로 한다. 일주일 전쯤 베어놓았던 들깨가 적당히 말랐다. 들깨는 아침 이슬이 걷히는 대로 오전에 터는 게 좋다. 오후가 되면 햇볕에 꼬투리가 말라 통째로 떨어지는 경우가 많고 들깨 꼬투리는 참깨와 달라서 일단 떨어지고 나면 그 안에 든 깨를 밖으로 꺼낼 도리가 없다. 농사 중에 들깨를 제일 쉬운 농사로 친다. 골을 타거나 비닐을 깔지 않고 대충 줄을 맞추어 심으면 자라서 여물 때까지 별반 손이 가지 않는다. 자투리땅 곳곳에 심은 들깨를 베어보니 생각보다 많았다. 들기름을 좋아하는 집안 내력이 있어 해마다 예닐곱 말 넘게 기름을 짜는데 올해는 얼핏 가늠하여도 한 가마는 넉넉할 듯했다.

밭 한쪽에 널찍하게 비닐 멍석을 깔고 그 위에 깻단을 적당하게 널어놓는다. 이제 도리깨질을 할 참이다. 옛날에 쓰던 물푸레나무 도리깨가 아니고 장에서 사온, 플라스틱 자루에 굵은 철사네 가닥이 회초리를 이룬 낯선 도리깨다. 정감은 없지만 가볍고 부드럽게 돌아간다. 아버지가 먼저 도리깨를 휘두르니 우수수 깨가 쏟아지는 소리가 들린다. 질세라 나도 힘껏 내리치고 역시 사방으로 깨가 튀어 오른다. 수확에는 어떤 본능적인 즐거움이 있다. 그걸로 배를 채울 수 있고 죽음을 회피할 수 있다는 석기시대적인 안도감이랄까. 하여튼 나는 그렇게 느낀다.

맞도리깨질을 혀야지.

그저 깨가 쏟아지는 곳에 대고 도리깨를 휘두르는 내게 아버지가 한심하다는 듯 한마디 하신다. 우선 준비운동 삼아 몇번 휘둘렀을 뿐 어찌 그걸 모르랴. 하지만 도리깨질에 대해서는 아버지가 나보다 몇수 위라는 것 또한 알고 있으므로 나는 곱다시 아버지와 마주 선다. 도리깨질은 본래 혼자 하는 게 아니다. 마주서서 장단을 맞추어 겨끔내기로 내리쳐야 한다. 마당에서 아들이 혼자 도리깨질을 할 때 늙고 기운 없는 아버지가 방문을 열고 장죽으로 문지방을 두드려 장단만 맞추어도 훨씬 힘이 덜 든다는 게 도리깨질이다. 아주 어렸을 적에 아버지에게 들었던 이야기인데도 그 풍경이 눈으로 본 것처럼 그려진다. 지금은 고작 콩이나 들깨를 털지만 내가 어렸을 때만 해도 보리나 밀을 도리깨로 터는 집이 있었다. 그때도 발로 굴러서 터는 '와랑'이라는 탈곡기가 있었지만 그마저 없는 집이 많았다. 보리나 밀은 쉽게 털리는 게 아니라서 도리깨를 휘두를 때마다 뒤꿈치를 들었다가 온 힘을 다해 내리쳐야 하는 실로 고된 노동이었다. 땀범벅이 되어 도리깨질을 하는 아들이 안쓰러운 늙은 아버지가 장단을 맞추려 담뱃대로 문지방을 때리는 모습은 마치 그림처럼 내 머릿속에 자리 잡은 풍경이다.

맞도리깨질의 장단은 절묘하다. 다듬이 소리가 그렇듯이 단순하게 내리치는 두 개의 소리가 조금씩 시간차를 내며 호흡과 쉬어감까지 조절한다. 급하게 장단을 치면 힘이 많이 들고 또 너무 처지면 그 또한 균형을 잃는다. 그러니까 두 사람이 낼 수 있는 효과적인 힘을 장단으로 맞추는 것이다. 그렇다고 계산이 필요한 건 아니고 하다 보면 자연스럽게 그런 흐름이 생기게 된다. 그렇더라도 가을 햇볕은 따가워서 멍석 하나를 털기도 전에 등에 땀이 차고 겨드랑이가 축축해진다. 혼자라면 멈추어서 땀을 들일 텐데 맞도리깨질에서는 한 순배를 돌기까지 멈출 수가 없다. 어쩌면 일의 능률을 높이기 위해서도 필요한 게 맞도리깨질인 것이다.

깻단을 뒤집어 한번 더 도리깨질을 하고 다시 새 깻단을 집어와 터는 과정을 다섯 번이나 하고 나서야 도리깨질이 끝났다. 두어 시간 넘게 도리깨질을 한 나는 거의 녹초가 되어 밭가에 벌렁 누워버렸다. 도리깨질은 온몸을 쓰고 뱃구레가 벌렁거리는 중노동인지라 예전에는 막걸리 동이를 옆에 놓고 참참이 한 사발씩 마셔가며 하는 일이었다. 그야말로 시원한 막걸리 한 사발이 갈

급하건만 누룩 기운을 가까이하지 않는 아버지 탓에 마른 목을 밍밍한 냉수로 달랠 수밖에 없다.

이제 멍석 위에 수북하게 쌓인 들깨와 검불을 분리하는 일이 남았다. 도리깨질에서 벗어나 있던 어머니와 아내가 실력을 발휘할 때다. 우선 갈퀴로 큰 검불을 걷어내고 성긴 체로 한번, 가는 체로 또한번 걸러낸다. 그러고도 남은 작은 부스러기와 흙먼지 따위를 날리는 건 선풍기다. 대형 선풍기를 틀어놓고 위에서 조금씩 부으면 무거운 깨는 아래로 떨어지고 가벼운 검불은 바람에 날려가는 것이다. 들깨를 자루에 담기 전에 마지막으로 하는 작업이다. 이 대목에서 들은 재미있는 이야기. 선풍기가 없던 예전에는 이 작업을 어떻게 했는지 물었더니, 예전에도 손으로 돌리는 풍구가 있긴 했는데 그마저도 없는 집에서는 실로 기상천외한 방법을 썼다는 것이었다. 한 사람이 알곡과 검불이 섞인 것을 허공에 부으면 옆에 있던 사람이 저고리를 벗어들고 있다가 힘껏 휘둘러 바람을 내었다는 것이다. 가슴 높이에서 땅으로 떨어지는 짧은 순간에 바람을 일으켜야 하는 인간 선풍기였던 것이다. 재미라기보다는 간고한 노동의 비애가 느껴지는 이야기였다.

최종적으로 들깨는 한 가마하고 두 말이 더 나왔다. 이만하면 들기름을 아끼지 않고 가까운 이들과 나누어도 충분한 양이다. 뒷정리까지 다 하고 나니 해는 석양에 걸렸고 몸이 뻐근한 만큼 마음도 꽤나 뻐근했다. 봄날에 새순이 올라온 홑잎이나 원추리를 들기름에 넉넉히 무쳐 안주로 삼는 일은 이승에서 놓치지 말아야 할 기쁨의 목록이거니.

산에는 굴밤

그래도 나름대로 세종대왕 은덕을 크게 생각하며 사는 글쟁이
인데 글이나 말로 쓰면서 영 어색한 표준어들이 있다. 그중 하나
가 도토리라는 말이다. 참나무의 열매이자 다람쥐의 주식이며 묵
을 만드는 원료이기도 한 그것을 우리는 굴밤이라고 불렀다. 굴
밤이 도토리를 뜻하는 충청도 방언임을 나중에 알게 되었으면서
도 두 단어 사이의 간극은 쉽사리 메워지지 않았다. 어렸을 때
내가 주우러 다녔던 것은 어디까지나 굴밤이었지 도무지 도토리
따위일 리가 없다는 무의식 때문에 도토리라는 말은 지금도 낯
설기만 하다. 그것은 아마 굴밤이라는 단어가 주는 양식이라는
의미, 먹을 것이라는 어감에 기인할 것이다. 그랬다. 굴밤은 구
진함과 배고픔을 달래주던 엄연한 먹을거리였다. 하긴 월악산 일
대에서 활동하던 충청도 빨치산 부대를 '도토리부대'라는 별칭으
로 부르기도 했다니, 그 연원의 한 줄기가 내게도 이어졌는지 모
르겠다.

하여튼, 다른 고장은 어떤지 모르겠지만 내가 사는 곳은 근래
에 보기 드물게 굴밤이 풍년이다. 어느 정도냐 하면 참나무가 들
어선 산마다 줍는다기보다 쓸어 담을 정도로 굴밤이 많아서 시
내에 사는 사람들조차 일삼아 굴밤을 주우러 다니는 판이다. 심
지어 굴밤을 주우러 갔다가 말벌에 쏘여 죽는 사람이 여럿 나와
서 중앙 뉴스에 나올 정도였다. 옛 속언에 흉년이 들면 굴밤이

흐드러지게 달린다고 했으니, 이는 사람과 자연이 서로를 보살피는 존재라는 큰 생각이기도 하고 구황에 대한 갸륵함의 표현이기도 할 것이다. 한데 이제 흉년이 들어도 굶을 일 없고 올해가 오히려 풍년이라는 너스레가 음흉하게 떠도는 터인데 웬일로 이렇게 굴밤이 열렸는지 모르겠다. 삐딱한 나의 심사로 굳이 해석하자면 이제 풍흉에 상관없이 기나긴 흉년에 접어들었다는 징조이거나 먹을거리에 대해 까불지 말라는 경고가 아닐까 싶다. 물론 터무니없는 해석인 걸 안다.

우리 마을 뒷산은 워낙 참나무가 많고 그것도 거의 아름드리라 가을이면 굴밤이 지천에 널린다고나 할 지경이었다. 산자락을 뒤란으로 삼은 집 뒷마당에는 굴밤이 소복하게 쌓여 따로 주우러 갈 필요도 없었다. 그런데 재작년에 마을 뒷산이 건설업자에게 팔리고 업자는 전원주택을 짓는다며 산 중턱을 싹 밀어버렸다. 그 많던 참나무는 사라졌고 굴밤이 떨어지던 뒤란에는 흉측한 시멘트 축대가 세워졌다. 끔찍하기 이를 데 없는 광경이었다. 수십 년 혹은 평생을 두고 보아온 스카이라인(이런 단어를 써야 하다니!)이 없어진 풍경은 엽기적이었다. 상실에 대한 감성적인 표현 대신 짧은 욕설을 던지는 게 보통이었지만 마을사람 모두 심각한 상처를 입은 게 틀림없었다.

지난여름에는 상하수도 시설 같은 기반공사도 끝나서 곧 수십 채의 전원주택이 들어선다며 분양에 열을 올렸다. 자신들의 사업에 반대했다는 이유로 업자는 마을사람들은 안중에도 없었고 그와 결탁한 관은 언제나 건설업자 편이었다. 이제 사라진 뒷산은 기억 속에 남아 있을 따름이었다. 그런데, 갑자기 기적이 일어났다. 두 달 전, 무려 50채의 집이 들어선다는 곳에, 그러니까 겨우 산의 흔적이 희미하게 남아 있는 곳에 공사를 중단하라는 법원 명령이 적힌 팻말이 섰다. 그 누구도 막지 못할 것 같던 포클레인이 멈추고 인부들과 분양을 위해 몰려들던 사람들이 한순간에 사라졌다. 사연인즉슨, 뒷산은 본래 어느 문중(門中) 산이었는데 전체 문중의 동의 없이 일부가 건설업자에게 땅을 팔았다는 것이며 결국 소송 끝에 매매가 무효라는 법원 판결이 나왔다는 것이었다. 주민들이 그토록 반대하며 관에 진정을 했을 때는 눈도 꿈쩍하지 않던 사람들이 법원의 판결 앞에는 그야말로 고양이 앞의 쥐 꼴이었다. 어쨌든 나는 환호했고 당연히 마을사람들 모두 같은 심정일 거라고 믿었다. 그런데 의외로 무덤덤했다. 이미 사라진 산은 돌아올 수 없지 않느냐는 이도 있고, 기반공사까지 완료한 마당에 누군가 다시 사업을 이어서 하지 않겠느냐는 합리적인 불안을 표하는 이도 있었다. 환호성을 지른 나보다 말 없던 그들이 더 냉정했던 것이다. 사실 나는 판결 내용도 자세히 모르며 이후에 그 땅의 권리관계 따위가 어떻게 될지는 짐작조차 할 수 없다.

다만 첫 번째 의문에 대해서는 나름대로 믿음이 있다. 비록 처참하게 파헤쳐졌을지라도 아직 산의 흔적이 완전히 사라진 것은 아니며 산이란 나무가 사는 곳이라는 것. 그러니까 손대지 않고 두면 어디선가 솔씨가 날아오고 굴밤도 굴러와서 싹을 틔우리라는 것. 그리하여 다시 나무가 자라고 숲이 우거지면 삽날이 할퀸 상처쯤은 그 품속에서 사라지리라는 것을. 오래 시간이 흘러 내 아이들이 이곳으로 돌아올 때쯤이면 옹이 진 참나무가 바람이 불 때마다 또옥 또옥, 굴밤을 떨어뜨릴 것이며 서리가 내리는 아침이면 가랑잎도 이리저리 나부낄 것이라고 한사코 믿어보는 것이다.(2014년 10월)

갑오년을 보내며

짚신 신고
수운(水雲)은, 3천리
걸었다.

1824년
경상도 땅에서 나
열여섯 때 부모 여의고
떠난 고향.

수도(修道) 길.
터지는 입술
갈라지는 발바닥
헤어진 무릎.

20년을 걸으면서,
수운은 보았다.

팔도강산(八道江山) 딩군 굶주림
학대,
질병,
양반(兩班)에게 소처럼 끌려다니는 농노(農奴).
학정
뼈만 앙상한 이왕가(李王家)의 석양(夕陽).

— 신동엽, 〈금강〉 중에서

내 생애 처음이자 마지막일 갑오년이 지나갔다. 갑자를 따지며 살아가는 생활은 아니어도 농민으로 사는 터에 갑오년이 특별하지 않을 리 없다. 지난 정월에 처음으로 시작한 바깥일도 그와 관련된 것이었다. 어느 신문사의 요청으로 동학혁명의 발자취를 더듬어보는 연재를 하게 되었고 새해가 되자마자 홀로 남도로 떠났던 것이다.

120년 전 농민들의 함성을 따라 떠돌듯 돌아다닌 며칠 동안 내 입에서는 자꾸만 첫머리에 올린 신동엽의 시구가 맴돌았다. 웬일인지 녹두장군보다, 김개남 장군보다 최수운의 고달픈 편력이 내 마음을 사로잡았다. 긴 세월을 떠돌며 마침내 큰 깨달음 얻은 후 여자 노비 둘을 해방시켜 하나는 며느리로 또하나는 양딸로 들였다는 그. 그가 보고 눈물지었을 120년 전 농민들의 모습은 참혹 그 자체였다. 마지막 피 한 방울까지 짜내는 전세(田稅), 군포, 환곡. 야반도주하여 도적이 되거나 칼 들고 일어서는 반란이 아니면 살길이 없었다….

맨 처음 농민군이 기세를 올렸던 삼례와 원평, 보은을 거쳐 원한의 만석보에서 첫날 저녁을 맞았다. 정읍천과 태인천이 만나 동진강을 이루는 가녘에 펼쳐진 너른 들녘, 흉한 가뭄이라도 강이 내어주는 물을 받아 가을이면 곡식이 실하게 여무는 옥답이었다. 하나, 기름진 들녘은 기름진 배를 채우고자 하는 탐관오리들이 눈독을 들이는 곳, 그곳에서 탐욕과 생존이 칼끝처럼 맞부딪쳐 불꽃이 튀기 시작했다. 수세(水稅)를 통해 등골을 빼먹고자 농민들을 동원하여 쌓은 만석보는 이후 100여 년 동안 계속된 수세투쟁의 시작이었다. 농민들이 수세투쟁에서 최종적인 승리를 거머쥔 것은 김대중 정부에 들어서였다. 그러니까, 그날의 갑오년은 오늘의 갑오년과 그리 멀리 떨어진 게 아니다. 할아버지의 할아버지까지만 호명하여도 곧바로 닿는 세월이다.

피로 물들었던 황토재를 넘어, 장태라는 기발하지만 안타까운 무기를 앞세워 승리를 거둔 황룡강 전적지를 거슬러 전주 입성길을 따라가는 여정은 긴 세월을 건너와 가슴을 뛰게 했다. 그러나 전주성 점령은 한편으로 성안에 갇힌 모양새이기도 했다. 그리고 이어지는 전투. 이름도 생소한 최첨단 소총인 스나이더, 모제르, 마르티니가 내뿜는 조준 사격 앞에서 가슴에 품은 궁을(弓乙) 부적이 무슨 소용이었으랴. 기껏해야 10분에 한 발을 장전할 수 있는 화승총이나 창칼, 그도 아니면 몽둥이를 손에 든 농민군이었다. 너무도 기막힌 중과부적이었다. 저녁에 여관에 들 때마다 잎새주 두어 병이 아니면 잠들 수 없었다. 흰옷 입은 봉두난발 피투성이 농민군이 어딘가로 내달리는 꿈들이 이어지던 날들이었다. 그리고 꼭 한 번 우금고개에 섰을 때 그 황량함과 가슴을 치는 먹먹함에 왈칵, 눈물을 쏟고 말았다. 눈발 날리는 전적비 앞에서 망연히 눈물조차 훔치지 못한 것은 글쎄, 농민으로 사는 내 설움 한 덩이가 더해졌던 것은 아닐는지.

그렇게 시작한 한 해였다. 그리고 다시 참담한 갑오년이었다. 새삼 주워섬기기도 싫지만 올해 우리 농업에 몰아친 '전면 개방'이라는 태풍은 확실하게 숨통을 끊겠다는 광기를 번뜩였다. 이 무지막지한 농업 죽이기 속에 위대한 갑오년은 치욕과 한숨의 갑오년으로 저물고 말았다. 김남주의 시구절을 빌리자면, 아, 얼마나 음산한 갑오년이었던가. 아, 얼마나 계획적인 갑오년이었던가.

실로 고단했던 한 해가 갔다. 개인적으로도 무기력과 분노에 사로잡혀 지낸 날들이었다. 도저히 있을 수 없는 일들이 연이어 일어나 내가 사는 이 세상이 전에 알던 그 세상이 아닌 것 같은 착각마저 들 지경이었다. 나는 음모론 따위를 믿지 않는 사람이었는데, 올해를 지나고 나니 어느새 앵무새 같은 언론보다 이런저런 유언비어를 훨씬 더 신뢰하는 사람이 되고 말았다. 나는 국정원과 기무사가 조직적으로 불법선거를 자행했다는 소문을 믿으며 역시 국정원이 상업적으로 운영했던 배가 세월호라는 유언비어를 믿는다. 따지고 보면 나의 흉흉한 믿음을 조장한 것은 간첩조작을 위시한 숱한 거짓을 꾸민 그들의 탓이 아닌가.

그래도 대명천지에 '십상시'가 환생했다는 소식까지는, 필시 고단한 백성에게 잠시 웃음을 주려는 뜻이 아니라면 나로서는 달리 이해할 방도가 없다.

농민은 선거 있다

2015년은 선거가 없는 해라고 하지만 농어민과 축산인들에게
는 각별한 선거가 있다. 전국의 1,360개에 이르는 지역 농·수·축
협 조합장 선거가 그것이다. 그 많은 농협들이 각자 알아서 날을
정해 조합장을 선출하던 것을 이번에 처음 동시에 하게 되었고
정식으로 선거관리위원회에 관리를 위탁하기도 했다. 그러니까
그 전에는 선거 관리 따위가 없었다는 이야기다. 당연히 불법과
금권이 날뛰는 선거였고, 실로 초등학교에서 반장 선거를 하는
아이들이 알까 부끄러울 지경이었다. 나 역시 몇 차례 그런 선거
를 지켜보았고 하도 기가 막혀 소설로 쓰기도 했는데 더 보탤 것
없이 있는 그대로만 써도 좀체 믿기 어려운 이야기가 되었다.

내가 속한 조합은 조합원이 불과 1,000여 명에 불과한 작은 규
모라서 후보로 나선 자들의 선거운동이 꽤나 치열하게 전개되곤
했다. 선거란 작은 규모일수록 직접 유권자를 만날 기회가 많게
되고 자주 접촉을 하다 보면 자연히 패가 갈려 과열이 되기 십상
이다. 많이 알려졌다시피 조합장은 시장, 군수보다 더 많은 보수
를 받는 곳이 허다하고 그 외에도 각종 떡고물이 떨어지는 쏠쏠
한 자리다. 농협이라는 곳 자체가 실로 막강한 곳이다. 도시 어
디에나 간판을 달고 있는 농협이 본래 농업협동조합이라는 이름
이었던 것을 농민들도 잘 기억하지 못한다. 어느 틈에 농협은 농

민 위에 군림하는 관이 되었고, 분명한 '을'이 된 농민이 굽실거리는 게 당연한 것처럼 되었다.

오랜 요구와 투쟁으로 조합장을 직접 농민들이 선출하는 직선제가 되기는 했어도 버젓이 불법이 판을 치는 선거에서, 제대로 농민들의 주권이 행사될 리 없었다. 부끄러움을 무릅쓰고 밝히자면, 아버지와 내가 따로 조합원인 터라 투표권이 둘인 우리 집은 선거 때마다 후보자가 일부러 찾아왔고 그때마다 들고 오는 음료수나 김 따위를 넙죽넙죽 받아먹기도 했다. 한번은 꽤 묵직한 한우 사골을 받기도 했다. 이게 참 괴로운 데가 있다. 후보자라고 해야 서로 다 안면이 있는 처지에 가져온 것을 받지 않았다가는 당장 상대편을 지지하는 걸로 오해를 받게 되는 것이다. 선거가 임박하면 시내까지 나가서 먹고 마시는 판이 날마다 벌어지고 끝내 고소, 고발로 이어지기도 했다. 못된 것은 잘도 배워서 마타도어(흑색선전) 수법까지 기승을 부려 농민들 사이에 깊은 골이 파이는 경우도 허다했다.' 그런 식의 선거판에서 승리하는 이는 대개 반농민적이고 손에 흙을 묻히지 않는 자였다.

웃어야 할지 울어야 할지 모를 일이 버젓이 일어나기도 한다. 백성들이 우리나라에서 제일가는 기업으로 치는 삼성전자보다 훨씬 많은 자산을 가지고 있는 데가 농협중앙회라는 곳이다. 그곳의 회장을 뽑는 선거가 몇해 전에 있었다. 245만 명의 조합원을 대표하는 회장을 뽑는 제도는 무어라고 해야 할까, 유신시절 체육관선거를 능가하는 간선제의 간선제쯤으로 불러야 되겠다. 즉 직선으로 뽑힌 1,000여 명의 지역조합장들 중에 다시 200여

명을 추려서 그들이 선거를 하는 것이다. 이 기상천외한 방식은 두말할 필요 없이 매표를 용이하게 하기 위함이다. 이들의 한 표는 무려 1만 명이 넘는 농민을 대표하는데, 과거 통일주체대의원의 숫자가 그 정도를 대의하여 대통령을 뽑았으니까 과연 농민 대통령의 위상에 맞는다고 해야 할까.

하여튼 지난 중앙회장 선거에서는 눈을 의심케 하는 일이 있어났는데, 선거에 나선 모든 후보자가 공약 발표를 선거 뒤로 미루자는 것이었다. 공약을 비밀에 부치자는 발상은 실로 모든 상식을 뒤엎는 경이로운 것이었다. 세 명의 후보자 중 한 명이 중도에 사퇴하고 두 명으로 선거가 치러질 때까지 공약은 공개되지 않았다. 당선자는 약속을 깨고 재출마한, 전임 대통령의 고교 후배였다. 그런데 어떻게 그런 일이 일어날 수 있었을까. 자세한 설명보다 어느 농민의 짧은 구어로 듣는 편이 이해하기 쉬울 것 같다.

"에이, 같이 농사짓는 사람덜찌리 사람 보구 찍으믄 되지, 뭐 공약이구 이런 걸 따진디야? 그거야 인정머리 읎넌 도시것덜이나 허넌 짓이제."

누구나 인정머리 없는 사람으로 몰리고 싶지는 않으니까, 그런 식으로 밀어붙여서 선거 공약을 선거 후에 발표하는, 듣도 보도 못한 일이 벌어졌던 것이다.

재미없는 이야기를 조금 더 하자면, 농협중앙회장이 쌈짓돈처럼 쓸 수 있는 돈이 8조 원 정도다. 중앙회교부금이라는 이름으로 자기 마음에 드는 지역농협에 해마다 무이자로 내려보낼 수 있는 8조 원의 돈은 모든 농협의 목줄을 죄는 손이다. 최소 50억에서 100억에 이르는 그 돈이 없으면 지역농협은 거의 다 파산에 이른다. 총액만 짐작할 뿐 구체적으로 집행된 내역은 여태껏 한 번도 공개된 적이 없다. 심지어 농협 직원 중에도 소수만 알고 있다고 한다.

그리고 그 무소불위의 쌈짓돈은 전 국민이 내는 농어촌특별세에서 나온다. 농협은 무이자로 받은 돈을 농민에게 최소 8퍼센트 이상의 고금리로 대출하고 직원들에게는 4퍼센트 이하를 적용한다. '중앙회장은 만석꾼, 조합장은 천석꾼, 직원은 철밥통, 농민은 빈털터리'라는 농민들의 자조는 흔히 듣는 말이 되었다. 농협은 법적으로 노조와 같은 성격이기 때문에 정부의 감사를 받지 않는다. 물론 자체 감사가 있는데 감사의 임면권자는 다름 아닌 중앙회장이다. 이 철벽은 어느 정권에서도 손대지 못할 만큼 견고하고 두텁다.

어느 농협이나 1년에 한 번 사업보고서를 공개한다. 우리 마을의 경우에는 동네마다 돌아가면서 조합원을 모이게 한 후 직원들이 나와서 조합운영공개라는 행사 비슷한 것을 한다. 그날은 고기를 삶고 떡을 해서 작은 마을잔치가 열리는데 농협에서 술과 약간의 선물을 준비하는 게 보통이다. 조합은 한 해의 운영을 결산한 작은 책자를 수십 권 들고 와서 나누어 주고 형식적으로 몇 마디 설명을 하기도 하는데, 내가 아는 한, 책자에 실린 내용을 이해하거나 의문을 표하는 사람은 단 한 명도 없었다. 나 역시 한편으로는 소심하고 한편으로는 그깟 것 될 대로 되라지, 라는 비난받아 마땅한 성정인지라 그 자리에서 따지고 든 적은 없다. 책자는 겨우내 마을회관에서 굴러다니며 불쏘시개로나 쓰이지만, 내가 나름 면밀하게 들여다본 내용은 가히 충격적이었다.

농민들에게 공개하는 결산 내역이 우선 어렵기 짝이 없었다. 대출채권 평가이익이니, 대손상각비니 하는 말은 나로서도 요령부득이었다. 경제학 사전을 찾아가며 거의 하루를 들여 파악해본 결과 우선 회계가 엉터리였다. 이리저리 액수는 맞추어놓았지만 이중으로 처리된 액수가 있는가 하면, 설명 없이 누락된 것도 있었다. 내가 정작 놀란 것은 수입이었다. 농협의 전체 순수익 20억 원 가운데 절반이 이자수익이었다. 세상에, 이 조그만 농촌마을에서 이자로만 10억 원의 수익을 올렸다면 그 자체로 농협이 농민의 수탈기관임이 명백하지 않은가 말이다. 물론 농협이 아니었다면 다른 금융기관이 그 노릇을 대신했을 테고, 더 근원적으로는 거덜이 난 농민들의 살림살이가 원인이지만 그렇다고 착취기관으로서 농협의 위치가 바뀌는 것은 아니다. 수지타산이 맞지 않는 농사에 그나마 이자로 다 바치고 나면 다시 빚이 늘게 되는 악순환은 뻔한 노릇이다.

오호라, 보릿고개를 넘지 못해 울며 겨자 먹기로 곡식을 빌렸다가 가을에 혹독한 빚으로 갚아야 했던 환곡의 난이 오늘날에도 여전한 게 아닌가. 100년 너머 아득하기만 했던 환곡이라는 단어를 이제서도 떠올려야 하다니, 갑오년을 넘기는 속내가 춥기만 하다.(2014년 12월)

겨울밤,
아버지하고

1월에 푹한 날이 많았던 덕분으로 과수원 전정이 어지간히 끝났다. 설이 되기 전에 전정을 끝낸 것은 올해가 처음인 것 같다. 워낙 설이 늦은 해이기도 하지만 어쩐 일로 갈수록 더 부지런해지시는 아버지 덕이기도 했다. 정 추운 날을 빼고는 하루 종일 눈 덮인 과수원에서 가위와 톱질을 멈추지 않으시니 게으름을 피우고 싶은 나로서도 적잖이 괴로운 일이었다. 글을 쓰거나 책을 읽는다는 알량한 핑계로 늦잠을 자고 나서 어슬렁거리며 과수원으로 가면 아버지는 외려 나를 밀쳐내신다. 여름 전정을 많이 해서 별반 자를 가지가 없다며 올 전정은 당신 혼자 해도 충분하단다. 이거야 원, 무슨 문호라도 될 줄로 아시는지 겨울 한철 글 쓰고 책이나 읽으라며 영 가위를 잡지 못하게 한다. 참으로 난감한 노릇인데 가만히 보니 아버지는 실제로 일을 퍽이나 재미나게 느끼는 듯했고 그것이 또 나를 아연하게 만들었다. 겨울 눈밭에서 하는 가지치기가 어찌 즐거울 수 있단 말인가. 아버지의 주머니에 든 작은 음악플레이어에서는 종일 노래가 흘러나

오고 아버지는 질리지도 않는지 때로는 목청껏 따라 부른다. 여
든이 가까운 노인인 아버지가 뜻밖에 요즘 더욱 생기를 내는 것
은 나로서는 불가사의한 일이다. 이해하기 어려운 것은 어려운
것이고 어쨌든 다행스럽고 기쁘다.

새끼 꼬던 밤

　명색이 소설을 쓴다고 하면서 아직 아버지 이야기를 쓴 적이
없다. 너무 가까이 있어서 막상 당신의 생애를 대면하기가 어렵
거나 두려웠던 것 같다. 언젠가 아버지의 이야기를 쓰겠다는 결
심이 자꾸 미루어지는 것은 생각만 해도 먼저 가슴이 저려오는
아픔 때문이다. 아버지는 겨우 열두 살에 일곱 식구의 가장이 되
었다. 전쟁이 터지자마자 집안의 두 기둥이었던 할아버지와 작은
할아버지가 좌익 혐의를 받고 학살되었던 것이다. 겹겹이 시체가
쌓인 집단 학살의 현장에서 열두 살의 아버지는 할아버지의 시
체를 찾아 지게에 지고 30리를 걸어왔다고 했다. 뜨거운 여름날,
이미 부패한 시체들을 뒤집고 또 뒤집던 소년을 생각하면 금세
머릿속이 하얗게 변해 이야기를 써나갈 엄두를 내지 못했다.
　그 길로 아버지는 어린 농사꾼이 되었다. 물론 다시 학교에는
가지 못했지만 아버지는 책을 좋아하는 소년이었다. 끼니를 잇기
에도 빠듯한 살림에도 책을 사서 읽었고 지금도 집에는 그 당시
아버지가 샀던 정음사판 《삼국지》며 《홍루몽》, 《수호지》 같은
책들이 남아 있다. 겉장이 닳지 않도록 붉은 비닐로 싼 그 책들

을 볼 때마다 나는 열대여섯 살의 아버지가 호롱불 밑에서 책을 읽는 모습을 떠올리곤 한다.

나는 비교적 아버지가 살아온 내력을 소상히 알고 있지만, 어린 소년이 겪은 엄청난 정신적 충격을 어떻게 이겨냈는지는 묻지 못했다. 아버지 역시 당신이 치러낸 내면의 고통에 대해서 이야기를 꺼낸 적은 없다. 다만 나는 아버지가 평생 동안 한 일, 그러니까 농사일이 가장 큰 치유였지 않을까 하는 생각을 최근에 하게 되었다. 매일 논밭에 나가 일을 하면서 흙과 초록생명이 주는 말 없는 위안이 아버지의 내면을 어루만져주었을 것이라는 생각, 그것보다 더 큰 처방은 세상에 없었을 것이라는 생각이다. 돌이켜보면 나 역시 어린 시절부터 아버지를 따라다니며 농사를 거들던 기억이 지금의 나를 있게 한 가장 결정적인 힘이었다.

제일 먼저 떠오르는 기억은, 아홉 살 때다. 몇 집이 공동으로 우물을 쓰고 있었는데 아버지는 마당에 우리 집만의 샘을 파기로 했다. 동그랗게 자리를 잡고 땅을 파내려가는 아버지 옆에서 나는 신이 났다. 마을에 하나둘씩 생기기 시작하던 펌프(전기가 아닌 손으로 아래위로 젓는 수동 펌프였지만)를 우리도 놓는다니 어찌 신나지 않았으랴. 그런데 하루 이틀이 지나자 아버지는 작은 수직 동굴 속으로 가뭇없이 사라져갔다. 짧게 자른 삽과 곡괭이 소리만 땅속에서 들려오고 아버지의 모습은 보이지 않았다. 도르래에 매단 통을 내렸다가 끌어올리면 아버지가 파낸 흙과 돌덩이가 올라왔다. 몇 날이나 흘렀을까, 흙더미가 무너져 아버지가 묻히는 꿈까지 꾸었던 그때의 두려움이라니. 물은 좀체 솟지 않고 저녁에 줄을 타고 올라온 아버지의 흙투성이 얼굴을 보고 나는 울음을 터뜨리고 말았다. 펌프를 박고 물이 펑펑 나오게 되었지만 어둠 속을 파내려가던 그 무시무시한 아버지의 노동은 내게 잊을 수 없는 심연이 되었다.

봄이면 논에서 소로 쟁기질을 하는 아버지를 따라가 한나절을 논둑에 앉아 있어도 심심하지 않았다. 쟁기가 지나갈 때마다 척척 뒤집히는 시커먼 논배미를 보며 논둑에 지천으로 매달린 맛없는 뱀딸기를 따 먹었다. 뉘엿뉘엿 해가 질 때 소를 몰고 돌아가는 아버지의 뒤를 따라올 때면 늘 아버지의 맨발이 눈에 밟혔다. 논에 갈 때는 누구나 맨발로 다니던, 그리 멀지도 않은 세월이건만 장화 한 켤레도 없던 시절이었다.

아버지와 많이 이야기를 나누는 것은 역시 겨울이었다. 겨울이라도 늘 할 일이 있었다. 아버지는 아침나절에 나무를 한 짐 하고 나면 짚가리에서 볏짚을 여남은 단 헐어서 물을 뿌렸다. 그놈으로 밤늦도록 새끼를 꼬고 가마니를 쳤다. 메주가 걸리고 짚 냄새가 가득한 사랑에 앉아 아버지가 새끼를 꼬면 나도 옆에서 같이 새끼를 꼬았다. 아직 어린 손이었고 그때부터 나는 손재주가 없었지만 새끼를 꼬는 일은 재미도 있을뿐더러 꽤나 소질이 있었다. 새끼가 필요 없게 된 시절이 이미 오래라 가물가물한데도 얼마 전에 메주를 매다느라 새끼를 꼬아보니 예전과 조금도 다르지 않았다. 하여 개인적으로 깨달음 하나를 얻었으니, 자전거 타기와 새끼 꼬기는 한번 배우면 결코 잊어버리지 않는다는 것이다.

긴긴 겨울밤, 아버지는 멍석이나 가마니를 짜고 나는 옆에서 새끼를 꼬았다. 며칠을 해야 한 타래를 만들 정도였고 손바닥도 아팠지만 아버지가 들려주는 옛날이야기가 좋아서 사랑채를 떠날 수 없었다. 적당한 가락을 넣어가며 "분구필합(分久必合)이요, 합구필분(合久必分)이라"로 시작하는 《삼국지》 첫대목을 시작하면 아버지는 책 한번 보지 않고 긴긴 《삼국지》 이야기로 몇날 밤을 이어갔다. 당신 스스로 이야기에 빠져 마치 등장인물이나 된 듯이 "기생유하고 하생량고, 주유를 세상에 내어놓고 어찌 또 제갈량을 내었단 말인가"라거나 "호부에 견자라, 유비 아들 유선이 그러했도다" 하시던 게 지금도 기억난다. 나중에 내가 《삼국지》를 읽었을 때 대목마다 조금도 낯설지 않았음은, 물론 그 겨울밤에 몇 번이나 귀로 들었던 까닭이었다. 하 재미있던 것은 《수호지》여서 나는 열두어 살에 급시우 송강이니, 흑선풍 이규니 하는 양산박 두령들의 별호와 이름을 줄줄 외고 다녔다. 그러니까 아버지의 이야기는 내 생애 첫 번째 소설수업이었다.

그로부터 먼 훗날, 내가 첫 소설책을 냈을 때, 뜻밖에 아버지는 거의 떨리는 어조로 이렇게 말했다.

"우리 집이 반가(班家)였다고는 하나 문집을 낸 것은 네 오대조에서 그치고 말았다. 이제 네가 문집을 엮었으니 내가 조상 뵐 면목이 생겼다."

듣기에 얼핏 황당하기까지 한 말씀이었으나 당신이 평생 두고 한스러웠던 배움에 대한 아쉬움을 그렇게 표현했는지도 모르겠다. 나로서는 낯간지럽기 그지없는데 아버지는 그게 아닌 모양이었다. 내 사진이 박힌 신문기사를 액자에 넣어 벽에 걸어놓고 손님이 올 때마다 은근히 시선을 유도하기까지 하니 이를 어쩌나. 하긴 내가 쓰는 모든 글 속에 아버지와 새끼를 꼬던 겨울밤 한 자락이 들어 있을 터이니 아버지가 그 정도의 주장을 하는 것이 맞을지도 모르겠다.

한번 더 귀농을

내가 사는 충주에도 《녹색평론》 독자모임이 생겼다. 아직 시작 단계라서 여섯 명 정도가 참여하고 있는데 나를 포함해서 네 명이 귀농한 사람이다. 연차로 치면 내가 제일 오래되었지만 각각 옹골찬 생각을 품고 귀농한 다른 분들에 비하면 적잖이 부끄럽다. 부끄러움은 내가 하고 있는 과수원에서 연유한다. 별 고민 없이 선택했던 과수원 농사를 20년 동안 하면서 나는 남들 앞에서 귀농했노라고 떳떳하게 말하지 못하게 되었다. 땅을 차지하고 앉아서 그 땅을 죽이고 있다는 자괴감, 수확 때마다 거듭되는 판매의 괴로움 등 무언가 잘못 살고 있다는 느낌은 확연하였다. 그 괴로움은 꽤 오래전부터 계속된 것이어서 이제는 더 견디기 어려운 지경이 되었다.

그래서 요즘 심각하게 또다른 귀농을 꿈꾸고 있다. 부모님과 아내 역시 동의를 해주어 기쁜 마음으로 준비를 하고 있는데, 내가 생각하는 게 그다지 특별한 것은 아니다. 나름 꼼꼼하게 계산해보니 한 사람이 자급자족하는 데 필요한 땅은 아무리 많게 잡아도 200평 정도면 충분하다. 쌀 두 가마와 필요한 모든 잡곡과 채소, 세 마리 정도의 닭을 키우는 데에는 농약도, 사료도 별다른 노동력도 들어가지 않는다. 연간 300시간 정도의 노동력이 들 것 같다. 다행히 막내가 나를 따라 농사를 지을 마음을 가지고 있어서 총 다섯 식구가 산다고 하면 논 500평과 밭 500평 정도로 모든 먹거리를 해결할 수 있다. 논에서 나오는 열 가마의 쌀은 남아돌 테고 밭은 갖가지 과일나무까지 심을 수 있는 면적이다. 힘 좋은 막내까지 거들면 그야말로 설렁설렁 놀이 삼아 일하며 사는 게 가능하다. 그러면 남아도는 숱한 시간에 자기가 하고 싶은 일을 하면서 인생을 살 수 있지 않은가. 인간이 동물보다 우월한 존재라는 증거는 먹을 만큼 일하고 나머지는 보다 더 높은 정신의 법칙에 따르는 것이라는 소로의 잠언은 영원한 진리의 말이다. 본래 내가 생각한 귀농도 그런 것이었다. 아내 말로는 그렇게 살아도 한 달에 50만 원 정도의 생활비는 들어갈 것이라고 한다. 그 정도는 역시 소로의 모범을 따라 간간이 품삯 일을 하는 것으로 충당할 수 있을 것이다.

약간 꿈같은 이야기지만 이런 식으로 농지를 계산하면 우리나라 전체 인구의 절반 이상이 그런 삶을 살 수 있다. 절반이 아닌 1,000만 명 정도만 그런 삶을 선택해도 우리가 사는 세상은 아주 많이 바뀔 것이다. 어쨌든 요즘 나는 그런 즐거운 계획을 짜고 있다. 고등학생인 막내가 졸업하기 전에 이 계획을 실현할 요량이다. 이제 과수원을 정리하는 일이 내게는 일종의 출애굽이 되었다. 자급자족과 소박한 삶만이 나를 구원할 것이라는 조바심이 점점 더 심해진다.

　나는 열아홉 살 때 처음으로 아버지에게 다른 직업을 갖지 않고 농사를 지으며 시를 쓰는 삶을 살겠다고 선언 비슷한 것을 했다. 아버지는 기가 막혀 헛웃음을 쳤지만 결국 나는 비스름한 삶을 살았다. 비록 시에서는 멀어진 삶이 되고 말았지만 말이다. 아버지는 내게 과수원을 물려주었고 그것은 아버지가 베푼 최선이었으므로 거기에 대한 불만은 없다. 어찌 되었든 과수원을 일구며 세 아이들을 키웠으니까 더욱 할 말이 없다. 하지만 농사를 짓겠다는 내 아들에게 다시 과수원을 물려줄 수는 없는 노릇이다. 내가 물려주고 싶은 것은 농사가 아니라 어떤 '삶'이었다는 것을 언젠가 내 아들 녀석은 알 수 있을까.

　밤새 눈이 쌓이고 아버지와 나는 넉가래로 눈을 친다. 외딴집이라 치워야 할 눈길이 멀다. 얼마 안 가 나는 땀이 차고 연신 입김을 내뿜는데 아버지는 스윽 슥, 넉가래질이 여유롭다. 리듬감조차 느껴지는 달인의 노동 앞에 나는 여전히 초짜가 분명하다. 끝내 아버지만큼 솜씨 좋게 농사를 지어낼 자신은 여전히 없다. 하지만 나는 나대로 또 물려줄 유산을 만들어갈 것이다. 그래서 언젠가 꽤 괜찮은 아버지나 할아버지가 되어 한세상 건너온 굽이굽이 이야기를 아들과 손자에게 도란도란 들려주고 싶다. 그럴 수 있을까. 아, 쉰 고개를 넘었다. (2015년 2월)

118

소리 없이
꽃잎은 지고

봄 햇살이 꽤나 따갑다. 농사일을 하다 보면 얼굴이 시커멓게 그을기 마련인데 정도가 제일 심한 게 봄볕이다. 아마 겨우내 조금 멀끔해졌던 피부가 다시 검어지기 시작하니까 더욱 그렇게 느껴지는 것일 게다. 이즈음에 과수원에서 하는 일은 꽃따기다. 몽우리만 겨우 내민 꽃송이까지 사정없이 따 내는 이유는 단 한 가지, 꽃을 피우느라 힘이 겨운 나무의 부담을 덜어주기 위해서다. 바람처럼 가벼운 꽃송이를 피워내는 게 얼마나 힘이 들까 싶지만 실은 꽃을 피우는 게 연중 나무가 하는 일 중에 제일 중노동이다. 마치 산고 끝에 아기를 낳듯이 나무는 온 힘을 다해 꽃을 피운다. 적어도 과수원을 하는 농군들은 그렇게 느낀다.

꽃을 보면 가을에 어떤 열매가 될지 미리 짐작하는 일도 어렵지 않다. 크고 고운 색으로 피어난 꽃에 벌 나비가 잦은 발걸음을 하게 마련이고 그래야 수정이 잘된다. 그리고 노련한 농군들은 몽우리만 보고도 어느 놈이 훌륭한 꽃이 될 건지 한눈에 알아본다. 하여, 미처 과수원에 꽃이 만발하기도 전에 꽃따기 작업이 한창 벌어지는 것이다. 흔히 적화(摘花)라고 일본식으로 부르는 일인데 처음 과수원을 할 때 영 어색하기만 했던 단어이기도 하다. 하기야 지금도 과수재배용 책자에는 버젓이, "과수는 경향적으로 정부우세성이 있다" 따위의 문장이 나온다. 수수께끼 같은 이 말을 곰곰 뜯어보면, 과일나무는 위로 자란다는 하나 마나 한 소리에 불과하다.

어떤 연혁

올해부터 마을에 작은 변화가 생겼다. 그동안은 마을에 살고 있는 사람들만의 노동력으로 서로 일손을 빌려가며 농사일을 하는 게 가능했는데 마침내 외지 노동력을 빌리지 않으면 안될 상황이 되었다. 물론 고령화가 진행되면서 일을 손에서 놓은 사람들이 늘게 되어서다. 우리도 일손이 모자랄 때면 마을에 사는 대여섯 명의 아주머니들에게 청해서 도움을 받았다. 당연히 품삯을 지불하지만 아직 이웃 간의 정이 살아 있는 마을인지라 삯이 헐한 편이다. 한데 올해에 세 분이 더이상은 삯일을 하지 못하겠다고 선언을 했다. 내가 보기에 아주 노동력을 잃은 것도 아닌데 자신들이 느끼기에 돈을 받고 일을 할 정도를 지났다고 생각하는 모양이었다. 일흔이 훌쩍 넘은 분들이니 어쩌면 당연할 수도 있는데 그분들이 아니면 당장 외지에서 일손을 구해야 하는 과수농가들은 비상이 걸렸다. 아직 우리 마을에는 외국인 노동자들이 들어오지 않아서 시내의 용역회사에 연락을 하는 수밖에 없다. 늘 마을사람들과 함께 일을 했던 나로서는 실로 내키지 않는 일이다. 가까운 사이끼리 공통으로 관심 있는 이야기를 나누어가며 일을 해야 그나마 덜 고달프고 시간도 잘 흘러간다. 올 한 해 농사가 이제 시작인데 시름 하나를 더한 기분이다.

일에서 손을 놓은 할머니들은 마을의 나무 그늘에 모여 앉아 봄과 여름, 가을을 난다. 간간이 일이 바쁜 집에 가서 무상으로 돕기도 하지만 직장으로 치면 은퇴자들인 것이다. 신기한 것은 느티나무 그늘 밑에 모이는 사람들이 모두 할머니들이라는 것이다. 우리 마을이 특별히 남자들의 수명이 짧은 것인지 그 할머니들의 부군들은 모두 세상을 떴다. 그러니까 혼자 사는 여섯 가구 모두 할머니들이 사는 집이다. 다들 술을 너무 좋아한 탓에 수명을 감했다고 하지만 나는 도시민보다 몇 배나 높은 확률로 발병하는 암에 대해 여러모로 의심을 품고 있다. 그리고 주범이 농약과 화학비료, 나아가 기나긴 살농정책일 것이라고 믿는다.

여기저기서 귀농바람이 분다고들 하는데 우리 마을에는 바람은커녕 오히려 이농이 더 잦다. 실은 전국적인 통계를 보면 귀농인보다 이농인이 훨씬 더 많은 게 여전한 현실이다. 우리 마을이 평균적인 농촌마을보다 더 빠르게 활력을 잃어가는지는 잘 모르겠다. 어쨌든 내가 보기에 우리 마을은 거의 소멸의 수준에 들어선 것 같다. 한때는 30여 호가 넘었고 학교 가는 아이들 소리가 낭랑했던 마을은 불과 30년 사이에 스러진 울바자 같은 마을이 되었다. 앞으로 10년을 버텨낼 수 있을까, 나는 이 사라져가는 마을에 대한 소회로 가끔씩 잠을 설친다. 그리고 내가 보았던 스러짐의 과정을 짧으나마 연혁으로 남기고 싶다. 글 아는 자가 소용되는 일이 그런 게 아니고 무엇이랴, 하는 쓸쓸함을 더해서.

　본래는 마을 뒷산을 넘어 학교와 면 소재지로 통하는 지름길이 있었다. 반들반들 길이 났던 산길은 마을 앞으로 길이 나고 시멘트로 포장이 되면서 다시 숲으로 우거져갔다. 서울로 갔던 젊은이들은 돌아오지 않았다. 명절에 다니러 왔던 마을 색시가 서울 가기 싫다며 울음을 터뜨리다가도 300리 길 버스에 몸을 싣곤 했다. 처음으로 대학생이 나오고 누구네 아들은 높은 공무원이 되었다고도 했다. 그들도 영영 돌아오지 않았다. 꽤 오랜 세월이 흘러갔다.
　내가 우리 마을로 이사 온 20여 년 전부터 급격한 변화가 일어났다. 맨 먼저 마을의 터줏대감 격이었던 어느 종가가 몰락하여 넓은 전답이 양계업자에게 넘어갔다. 양계를 그저 닭을 키우는 일 정도로 여겼던 마을사람들은 누구도 반대하지 않았고 한번에 8만 마리를 키우는 거대한 양계장이 마을 맨 위에 자리 잡았다. 고풍스러운 기와집이 이마를 이루고 있던 마을 풍경은 순식간에 냄새와 닭털이 날리는 살풍경으로 바뀌고 말았다. 갑작스러운 그 변화는 사람들에게 보이지 않는 상처가 되었다. 그리고 이어서 산 하나를 차지한 어느 업자가 생게망게하게도 화약저장소라는 걸 짓겠다고 나섰다. 이번에는 듣기에도 끔찍하여 반대에 나섰으나 행정소송이라는 법적인 절차를 통해 마을주민들의 반대를 간단히 누르고 입성하였다. 미술관 옆 동물원이 아닌 양계장 옆 화약저장소라는 엽기적인 풍경이 더해졌다. 마을사람들은 누대에 걸쳐 살아온 고향에 대해 스스럼없이 "오만 정이 떨어졌다"고 말하기 시작했다.

그동안에도 늙은 농부들은 하나둘 세상을 뜨고, 젊었던 이들은 늙어갔고 어린아이들은 자라서 마을을 떠났다. 아주 드물게 아기가 태어났지만 젊은 부모들도 오래 버티지 못했다. 논농사는 빠르게 변해갔다. 죽거나 노동력을 잃은 이들의 논을 임대하여 농토가 늘어났고 일이 쉬워지도록 모판에 여러가지 독한 농약을 뿌리곤 했다. 주먹만 한 제초제(그 이름도 주먹탄이다!) 덩어리가 나와서 논둑에서 휙휙 던져주기만 하면 되었다. 그래도 농사로 먹고살기는 거의 불가능했다. 시세가 좋다는 작물로 이리저리 몰려간 농민들은 얼마 안 가 폭락을 맛보았고 빚은 늘어갔다. 빚에 몰린 주민 중에 처음으로 땅이 경매에 넘어가는 일이 벌어졌다. 경매된 땅의 주인은 시내에서 고물상을 하는 사람이었고 그는 놀랍게도 이 시골마을에 널찍한 고물상을 차렸다. 어디서 들여오는지 날마다 커다란 차들이 들락거렸고 지금은 우리 마을에서 유일한 산업시설 비슷한 게 되었다. 열일곱 가구로 줄어든 마을 중에 네 집은 농사와 전혀 관련이 없다. 마을 앞에 꽤 드넓은 논들은 1년 내내 주인을 볼 수 없는 논배미가 태반이다. 외지인에게 팔린 논은 농업경영업체가 와서 농사를 짓고 수확을 해갈 뿐 타작 때라도 쓴 막걸리 한잔 오가지 않는다.

몇해 전에 본래 마을을 고향으로 둔 40대 중반의 젊은이가 귀농을 했다. 유일무이한 귀농인이던 그는 몇년 동안 하우스농사를 하다가 그야말로 빚더미에 올라앉았다. 그는 더이상 버틸 수는 없을 것이다. 다시 서울로 간다는 소문을 들었을 뿐, 차마 그에게 묻지도 못하고 있다. 쇠락, 이라는 단어를 이보다 더 적확하게 쓸 곳이 있을까. 이 짧은 연혁을 마치는 말을 나는 그 외에 찾지 못하겠다.

쓰라린 봄날

며칠째 꽃따기에 매달린다. 겉보기에 별로 힘든 일처럼 보이지 않지만 온종일 하는 농사일치고 허리며 어깨가 아프지 않은 일은 없다. 사다리를 오르내리거나 나무 사이에 몸을 틀어가며 하는 일이고 겨울 한 철을 놀고 난 몸이라 저녁이면 애고, 소리가 절로 나온다. 저녁상에서 소주 한 병을 비우고 나면 그대로 깊은 잠에 떨어지곤 한다. 겨울에 영 잠이 오지 않아서 혹여 불면증이 아닌가 걱정했던 게 기우였음도 명백해졌다.

연신 꽃은 벙글고 그 사이사이에 다른 일도 많은데 이즈음에 또 나를 괴롭히는 것이 하나 있으니 잊었던 낭군 아닌, 잊었던 동창생들의 문자며 전화다. 따뜻한 봄날에 전국에 걸쳐 일삼아 벌이는 각종 동문 체육대회를 알리고 참여를 재촉하는 연락들이다. 누구라도 크게 다르지 않겠지만 나처럼 지역에서 초·중·고를 다니고 지역에 눌러사는 사람들에게는 더욱 극성인 게 그런 등속의 모임이다. 시내를 나가 보면 거리 곳곳에 나부끼는 플래카드가 거지반 어느 어느 학교의 동문대회를 고지하는 것들이다.

물론 그중에는 내가 나온 학교들에서 건 것도 있다. 올해는 특히 '동문 한마음 대회'라는 명칭을 붙인 것이 많아서 실소를 금할 수 없다. 대체 수십 년 전에 함께 학교를 다닌 인연을 내세워 한마음이 되자니, 이 무슨 파쇼적인 발상이란 말인가, 하는 게 내가 실소하는 삐딱한 이유다. 똘똘 뭉쳐서 어찌하자는 옛날 옛적의 구호가 이즈음에 들어 대량으로 다시 등장하는 것 같아 더욱 입맛이 쓰다.

다른 지면에서 밝힌 적도 있지만 나는 아무리 문자나 전화가 빗발친다 해도 결코 그런 모임에 나가지 않는다. 연원을 따지면 꽤 긴데, 20대 초반에 들었던 어느 분의 강연에서 비롯되었다. 우리사회의 여러 병폐에 대해 이야기하던 중에 그 병폐의 뿌리로 이런저런 인연으로 무리를 지어 자기들끼리의 문화를 형성하는 것이라는 대목이 있었다. 상당히 열정적이었던 그 강연을 듣고 결심했던 게 바로 그런 식으로 무리를 짓는 곳에는 발길을 하지 않겠다는 거였다. 그러니까 학연이나 혈연, 지연으로 뭉치는 동창회, 향우회, 종친회 따위를 멀리하겠다는 결심을 30년 가까운 세월 동안 지켜온 것이다. 물론 나는 열심히 한마음이 되고 싶은 친구들을 탓하려는 생각이 전혀 없다. 열심히 뛰어서 운동회 때 해보지 못한 일등을 지금이라도 차지해보는 것도 나쁘지 않을 것이라고도 생각한다. 다만 절대 참석하지 않을 나 같은 사람은 이제 그만 명부에서 지워주었으면 하는 바람뿐이다.

피어나는 꽃봉오리를 보며 어쩔 수 없이 쓰라린 작년의 봄날을 떠올리게 된다. 다시 온 봄처럼 1주기가 되어 돌아온 세월호 참사 그날이 가슴을 미어지게 한다. 참사에 못지않게 도무지 믿기지 않는 것은 지난 1년 동안 우리사회에서 일어난 악마적 사태였다. 대체 우리가 떨어진 나락은 얼마나 아득하게 어두운 곳인지 가늠을 할 수가 없다. 신문이나 텔레비전은 백성 대하기를 개돼지로 여기는 것 같아서 차라리 두려울 지경이다.

지난 몇달 동안 자식을 잃은 단원고 학부모 몇 분과 만난 적이 있다. 어떤 기록을 위한 취재였는데 여러 시간 인터뷰를 하며 실로 글을 쓰면서 가장 괴로운 경험을 했다. 도무지 가늠할 수 없는 그분들의 슬픔과 분노에 함께 울고 글로 옮기며 정말 오랜만에 한없이 많은 눈물을 흘렸다. 중학교 때 여동생을 잃고 난 후 흘렸던 눈물 이후에 가장 오래, 많은 눈물이 내 안에서 흘러나왔을 것이다. 그리고 그 눈물이 이상하게도 나에게 어떤 힘이 되었음을 고백해야겠다. 슬픔도 힘이 된다는 어느 시인의 말에 절절히 공감하기도 했다.

올해도 나는 농사를 짓고 마음이 이끄는 대로 술을 마시거나 글을 쓰기도 할 것이다. 아무 새로울 것 없고 무심히 흘러가는 또 어느 세월이 될 터이다. 다만 어느 순간에도 인간으로 살아가기를. 이 단순한 각오마저 새롭게 해야 하는 쓰린 봄날의 맹세여.(2015년 4월)

여름날의 야유(野遊)

　말복이 막 지나고 낮더위가 조금 누그러든 토요일이었다. 한창 복숭아를 수확하는 때이지만 토요일은 경매가 없는 날이기 때문에 하루 쉬어가는 날이기도 했다. 그래도 농사철에 왜 할 일이 없겠냐마는 그날 하루만은 모든 일을 접기로 했다. 오랜만에 집에 귀한 손님들이 찾아오기로 한 날이기 때문이었다. 아침에 일어나 일기예보를 보니 구름이 끼고 낮 기온도 30도 아래로 떨어진단다. 그 정도면 괜찮겠다 싶어 적이 마음이 놓였다. 내가 손님을 맞아 자리를 펴기로 한 곳이 원두막인 까닭이었다. 약간 높은 곳에 있고 바람이 잘 부는 곳이긴 하지만 불볕이라도 내리쬐면 한낮 무더위를 견딜 재간이 없을 터였다.

　오기로 한 사람은 모두 다섯 명, 나까지 여섯 명인데 모두 우리 집에 처음 오는 분들이다. 바로 생긴 지 아직 1년이 채 안된 '충주 녹색평론 독자모임'이다. 모임이 시작된 이래 우리가 공식적으로 모이는 장소는 충주시내의 한 서점 지하이다. 지역에서는 제일 유명한 서점이기도 한데 주인장이 상당한 문화적 소양을 가지고 있을 뿐 아니라 여러 지역운동에 적극적인 분이라 우리 모임의 장소를 흔쾌히 내주었던 것이다. 내가 알기로 지역에서 녹색평론사의 책을 언제나 구입할 수 있는 유일한 서점이기도 하다. 지하라고는 하지만 작은 회의실 같은 공간이 있어서 우리 가 모임을 갖기에 부족함이 없다. 향기롭고 값싼 커피는 덤이다.

원두막 이력

집에서 좀 떨어져 사과밭 끄트머리에 있는 원두막은 넓지 않 다. 여섯 명 정도가 가운데에 공간을 두고 둘러앉으면 거의 꽉 차는 정도다. 그러니까 웬만한 손님들을 청하기에는 지나치게 소 박한 장소라 하겠는데, 역시 《녹색평론》의 독자답게 다들 소박 함을 몹시 사랑한다니 괘념치 않기로 한다. 다만 사람이 오른 지 가 한참 되어서 먼지가 쌓인 바닥만은 걸레질을 해야 했다. 과수 원 옆의 원두막이라지만 농사철에 한가롭게 원두막에 올라가 있 을 시간은 좀처럼 나지 않는다. 때로는 두어 달 넘게 발길을 하 지 않게 된다. 이번에도 봄에 몇번 새참을 먹었을 뿐인 원두막 바닥에는 먼지며 낙엽, 지나가던 새가 떨어뜨리어 놓은 똥 따위 가 심히 얼룩져 있었다. 나는 걸레를 두어 개 빨아다가 나름 꼼 꼼하게 바닥을 닦았다.

그러고 보니 이 원두막도 20년의 나이를 함께 먹었다. 과수원 을 시작할 때 자못 낭만적인 꿈을 꾸었던 내게 정자는 아니더라 도 대자로 누울 수 있는 원두막은 선택 아닌 필수였다. 그래서

귀농 첫해에 아버지와 함께 제법 튼실한 원두막을 짓기로 하고
곧장 건축(?)에 들어갔던 것이다. 아버지야 시골에 살면서 흙벽
돌 찍어 집도 여러 채 지어보았고 여러모로 손재주가 있으신 분
이지만 나는 그런 일에 젬병인 데다 내 손으로 무언가 지어보는
일도 처음이어서 설계부터 자재 선택까지 모두 아버지가 주도하
고 옆에서 손을 거드는 정도에 그쳤다. 물론 아버지의 설계도 역
시 종이나 연필이 필요 없는 머릿속의 상상도였지만.

  하여튼 우리는 산에 빽빽하게 자라난 낙엽송을 주재료로 선택
하고 맞춤한 놈으로 예닐곱 그루를 베었다. 전기톱을 쓸 생각은
아예 하지도 못하고 일일이 손으로 베어다가 아버지가 이르는
대로 다시 토막을 내기까지 손바닥에 물집이 잡혔다 터지길 여
러 차례, 귀농 첫해의 의욕이 아니었다면 그리 즐겁게 해내지 못
할 일이었다. 굵은 토막으로 네 기둥을 세우고 서까래를 얹고 바
닥을 하기까지 꽤 여러 날이 걸렸다. 낙엽송의 껍질을 벗기고 말
린 다음에 황토물을 여러 번 바르느라 천연되었던 것이다. 바닥
과 지붕에 쓴 합판을 사는 데에 조금 돈이 들어갔을 뿐 거의 노
동력만으로 지어진 원두막은 보기에도 흡족했다. 그런데 원두막
이 다 지어지고 하룻밤이 지난 다음 날, 이게 웬일인가. 원두막
전체가 눈에 띌 정도로 기우뚱해졌다. 아마 기둥이 놓인 자리가
마사토여서 전체 무게를 이기지 못하고 한쪽 밑으로 꺼진 듯했
다. 원인을 안다고 해도 이미 엄청난 무게의 원두막을 어떻게 바
로 세울 것이며 또 어떻게 넘어가지 않도록 고정한단 말인가. 나
로서는 다만 난감할 뿐인데 역시 나보다 뛰어난 건축가인 아버

지가 해결책을 내놓았다.

"다시 못 넘어가게 붙들어 매면 되지."

듣고도 모를 말인데 아버지는 커다란 쇠지렛대와 '반생'이라고 부르는 굵은 철사를 가지고 올라왔다. 원두막은 그때도 거의 아름드리였던 잣나무 옆에 지었다. 역시 큰 나무 곁에 있어야 그늘도 짙고 한층 시원하기 때문이다. 아버지의 해결책은 바로 그 잣나무였다. 내가 지렛대로 기울어진 원두막 전체를 들어 바로 세우면(지렛대의 힘은 정말 위대하다) 아버지가 '반생'으로 원두막의 두 기둥과 잣나무를 단단히 연결하여 다시는 기울지 않도록 하겠다는 거였다. 힘을 쓰면서도 반신반의했는데 아버지의 계산은 보기 좋게 맞아떨어졌다. 그 이후 지금까지 원두막은 조금도 기울지 않고 버티고 있다. 하나 마음에 걸리는 것은 원두막이 똑바로 서 있도록 오랜 세월 자신의 몸에 굵은 '반생'을 감고 있는 잣나무가 그 이후로 그리 많이 몸집을 불리지 못했다는 것이다. 몇 가닥은 깊숙이 파고들기도 했으니 말 못 하는 괴로움이 클지도 모르겠다. 여전히 푸르른 잎이 무성하고 해마다 수십 개의 잣송이를 매다는 것으로 잘 살고 있다고 믿는 수밖에 없다.

하여튼 그렇게 부자(父子)가 힘을 합쳐 만든 원두막은 중간에 바닥을 대나무로 바꾼 것 말고는 처음 그대로 밭가에 서 있다. 그동안 이 원두막을 거쳐 간 벗들이 몇이고 기울인 술잔은 얼마였던가. 새롭게 시작(詩作)에 몰두하던 30대에 촛불을 켜놓고 지새운 밤도 여러 날이었다. 어쩌다 들어서게 된 글쓰기의 괴로움과 기쁨도 말 없는 기둥은 지켜보았을 것이니 지던 꽃잎과 이름

모를 밤새 울음과 더불어 늘 애틋한 감회를 불러일으키는 장소이기도 하다. 지난 추석에는 아이들과 한참이나 누워서 달빛을 보기도 했다. 하여, 누가 보아도 투박하고 소박한 이 원두막이 내게는 은밀한 반려로 느껴지기도 하는 것이다.

과하주에 호박부침개

모이기로 한 시간은 오후 두 시, 말로 길을 알려주어도 찾아오기 힘든 곳인지라 나는 손님들에게 아예 면사무소 앞으로 오시라고 해두었다. 내가 가서 기다렸다가 함께 오기로 한 것이다. 조금 일찍 나가서 농협에 들러 소주 몇 병과 막걸리를 샀다. 작목반에서 얼굴이 익은 어느 어른이 소주를 박스째 사 들고 나오신다. 나 역시 크게 다르지 않지만 농민들의 술 소비량은 짐작을 뛰어넘는다. 우리 마을에도 매일 소주 다섯 병을 마신다는 전설적인 술꾼이 있는데 일흔 초반인 그의 얼굴에서 가끔 사신이 어른거리는 느낌을 받을 때마다 조금 섬뜩하다. 술을 즐기면서도 나는 술을 무서워한다. 어떤 치명적인 매혹을 알기에 삼가, 근신할 일이다.

면사무소 앞 넓은 마당 앞에 근사하게 지은 정자에 앉아 담배한 대를 끄는데 의사 선생이 차에서 내린다. 키가 훌쩍 크고 순정만화 주인공처럼 선하게 잘생긴 의사 선생은 우리 모임을 처음으로 제안한 사람이다. 어찌 보면 꽤 오랜 녹평 독자였고 지면에글까지 쓰게 된 내가 지역 독자모임을 제안했어야 마땅한 일이었다. 한데 책 뒤편의 독자모임 소식란에 충주지역 모임 제안이 실릴 때까지 나는 그리하지 못했다. 게으름과 무심함에 대한 반성이라도 되는 양 나는 즉시 전화를 걸었고 그리하여 처음으로 통화를 한 이가 바로 그였다. 지역에 하나밖에 없는 대학병원의 과장이자 교수라는 직함을 가진 이가 오랫동안 혼자 녹평을 읽으며 함께 이야기할 사람을 그리워했다는 말에 첫 번째로 든 생각은 신기하다는 거였다. 나의 오래되고 잘못된 선입견에 따르면 그런 위치에 있는 사람은 적어도 '녹색평론적' 고민을 하지 않을 것이기 때문이었다. 협량을 벗어나지 못하는 고질이 아닐 수 없다.

헐렁한 반팔에 반바지 차림으로 온 그와 반갑게 인사를 나누자 곧 진짜 '선생', 고등학교에 있는 성 선생이 왔다. 연이어 '가양주 선생'과 강 선생이 도착하여 우리는 함께 원두막으로 향했다. 모임의 유일한 여성인 '억척 선생'은 조금 늦게 온다는 전갈이었다. 원두막에는 내가 씻어다 놓은 복숭아가 쟁반 가득 놓여 있을 뿐 다른 것은 아무것도 없다. 점심시간이 지나기도 했을뿐더러 마침 아내가 급한 일이 생겨 출타하는 바람에 따로 준비한 게 없었다. 본래 날 잡아서 복숭아나 실컷 먹는 것쯤으로 하자고 양해를 구하긴 했지만 미안한 노릇이었다. 다만 어머니가 그래도 술안주가 있어야 한다며 부엌에서 무언가를 하는 눈치였다.

원두막에 둘러앉자마자 과연 녹평 모임답게 제각기 먼저 꺼내 놓는 것은 책이다. 우리는 매월 모이는데 한 달은 녹평을, 다음 달은 논의하여 지정된 책을 읽고 이야기를 나눈다. 아직 확실한 틀이 잡힌 것은 아니어서 그때그때 달라지기도 하고 이야기가 곁가지를 쳐서 다른 주제로 번지기도 하지만 그것도 나쁘지 않다는 생각이다. 이번에는 녹평과 함께 한강이라는 작가가 쓴 《소년이 온다》라는 소설책이 주제였다. 그런데 아무래도 토론 분위기가 잡혀 있는 서점 지하와는 사뭇 다를 수밖에 없다. 눈앞의 과수원에서 사과는 빨갛게 익어가고 산에서는 새가 울지, 맑은 하늘에 구름은 점점이 떠가지, 잣나무를 스친 바람은 시원하지, 무엇 하나 우리의 공부를 위해 우호적이지 않다. 하여 우리는 평소와 다르게(평소에는 토론이 끝난 후에 뒤풀이 장소에서 비로소 술잔을 나눈다) 조금씩 술잔을 비우며 이야기를 나누기로 했다. 요컨대 모두가 애주가였고 원두막의 분위기는 잠자코 책장을 넘기기에는 가혹한 게 사실이었다.

기다렸다는 듯이 '가양주 선생'이 가방에서 몇 병의 술을 꺼냈다. 몇해 전에 귀농했다는 '가양주 선생'은 보기 드물게 박학다식한 분이다. 대안교육운동을 오랫동안 했고 지금도 여러 방면으로 모색을 지속적으로 하고 있는데 이야기를 나누어보면 독서의 품이 넓고 깊다. 이야기 속에서 짐작하기로 외국어도 뛰어나 통역이나 번역도 하는 모양이었다. 나보다 두어 살이 위인데 비슷한 시기에 대학을 다녀서 서로 아는 사건이나 사람이 겹치는 경우도 꽤 있어서 여러모로 공감을 느낀다. 그런데 이분의 해박함은 뜻밖에 술에 대해서도 감탄을 자아내게 한다. 그냥 술을 좋아하고 품평하는 정도가 아니라 직접 술을 만드는 데에도 특별한 능력을 자랑한다. 내가 '가양주 선생'이라고 별칭하는 이유다. 모임이 있을 때마다 직접 담근 술을 가지고 와서 뒤풀이 때마다 맛을 보여주는데 극도의 소주 편식증이 있는 나로서도 여러 번 감탄할 만한 맛이었다. 오늘 '가양주 선생'이 특별히 여러 병 지참한 것은 이름도 생소한 과하주(過夏酒)라는 것이었다.

"말 그대로 지나갈 과, 여름 하, 여름을 지나는 술이라는 뜻인데 술이 쉽게 상하는 여름에 우리 조상들이 쉬지 않는 술의 도수, 즉 알코올 도수 20도에 맞추어 빚은 술이 이 술입니다."

선생은 술 만드는 재료와 방법에 대해서도 들려주었지만 기억나는 것이라고는 위의 말 정도다. 하지만 그 맛만은 지금도 입안에 남아 있는 듯하니 무언가 입에 감기는 것 같은 기막힌 술맛이었다. 복숭아를 안주로 술잔이 한 순배 돌고 나자 아무래도 주인장인 내게 이런저런 질문이 이어진다. 언제 어떻게 귀농을 했는지, 농사는 어찌 짓는지 그런 게 궁금한가 보다. 누가 일부러 묻지 않는 이상 살아온 이야기를 시시콜콜 하지 않지만 이번에는 피할 길이 없다. 할 수 없이 별스러울 것 없는 내 이력을 간략하게 들려주었다. 20대의 대부분을 외국에서 지내고 곧장 귀농을 했다는 게 조금 흥미로웠을까, 이야기가 가지를 쳐서 지난 군부정권 시절까지 이어져 꽤나 장황하게 되고 말았다.

마침 읽기로 한 책이 광주항쟁을 다룬 젊은 소설가의 작품이었는데, 저마다 가진 기억과 소설을 비교해가며 오랜만에 80~90년대로 돌아간 것 같았다. 나로서도 소설을 쓴다면서 한국소설을 좀처럼 읽지 않는 터에 꽤 좋은 소설 한 권을 읽었다는 생각이었다. 다들 비슷했는지 소설에 대해서 칭찬과 함께 소설 읽는 재미를 오랜만에 만끽했다는 평이었다. 제일 연배가 위고 친환경농업과 건축일을 하는 강 선생은 소설에 대해서 별말이 없이 지그시 미소를 띠고 듣기만 했는데 알고 보니 그분 역시 소설을 읽지 않는다고 했다.

술이 있어서였을까, 이야기는 소설을 넘어 약간 중구난방이 되어갔다. 물론 우리의 주제는 《녹색평론》에 실리는 글들의 범위를 넘어서지는 않는다. 의사 선생이 메르스 사태에 대해 임상의의 입장에서 상세히 이야기를 풀어나갔고 기본소득이며, 민주주의 문제 등에 대해서도 진지한 토론이 이어졌다. 성 선생은 갓 마흔이 된 국어 교사인데 우리사회 전반이 지닌 문제나 변화에 대해 관심이 클 뿐 아니라 생각이 깊어서 배우는 바가 많다. 더욱이 지역에서 일어나는 일에도 적극적으로 참여하는, 정치적으로 깨어 있는 시민의 표본 같은 분이다. 뚜렷하게 자기생각을 가지고 있으면서도 상대를 편하게 해주는 흔치 않은 품성을 지녔다.

두어 시간이나 지났을까, 어머니가 안주로 부침개를 부쳐서 내왔다. 텃밭에서 나온 호박이며 감자, 파 따위를 섞어 들기름에 부친 전에 김치 한 보시기였는데 뜻밖에 사람들이 아주 맛있다며 한마디씩 칭찬을 아끼지 않는다. 대접이 형편없어 더욱 면구스러운 판인데 사람들의 입맛을 사로잡은 것은 부침개를 찍어 먹도록 내온 조선간장이었다. 장독에서 뜬 간장에 마늘과 고춧가루 정도의 양념만 한 조선간장에 우리 회원들은 내가 아연해질 만큼 감동하는 것이었다.

"아, 요즘 이런 간장을 맛볼 수가 없어요."

강 선생은 감탄사를 연발하며 그 짠 조선간장을 듬뿍듬뿍 찍

어 드셨다. 거의 미식가 수준인 '가양주 선생' 또한 그랬다. 나도
늘 밥상에 간장 종지를 두고 국이며 찌개에 넣어 먹는 편이지만
이렇게 조선간장을 좋아하는 사람은 일찍이 본 적이 없었다. 책
이야기도 작파하고 술잔이 부지런히 돌기 시작할 때 '억척 선
생'이 도착했다. 나이를 묻지 않아 정확하진 않지만 30대 초반쯤
인 이 미혼의 여성 회원은 두어 해 전에 부모님이 사는 고향으로
귀농을 했단다. 우리가 만장일치로 그런 별명을 붙인 것은 그녀
가 짓는 농사 규모가 하도 엄청나서였다. 복숭아와 사과 과수원
에 벼농사도 열 마지기, 그리고 밤농사를 무려 4만 평을 한다.
부모님은 꽤나 연로하신지 그녀가 농사를 거의 주관하는 모양이
었다. 요즈음에는 매일 복숭아를 100상자 이상 수확하여 직접 트
럭을 몰고 경매장으로 달려간다. 이 '억척 선생'이 오늘은 화장
까지 곱게 하고 나타났다. 저녁에 돌잡이가 있어 가야 한다는 거
였다. 하여튼 회원 모두가 모였고 자리는 흥이 더해갔다.

작은 지역에 살면서도 우리 여섯은 녹평 모임을 통해 처음 만
난 사이다. 처음에는 다소 서먹하고 오가는 이야기도 딱딱했는데
이제는 오랫동안 알던 사이처럼 만나면 반갑고 즐겁다. 50대로
넘어가면서 나는 오래 알고 지내던 친구들이 터무니없는 수구로
변해가는 모습을 보며 여러 번 마음에 상처를 입었다. 그들이 내
뱉는 말을 들으며 나는 점점 말을 잃을 수밖에 없었다. 그런데
마음이 통하고 진정 배우고 싶은 동지들이 생겼으니 얼마나 기
쁜 일이랴.

과하주는 진즉에 동나고 내가 준비한 소주도 바닥을 드러낼

무렵, 더딘 해도 어느덧 서산에 걸렸다. 모두 어지간히 취한 중에도 다음 모임의 주제와 토론거리를 정하는 것으로 한나절 원두막 야유(野遊)를 마무리하기로 했다. 진한 아쉬움이 남아 내가 전에 자랑한 적이 있는 면 소재지의 짜장면집으로 가자는 제안을 했고 결국 우리는 짬뽕에 소주 두 병으로 별주를 나누었다. 집으로 돌아오니 어머니가 한마디 하신다.

"술들을 그리 마셨으면서도 사람들이 참 즘잖더라. 애비 친구덜 중에 그런 사람들도 있었네."

그렇다. 내게는 그런 친구들, 녹색평론 동지들이 있다. (2015년 8월)

2부

바다의 추억

오랜만에 실컷 바다에 취했다.

제주도에 갈 일이 있어 교통편을 알아보다가 비행기보다 삯도 헐하고 바다를 볼 수 있는 배편을 택했다. 고흥의 녹동항에서 아침에 출발한 배는 1,000명 이상이 탑승하는 대형 여객선이었다. 나는 일부러 뱃머리 쪽에 자리를 예약해두었다. 비행기는 앞쪽이 일등석이고 배는 뒤쪽을 더 좋은 자리로 치는데, 뱃머리 쪽이 더 심하게 움직여 멀미가 더하기 때문이다. 그래도 파도를 가르며 나아가는 모습을 보려면 앞에 앉아야 했다. 가는 날은 강풍주의 보가 발령되어 파도가 심했다. 네 시간 넘게 끓어 넘치는 듯 성난 파도를 황홀하게 만끽할 수 있었다.

나는 바다가 없는 충북에서 태어나 중학교 때 경주 수학여행 길에 처음으로 바다를 보았다. 새벽에 오른 토함산에서 첫 대면한 바다는 놀라웠다. 그때의 아득함이라니! 텔레비전이나 사진이 아닌 실물의 바다는 충격적이었다. 또하나의 새로운 세상을 본 것 같은, 말로 설명하기 어려운 벅찬 감동이 밀려왔다.

그 후로 내 가슴속에 바다는 늘 동경의 대상이었다. 하지만 가난한 자취생이었던 내가 바다를 보고 싶다는 감상으로 훌쩍 떠날 수도 없었다. 바다에 대한 갈증은 점점 자라났고 대학교 2학년이던 어느 날 나는 술을 마시다 말고 무작정 기차를 타고 군산으로 내려갔다. 그리고 포구가 있는 해망동이라는 곳을 찾아가 바다를 바라보며 술을 마셨다. 푸르도록 젊은 나이였지만 그 시절은 군부독재라는 괴물이 무겁게 청춘을 짓누르던 때였다. 하여튼 취한 채 바닷가를 거닐던 나는 우연히 뱃사람들을 만났고 그들의 권유에 선뜻 배를 타기로 했다. 선원이 20명쯤 되는 오징어배였다.

출항까지 며칠의 여유가 있었고 나는 형뻘이 되는 선원들과 어울려 내내 술을 마셨다. 아침부터 마시는 선창가의 술은 무서웠다. 거칠기 짝이 없는 뱃사람들은 엄청나게 마시고 또 싸움을 벌였다. 날마다 코피가 터지고 술병을 깨 찌르는가 하면 상처를 꿰매고 다시 술을 마셨다. 그렇게 살벌한 날들을 보내고 배가 출발했다. 그런데 이상하게도 출항하는 배에는 단 한 병의 소주만 실려 있을 뿐이었다. 바다에 나오자마자 풍어제 비슷한 것을 지내는데 그때 쓸 소주였다. 선원들 대부분이 알코올중독자일 거라고 생각하던 내게 그것은 꽤나 신기한 일이었다. 한번 바다에 나가면 보름 정도를 머문다고 했는데 그동안 술 한 방울 입에 대지 않는다는 게 믿기지 않았다.

오징어잡이가 시작되자 뱃사람들은 완전히 다른 사람으로 변했다. 밤을 새우는 고된 작업이었지만 그들은 즐겁고 유쾌했다. 초보자인 나에게 낚싯줄 매는 방법부터 선장 몰래 오징어를 빼돌린 다음 말린 오징어로 만들어 숨기는 법까지 친절하게 알려주었다. 그리고 무엇보다 나는 동경하던 바다를 그야말로 지겹도록 체험하게 되었다. 풍랑경보가 떨어져 배가 뒤집힐 듯 요동을 칠 때는 일찌감치 생을 마감하는 걸로 여겨 유서를 쓰기도 했다. 때로는 그림처럼 아름다운 이름 없는 섬들을 바라보며 나도 모르게 눈물을 흘리곤 했다.

나의 선원생활은 두 번 출항하여 한 달 남짓으로 끝났다. 그때도 선주는 온갖 명목으로 빚을 지워 나를 잡아두려 했는데, 내가 대학생임을 눈치챈 어느 젊은 선원이 차비를 쥐여주며 야반도주를 시켰다. 두 번 다시 만나지 못한 그 형님의 이름은 전삼열이다.

많은 젊은이들이 사회에 대해 고민하고 길을 찾던 시절이었다. 나 역시 방황하던 때였는데 나는 바다를 보러 가서 '민중'이라는 또다른 바다를 만났다. 스무 명 남짓한 뱃사람들과 생활하면서 내게 민중이라는 추상이 생생한 실체로 다가옴을 느꼈던 것이다.

제주도에서 일을 마치고 다음 날 저녁 배를 탔다. 이번에는 바다가 잔잔했다. 보름달이 내내 따라와 바다는 금빛으로 일렁였다. 기막힌 아름다움은 때로 슬픔으로 변한다. 전날 제주도에 사는 옛 동지를 만나 늦도록 마신 술이 덜 깨어서인지 자꾸만 눈물이 나려 했다. 또다시 어두운 시절로 돌아간 현실이 꿈처럼 느껴

졌다. 까맣게 잊고 있었던 노래 — "검푸른 바닷가에 비가 내리
면"으로 시작하는 김민기의 노래가 자꾸만 입 밖으로 흘러나왔
다.(2012년 4월)

오늘도 꾸준히

나는 1년 중에 이맘때가 제일 좋다. 계절로 치면 여유롭게 농땡이 부리는 겨울이 좋지만, 산색이 나날이 짙은 초록으로 변하고 나무마다 뾰족한 새순을 내미는 이즈음은 시시각각 작은 경이를 마주하는 것 같다. 아마 긴 겨울을 지나고 대지에 가득 넘치는 신생의 기운이 사람에게까지 전염되기 때문이리라.

어젯밤에는 새벽에 소주병을 땄다. 도저히 믿기지 않는 국회의원 선거 결과에 망연자실하다가 분노와 절망감이 밀려와 도무지 잠이 올 것 같지 않았다. 개표가 거의 마무리되던 열두 시 무렵부터 사방에서 전화와 문자가 들어왔다. 탄식과 울분에 찬 목소리에 이미 술에 취해 분노를 토하는 친구가 있는가 하면 내가 사는 충청도의 민도를 질타하는 문자도 있었다. 부끄러웠다.

선거판이 시작되었을 때부터 내가 사는 지역에서는 기이한 분위기가 감지되었다. 글로 쓰기도 했는데, 한나라당을 심판하려면 새누리당을 찍어야 한다는, 나로서는 도무지 이해하기 어려운 말들이 곳곳에서 들려왔던 것이다. 게다가 연속으로 헛발질을 하는 민주당의 행태까지 겹쳐 쉽지 않은 선거가 될 줄은 알았다. 아무리 그래도 새누리당이 과반을 차지하리라고는 상상도 할 수 없었다. 지역에서 틈나는 대로 알 만한 사람들을 만나며 선거운동 비슷한 것을 한 사람으로서 부끄러울 수밖에 없었다. 그러하니 결과에 좌절하여 혼자 술을 퍼마신다는 것은 더욱 부끄러운 짓이라는 생각이 들었다. 결국 나는 땄던 소주병을 도로 냉장고에 집어넣는, 기적에 가까운 선택을 했다. 그리고 뜬눈으로 밤을 새웠다.

아내는 내가 선거 결과에 관계없이 술을 마실 거라고 예상하여 미리 해장용 콩나물국을 끓여놓았다. 하긴 선거를 치르면서 기쁘면 기쁜 대로, 괴로우면 괴로운 대로 개표가 끝나면 으레 술을 마셨다. 그런데 이토록 괴로운 결과를 보고도 술을 마시지 않은 사실을, 그리고 맨 정신으로 컴퓨터를 켜고 앉아 있는 나를 보고 아내는 꽤나 놀란 눈치였다. 통합진보당의 열렬한 지지자인 아내 또한 상심이 큰 듯 아침부터 심란하였다. 그래도 아내가 거의 팬 수준으로 열광적으로 지지하는 심상정의 아슬아슬한 당선에 대해서는 손뼉을 치며 좋아했다.

콩나물국에 밥 한술을 말아 먹고 과수원으로 향했다. 할 일이 있어서는 아니었다. 이미 유황소독도 끝내고 올해 첫 번째 관주(灌注)까지 마쳤다. 잠을 자지 못해 약간 몽롱하기는 한데, 왠지 나무들이 보고 싶었다. 참새 혀처럼 조그만 잎들을 나날이 펼쳐내는 사과나무 새순을 보면 위로가 될 것 같은 기분이 들었다.

연한 초록 잎들 사이로 빠알간 꽃눈이 보인다. 아직 꽃이 피려면 보름 넘게 남았으니 그때까지 서서히 꽃술을 만들고 꽃대를 키울 것이다. 서리라도 내리면 먼저 나온 잎들이 꽃눈을 감싸서 보호하리라. 가을에 한 알의 사과로 무르익기 위한 긴 여정이 이제 시작되었다. 그리고 그때까지 단 한순간도 쉬지 않고 꾸준하게 제 할 일을 묵묵히 할 것이다.

사과밭을 둘러본 후 제일 많이 잎이 퍼진 보리수나무에게로 간다. 해마다 엄청나게 많은 열매를 달아, 온 마을사람들이 따서 술을 담그는 나무다. 새로 개량된 품종이라 크기가 거의 새끼손가락만 한 열매가 열리는데 한창 익을 무렵에는 그 황홀한 빛깔이 장관이다. 잎이 한창 퍼지고 꽃대도 이미 보일 듯 말 듯 올라오고 있다.

제일 늦게 움이 트는 감나무와 대추나무는 아직 캄캄한 겨울이다. 대추나무는 거의 보리가 팰 무렵에야 꽃이 핀다. 그래서 대추꽃이 필 때면 남의 집에 가지 말라는 속담도 있다. 제일 힘겨운 보릿고개 무렵이니까, 이웃집에서 밥 한 끼 먹는 것도 삼가라는 뜻이 담긴 슬픈 속담이다. 그래도 나는 안다, 죽은 듯 붙어 있는 그 눈에서 기어이 초록의 순을 내밀고 말 것임을. 겨울을 버틴 눈만이 봄날을 맞이한다.

조금은 위안이 된다. 나무를 보며 이 쓰라린 날들을 견뎌야겠다. 쉬지 않고 꾸준히 견뎌야겠다. (2012년 4월)

품 판 날

  평소에 친하게 지내는 형님으로부터 일을 하루 해달라는 부탁
이 왔다. 나처럼 시골에 내려와 사는 소설가이고, 내가 늘 도움
을 받는 처지라 기쁜 마음으로 선뜻 하겠다고 했다. 그런데 하루
일당으로 20만 원을 주겠다는 거였다. 사는 처지가 엇비슷한 터
수에, 그리고 일이 있으면 서로 품앗이를 해왔는데 무슨 일당씩
이나 주느냐고 물으니, 자기 주머니에서 나오는 돈이 아니고 문
중의 공금이란다. 그러면서 일을 올 때 꼭 트럭을 가지고 오라고
했다. 얘기를 들어보니 내 손이 아니라, 트럭이 필요했던 것이었
다. 그러니까 일당은 나와 트럭을 사용하는 삯을 합한 액수였다.
그래도 큰돈이 아닐 수 없었다. 문중에서 책정된 일당이라니 부
담도 없어서 기쁘게 하루 일을 하게 되었다.

  일은 별게 아니었다. 형님네 문중에서 새로 묘역을 조성했는
데, 떼를 입힌 후로 날이 가물어 물을 주려 한다는 것, 공사 후에
남은 몇 가지 일을 정리하는 정도였다. 묘역이 꽤 넓어서 물을
주거나 제초제를 뿌릴 고압분무기를 근처에 설치하려 하고 그래

서 그것들을 싣고 갈 트럭이 필요했던 것이었다.

　그런데 아침에 트럭에 시동을 거는 순간, 갑자기 차에서는 날 수 없는 엄청난 굉음이 터져 나왔다. 놀라서 살펴보니 '머플러'라고 부르는 소음기가 터져버린 것이었다. 남의 문중 일을 맡아놓은 처지에 낭패가 아닐 수 없었다. 수리할 시간도 없어 망연자실하고 있는데, 소음기가 고장 나면 소리만 클 뿐이지, 차의 성능에는 문제가 없다는 상식을 아버지가 일러주었다. 아버지는 군대에서 군용 트럭 운전병을 했기 때문에 차에 관해서는 잘 알고 있는 편이다. 일단 출발을 했는데, 마을을 지날 때부터 굉음에 놀란 사람들이 웬일인가 싶어 내다보는 통에 조금 창피하기는 했다.

　아버지 말대로 소리만 클 뿐, 달리는 능력은 조금도 다르지 않았다. 곰곰 생각하니 무려 16년 동안 23만 킬로미터를 달린 트럭은 거의 수명을 다해가고 있었다. 농촌에서 타는 차가 고운 길만 다닐 리도 만무하니 그동안의 고생에 비하면 장수하고 있는 셈이었다. 어떤 사람들은 오래 탄 차에는 정이 든다고도 하는데, 나는 감정이 메말랐는지 아직 차에 정을 느끼지는 못하겠다. 돌아보면 거의 죽을 고비를 몇 차례나 함께 넘긴 트럭인데도 그렇다.

　귀농 초기에, 제초제를 치지 않으려는 결심으로 과수원에 보온덮개를 깔아보기로 한 적이 있다. 새것을 사긴 부담이 되었는데 마침 어느 아파트 공사장에서 대량의 보온덮개를 폐기한다는 정보를 알게 되었다. 공사장을 한번 덮었을 뿐이어서 새것이나 다름없다는 말에 트럭을 끌고 춘천까지 갔다. 그리고 욕심을 부려 실은 짐 때문에 정말 죽을 뻔했다. 재볼 수는 없었지만 흙과 비에 젖은 보온덮개를 족히 몇천 킬로는 실은 모양이었다. 1단 기어로 겨우 산길을 오르다가 가파른 정상 근처에서 기어코 차가 뒤로 밀리기 시작했다. 큰 사고로 이어질 순간을 몇 번이나 모면하며 겨우 고개를 넘었던 그때를 생각하면 지금도 머리털이 쭈뼛 선다.

물통과 전선 따위를 사느라 읍내를 돌아다니면서 트럭의 굉음 때문에 여러 사람들의 눈총을 받고, 도착한 용인에서 시동을 끈 후에 보니 속옷이 젖을 만큼 땀을 뺐다. 묘역은 600여 평에 50여 기의 산소가 들어선 꽤나 호화 분묘였다. 죽어서는 용인으로 가라는 말이 있다더니 곳곳에 그런 묘역이 눈에 띄었다. 잔디에 물을 뿌리고 공사하느라 메워진 수로의 흙을 파내는 작업은 생각보다 오래 걸렸다.

오후 네 시 무렵에 일을 끝내고 품삯 20만 원을 받았다. 요즘 농촌이야 돈 나올 데가 없어 돈 보기가 호랑이 어금니 보기만큼이나 어려운 터에 기꺼운 액수가 아닐 수 없다. 내가 들인 품이야 딱히 일이라고도 할 수 없고 트럭이 벌어준 셈이다. 소음기를 고치려면 그보다 더 많은 돈이 들어갈지도 모를 일이었지만, 16년을 동고동락한 트럭이 계속 비명을 지르게 할 수도 없어서 나는 곧바로 정비소로 차를 몰았다. 초여름같이 따가운 햇살이 쏟아지던 봄날의 하루가 저물고 있었다.(2012년 4월)

병과 약

나이가 들면서 한두 군데씩 아픈 곳이 생기는 것은 어찌 보면 당연한 일이다. 무쇠로 만든 기계라도 50년을 쓸 수는 없을 테니 사람의 몸이 오히려 쇠보다 더 강하다고 해야 할 것이다. 우리 집에도 약상자가 따로 있어서 끼니때마다 각자 약을 챙겨 먹는다. 어머니는 혈압에 심장 약, 아버지는 관절 약, 나는 당뇨와 해를 넘겨 고생하고 있는 오십견 약, 아내 또한 관절에 좋다는 무슨 영양제를 챙겨 먹는다.

얼마 전에는 아버지가 개똥쑥을 한 아름 베어 왔다. 성인병과 암 예방에 좋다는 얘기를 어디서 들은 모양이었다. 그늘에 말린 그놈을 뜨거운 물에 우려 아침저녁으로 한 잔씩 먹으라고 강권하는데 참으로 마시기가 괴로울 정도로 쓰다. 늙으신 아버지가 나름 가족의 건강을 챙긴다고 정성을 들인 것이니 할 수 없이 코를 막고라도 마시는데, 한번 맛본 아내는 그것을 마시느니 차라리 병을 앓는 편이 낫겠단다. 그렇게 양약과 민간처방으로 병을 다스리며 사는 게 결국 나이 들어가며 어쩔 수 없는 일이 되고 말았다.

과수원을 하는 삶 역시 나무의 병을 다스리는 일이 1년 내내 계속된다. 도대체 개량된 과수들은 병에 너무 취약하다. 올해는 봄부터 때 이른 더위가 기승을 부리더니 예년보다 훨씬 더 심하게 병이 오는 듯하다. 복숭아나무는 너나없이 작목반 전체에서 좀벌레로 인해 고사하는 나무가 속출하고 있다. 눈에 보이지도 않는 작은 벌레가 어떻게 단단한 나무를 뚫고 들어가는지, 들어가서는 나무속에 알을 까고 속을 파먹는다. 작은 구멍으로 나무의 진액이 흐르기 시작하면 이파리가 시들부들해지다가 나무 전체가 주저앉아버리기도 한다. 참으로 무서운 놈인데 방제할 방도도 마땅찮다. 봄가을로 고독성의 살충제를 나무등치에 뿌리는 게 일반적인데, 나는 봄에 유황을 고고 남은 찌꺼기를 발라서 약간의 효과는 보는 듯하다.

올해 또 유행하는 병은 이름도 예쁜 새눈무늬병이다. 복숭아에만 생기는 병인데 이파리에 마치 새의 눈처럼 까맣고 동그란 무늬가 생기다가 구멍이 뚫리는 병이다. 구멍이 뚫린다고 해서 천공병이라고도 불린다. 퍼지는 속도가 몹시 빨라서 방제가 늦어지면 이파리뿐 아니라 과일에까지 새 눈이 박혀 밭 전체를 쑥대밭으로 만들 수 있는 무서운 병이다. 이 병의 원인은 좀 특이하다. 봄에 아직 잎이 연할 때 바람이 거세면 이 병이 창궐한다. 그러니까 바람이 주된 원인이라는데 올해 봄바람이 거세어 또한 이병이 심하다. '마이신'이라는 약을 써서 방제하는데, 복숭아 농사를 짓는 사람은 누구나 혼신을 다해 새눈무늬병을 막아야 한다.

한 해 농사를 완전히 망칠 수 있을 정도로 심각한 피해를 줄 수 있기 때문이다.

내가 사는 곳에는 지금 거의 한 달째 비가 오지 않고 있다. 그 사이에 소나기가 두어 번 오갔을 뿐 가뭄도 보통 가뭄이 아니다. 과수원에는 관수시설이 되어 있어서 물을 주기는 하지만 워낙 가물어선지 지하수도 전처럼 많이 나오지 않는다. 이렇게 날이 가물면 마구 퍼지는 게 진딧물과 응애다. 둘 다 작은 벌레인데 이들 또한 과수에 치명적이다. 진딧물은 일반인들도 흔히 보았겠지만, 그리고 비교적 방제가 쉬운 편이지만 응애란 놈은 무섭다. 검거나 붉은 색을 띤 응애는 눈이 밝은 사람에게나 꼬물거리며 기어 다니는 게 보일 정도로 작은 벌레로, 나뭇잎의 뒷면에 생긴다. 퍼지는 속도도 아주 빨라서 하룻밤 사이에 증손까지 본다고 한다. 그 말의 진위는 알 길이 없지만 응애가 퍼지기 시작하면 이파리의 즙액을 빨아 먹어 초록색이 누르스름한 색깔로 변하다가 결국 떨어지고 만다. 요놈은 꽤나 질긴 생명력을 가지고 있어서 농약을 직접 맞지 않으면 결코 죽지 않으며 잎의 뒷면에 서식하고 있어 농약 치기 또한 까다롭다. 농약 중에 응애약은 거의 가장 고가에 속한다. 응애가 많이 발생하는 농가는 주로 제초제를 사용하는 과수원이다. 바닥의 풀이 무성하면 응애는 거처를 굳이 과수로 옮기지 않는다. 풀이 전멸하게 되면, 그러니까 응애의 처지로는 살던 터전이 사라지게 되면 할 수 없이 초록의 이파리를 달고 있는 과수로 뛰어오르게 되는 것이다. 그 외에도 수십 가지 병들과 싸워야 할 올 한 해가 아득하기만 하다. (2012년 6월)

어떤 위안

분수에 넘치는 언행을 일삼는 자에게 흔히 "꼴값을 한다"고
한다. 갑자기 벼락부자가 되어 거들먹거리거나 제 처지를 모르고
날뛰는 사람에게도 역시 그런 말을 쓴다. 요즘 우리나라의 대통
령이라는 사람이 외국을 돌아다니며 훈수를 두는 모습이 꼭 그
렇다. 자신이 세계경제를 이끄는 수장이라도 되는 듯이 유로존
위기를 어떻게 해결해야 한다는 둥, 우리나라 경제가 세계의 모
범으로 칭송받는다는 둥 별 같잖은 언사를 입에 달고 다니니, 참
으로 백성된 자로서 민망하고 창피하다.

개구리가 올챙이 적 생각 못한다더니, 멀게는 구호물자로 죽
을 끓이던 시절과 가까이는 IMF(국제통화기금)로 국가적 굴욕을
겪은 일을 짐짓 잊은 체하며 훈수를 두는 모습이, 초등학생이 제
자랑 하는 것 같아 부끄럽기만 하다. 진짜 경제를 살렸다고 착각
하는 것인지, 그래서 거듭 입에 올렸던 그 국격이라는 게 높아졌
다고 생각하는지는 모르겠다. 하지만 어느 나라의 수장도 이 정
도로 농촌을 망가뜨리면서 경제를 살렸다고 하지는 않는다. 경제

학자들이 우려하는 것처럼 거의 파탄에 이른 국가재정에 대해서도 그는 모르쇠로 일관한다. 그 아래에서 녹을 먹는 자들 역시 아첨과 곡학아세를 일삼는다. 가뭄으로 타들어가는 농촌을 보며 주무장관이라는 자가 뜬금없이 4대강사업으로 가뭄을 이기고 있다는 헛소리를 내뱉었다니 실로 기가 막힌다. 앞장서서 미국의 광우병을 옹호하고 돼지고기 무관세 수입을 재빨리 추진한다는 보도를 보며 차라리 불쌍하다는 생각조차 든다.

백번 양보해서 경제지표가 실제로 좋아졌다 해도 감히 유럽에 대고 훈수를 둘 처지는 아닌 것이다. 이 퇴행의 세력들은 1950년대의 매카시즘을 끌어와 여당 지도자가 국가관을 운운하고 대통령이 맞장구치는 기막힌 파시즘 놀이를 하고 있지 않은가. 게다가 진보라는 자들조차 애국가를 부르느니 마느니 멍청한 이야기를 부끄러운 줄 모르고 찧고 까부는, 이 절망적인 사회적 퇴보와 광기 앞에 나는 할 말을 잃는다.

며칠째 뉴스를 보지 않고 인터넷도 하지 않고 지낸다. 지난 5년간 이명박 정부가 양산하고자 한 것, 그러니까 정치적 무관심층이 되어가는 것 같다. 에라, 될 대로 되어라, 뭐 이런 기분이 드는 것이다. 그러다 보니 찜통 같은 날에 독한 소주나 두어 병씩 마셔야 잠이 들고, 쓰던 소설도 작파하고 말았다. 요즘처럼 입맛이 쓴 날들이 또 있었던가. 아마 나만의 일은 아닐 것이다.

다만 어제 내 마음을 훑고 지나간 장면 하나는 평생 잊지 못할 경험이었다.

154

집 뒤에 과일을 따거나 저장할 때 쓰는 컨테이너 박스 몇 개를 쌓아두고 이런저런 잡동사니를 넣어두었는데, 거기에서 희미한 새소리가 들려왔다. 자세히 보니 작은 어미 새 한 마리가 알을 품고 있었다. 마른풀을 물어다 동그랗게 지은 새집에서 나와 눈을 마주친 새는 참새 정도로 작았지만 색이 여간 어여쁜 게 아니었다. 콩새 종류인 것 같은데, 새를 잘 분간 못 하는 나로서는 그 이름을 알 수 없었다. 하긴 이름이 무슨 상관이랴. 새는 쌓인 컨테이너 중간쯤에 그러니까 손잡이로 삼는 약간 넓은 구멍을 통해 들어가 집을 지은 것이었다. 다른 자리에서 만났다면 위험을 감지하고 훌쩍 날아갔을 새가 꼼짝도 하지 않고 앉아 있는 모습에 진한 감동이 몰려왔다. 새끼를 품는 일이 목숨을 거는 일임을 작은 새 한 마리가 증거하는 장면이었다. 더 충격적인 장면은 다음이었다. 내가 새를 바라보는 동안 어느새 다가온 또 한 마리의 새가 있었다. 바로 내 발 옆에서 똑같이 생긴 새 한 마리가 나를 밀어내려는 듯 날개를 펼치고 파닥이는 것이었다. 입에는 풀씨인지 벌레인지 분간 못할 아주 작은 무언가를 물고 있었다. 그러니까, 놈은 수컷이었다. 이 필사의 새 부부에 놀라 나는 얼른 그 자리를 떴다. 한동안 가슴이 진정되지 않을 정도로 감동의 물결이 일었다.

결국 새끼를 보듬는 본능이 지구라는 초록별이 가진 유일한 진실이다. 곰곰 생각하면 그 분수를 지키며 사는 게 궁극적인 진실일지도 모르겠다. (2012년 6월)

가뭄

그예 유월이 다 가도록 비다운 비 한번 내리지 않을 모양이다.

내가 사는 곳도 두어 달 동안 소나기만 두 번인가 왔을 뿐 말 그대로 타는 가뭄이다. 올해는 도시에 사는 벗들로부터 여러 차례 가뭄을 걱정하는 전화를 받기도 했다. 타들어가는 농작물이 없고 수돗물이 끊길 리 없는 도시에서 가뭄을 체감하기는 어려울 것이다. 그런 전화를 받으며 나는 거꾸로 그들의 삶이 또한 팍팍함을 느끼곤 했다. 자신이 어려울 때 비로소 남의 어려움도 보이는 법이니까. 그런데 4대강 본부의 누구는, 일찍 찾아온 불볕더위 탓에 가물다고 느끼는 것일 뿐 실제로 가뭄이 심각한 건 아니라는 해괴한 소리를 했단다. 과연 그들이 사는 나라와 서민, 농민들이 사는 나라는 같은 곳이 아님이 분명하다.

줄기가 말라가는 마늘을 캐어보니 역시나 씨알이 시원찮다. 씨마늘 열 접에 마흔 접 소출도 나지 않았다. 농약 줄을 연결해 몇 번 물을 주었지만 가뭄을 이기기에는 턱없이 부족했나 보다. 아침저녁으로 계속 주었더라면 달라질 수도 있었겠지만, 마늘이야 먹으려고 한 것이고 1년 생계가 달린 것은 사과와 복숭이어서 날마다 과수원에만 신경을 썼던 것이다. 관정에서 나오는 물로 하루에 열 시간씩 물을 대는데, 아무리 농업용 관정이라도 물이 떨어지면 큰일이 날 판이라 다른 작물에까지 눈을 돌릴 수 없었다. 다행히 아직은 관정이 마르지 않아 물을 퍼 올리고 있다.

10년쯤 전에 거금 600만 원을 들여 관정을 팠다. 업자는 몇 미터가 되든 물이 솟구칠 때까지 파겠다고 했는데, 싱겁게도 불과 30여 미터에서 큰 수맥이 터졌다. 며칠이 걸릴지도 모른다는 작업을 한나절에 해치우고도 돈은 그대로 다 받는 것이었다. 업자 말로는 복불복이라고 했다. 며칠씩 하게 되면 자신이 손해고 우리 집 같은 경우에는 돈을 버는 경우라나 뭐라나. 어쨌든 바가지를 쓴 것 같은 기분에 찜찜했던 기억이 난다.

작년엔 관정에서 나오는 물은 농약을 타거나 더운 날에 밖에서 물을 끼얹는 용도 말고는 쓰지 않았다. 봄과 여름에 너무나 많은 비가 내려서 과수원에 물을 풀 일이 없었던 것이다. 거의 날마다 열 시간씩 물을 풀기는 농사짓던 중에 올해가 처음인데 그래도 사과나무에는 노랗게 마르는 잎들이 적지 않다. 점적관수라고, 가는 호스에서 물이 방울져 떨어지는 방식인데 아무리 오래 떨어져봐야 하늘에서 내리는 30분 빗줄기만도 못한 듯하다. 언 발에 오줌 누는 심정으로 가뭄에 맞서는 꼴이다. 게다가 이 가뭄이 더 지속되면, 그러니까 한 달쯤 더 비가 오지 않으면 농사뿐 아니라 모든 생활에 종말적인 상황이 올 것이다. 장마 소식이 들려오니 그럴 리는 없겠지만 우리가 살고 있는 터전이 실은 굉장히 허약하다. 극심한 기상이변으로 1년 정도 가뭄이 오면 그대로 사막이 되어버릴 테니 말이다.

우리 마을은 논농사를 위한 저수지가 있고 아직 아주 마르지는 않아서 모내기도 끝냈고 논이 갈라지지도 않는다. 아예 1년 농사를 망친 곳도 있는데, 감자나 마늘의 씨알이 작다고 불평한다면 농부의 마음이 아니다.

가뭄이 길어지며 옛 고향 마을에서 있었던 일이 떠오른다. 초등학교 저학년 무렵이었다. 우리 마을은 논농사가 많았지만 저수지는 없고 월악산에서 사시사철 흘러내리는 개울물을 봇도랑으로 끌어와 농사를 지었다. 그런데 그해에는 어찌나 가뭄이 지독했는지 절대 끊길 것 같지 않던 개울물이 마르기 시작했다. 아예 마르지는 않았지만 농사를 짓기엔 턱없이 부족했다. 어느 날, 마을의 모든 장정들이 가래를 들고 개울에 모였다. 셋이 한 조가 되어 가래로 개울을 파는 것이었는데, 어른들이 "개울을 짜갠다"고 했던 말이 기억난다. 지금 생각하면 물길을 깊이 내어 물이 좀더 많이 흐르도록 하기 위함이었던 것 같다. 나는 수십 명의 어른들이 웃통을 벗고 으쌰, 으쌰 소리에 맞추어 가래질을 하는 모습이 너무나 놀랍고 신기했다. 분명히 기억하건대, 그것은 4대강을 헤집는 포클레인보다 훨씬 장엄하고 위대한 노동이었다.(2012년 7월)

이 빗속을

아침부터 비가 온다는 예보가 나왔는데 하늘만 잔뜩 찌푸렸을 뿐, 비는 오지 않았다. 비가 오면 단골 술집에 두고 온 책도 찾을 겸 들러서 술 한잔을 하려고 생각하고 있었다. 비 오는 날의 정취를 즐기는 방법이 빈대떡에 소주잔 기울이는 것밖에 없는 게 한심한 내 취향인데, 이 나이에 다른 취미를 찾을 수도 없다.

호우주의보가 내릴 정도로 많은 비가 온다니 그야말로 가뭄 끝에 단비다. 금방이라도 빗방울이 떨어질 것 같은데 아버지는 주섬주섬 봉지를 챙겨서 사과밭으로 간다. 봉지를 씌우다가 미처 보지 못해 빠진 놈이나, 바람에 벗겨진 놈들을 찾아서 다시 씌우려는 것이다. 늙으신 아버지가 밭으로 가니 젊은 아들이 구경만 할 수는 없다. 사다리를 들고 나도 뒤를 따랐다. 점무늬낙엽병은 더 번지지 않는데 진딧물이 눈에 띈다. 비가 그치면 또 농약을 쳐야 할 것 같다.

고개를 쳐들고 이파리 속에 숨은 사과를 찾는데 발밑에서 무언가가 부스럭거리는 소리가 났다. 처음엔 들쥐인 줄 알았는데 토끼였다. 태어난 지 얼마 되지 않은 듯 쥐보다 조금 큰 아주 어린 새끼였다. 어미는 보이지 않고 혼자서 깡총거리며 돌아다니고 있었다. 나는 밭에서 여러 차례 토끼를 보았다. 가끔 고라니도 내려오니 토끼라고 없으랴마는 토끼들은 아예 밭 어딘가에 굴을 파고 사는 것 같았다. 우리 밭은 제초제를 치는 터라 말라 죽은 풀만 있는데 왜 토끼가 밭에서 사는지 의아했다. 혼자 짐작이지만, 어느 꾀 많은 토끼가 안전한 곳을 찾다가 과수원을 택했을 것이다. 산에 사는 천적들, 그러니까 살쾡이나 족제비, 야생 고양이 따위가 잘 범접하지 않는 곳 말이다. 토끼는 꽤나 적응이 된 듯, 사람 주위를 졸졸 따라다닌다. 손을 내밀면 강아지처럼 다가올 것만 같다.

아홉 시 무렵에 모르는 번호가 찍힌 전화가 울렸다. 내가 연락을 주고받으며 사는 사람이 많지 않아서 모르는 번호로 오는 전화는 거의 없는데 그런 경우는 가끔씩 들어오는 원고 청탁인 경우가 있다. 지난 서너 달 동안 청탁 하나 들어오지 않아 우울한 심사였던 터라 혹시나 하고 전화를 받아보니 뜻밖에도 소식조차 모르고 살던 중학교 동창생이었다. 학교 다닐 적에는 꽤 친하게 지내던 친구였으므로 반가운 마음에 안부를 묻자 친구는 내가 사는 마을 면 소재지에 와 있다는 거였고 곧 집으로 찾아오겠다고 했다. 오는 길을 알려주고 무슨 일인가 물었더니 거름장사를 한다고 했다. 누군가에게 내가 농사를 짓는다는 얘기를 들었고 기왕 거름을 쓰려면 효과가 확실한 자기 거름을 사서 써보라는 요지였다. 반가운 건 반가운 거고 일종의 영업을 위해 찾아오는 거라 약간 떨떠름한 기분이었다. 금세 도착한 친구는 세파에 찌든 듯 주름살이 많고 머리가 허옇게 세어 있었다. 친구가 견본으로 가져온 20킬로 포대에 담긴 거름을 살펴보니 전에 쓰던 거름보다 더 나아 보였다. 과장이 섞였겠지만 친구 말로는 경상도 일대의 과수원에서 이 거름을 써서 품질이 월등한 사과를 생산한단다. 아버지도 그러자고 해서 즉석에서 500포를 사기로 했다. 주위의 다른 농가에도 권해달라며 친구는 스무 포를 그냥 주었다. 그리고 우리 마을에서 많이 팔게 되면 내게 무언가 보답을 하겠노라 넌지시 일러주며, 꽤 세련된 영업방침을 구사하는 것이었다.

그렇게 유쾌한 거래가 끝날 무렵 빗방울이 후드득거리며 떨어지기 시작했다. 친구는 내게 점심 겸 술 한잔을 하자는 제안을 했고 나로서도 술 생각이 간절하던 터라 이의가 있을 리 없었다. 친구 역시 강력한 소주 애호가여서 그 외의 것은 술로 인정하지 않는 부류였다. 시내로 나와 시장통의 순대집에서 술잔을 기울였다. 아직 점심참도 되기 전인데도 빗소리를 들으며 술을 마시는 사람들이 꽤 있었다. 모두들 꾀죄죄한 입성에 힘겨운 노동에 찌든 얼굴이었다. 무려 소주 다섯 병을 비우고 친구와 헤어져 비 오는 거리를 걸었다. 우산도 없이 온몸으로 비를 맞기는 참 오랜만이었다. 비 오는 날이면 우울한 기분이 들곤 했는데 오히려 상쾌했다. 쫄딱 젖어서 들어온 나를 보고 아내가 정신이 어떻게 된 거 아니냐고 눈을 부릅뜨긴 했지만.(2012년 7월)

살구나무 집

 귀농을 하면서 집 주위에 많은 과일나무를 심었다. 농사를 지으니까 푸성귀는 말할 것도 없고 철 따라 나는 과일도 직접 심어서 먹으려 했다. 과수원에서 나는 사과와 복숭아 말고도 딸기며 대추와 감, 포도, 배 그리고 당연히 자두와 살구나무도 심었다. 그런데 크고 맛있는 살구가 달리던 나무는 10년을 넘기지 못하고 죽어버렸다. 나무좀이 파고들어 결국 고사하고 말았는데 그 후로 새로 심은 나무는 묘목을 잘못 사는 바람에 살구가 아닌 매실이었다. 결국 나와 아이들이 좋아하는 살구는 장날에 사서 먹을 수밖에 없는데 좀처럼 맛난 것을 만나기 힘들다.

 엊그제가 할아버지 제삿날이었다. 서울에서 내려온 작은아버지가 수박과 참외에 살구도 한 봉지 사오셨다. 크고 잘 익은 살구는 맛이 괜찮았다. 아이들 몫도 잊고 앉은자리에서 세 개나 먹었다. 그리고 입 속에 가득 퍼지는 살구 향을 음미하다가 나는 까마득히 잊었던 기억 하나를 선명하게 떠올렸다. 아마 할아버지의 제삿날이었기 때문일 것이다.

나는 3킬로미터 정도를 걸어서 초등학교에 다녔다. 산모퉁이를 돌고 개울을 따라 걷다가 징검다리도 건너는 정겨운 시골길이었다. 그리고 중간쯤에 산자락을 낀 집이 한 채 있었다. 마을에서 꽤 떨어진 외딴집이었는데 그 집 삽짝 안에는 아주 커다란 살구나무가 있었다. 살구가 익을 무렵이면 삽짝 밖으로도 노랗게 떨어지곤 했다. 아이들은 오가며 살구를 몇 개씩 집어 들고 달음박질을 쳤다. 그 집에 사는 할아버지는 아주 무서운 사람이라는 소문이어서 들킬까 봐 그렇게 뛰곤 했다. 나는 원래 겁이 많아서 언감생심 살구를 주워 먹을 생각도 하지 못했는데 그날은 웬일로 아이들을 따라서 주머니에 살구를 몇개 집어넣고 말았다. 배고픈 하굣길에 잘 익은 살구의 유혹을 이기지 못했던가 보다. 그런데 돌아서는 순간 그 무서운 할아버지가 언제 왔는지 딱 지켜보고 있었다. 우리는 오금이 저려 도망갈 생각도 못하고 그 자리에 얼어버렸다. 할아버지의 모습은 소문대로 험상궂어 보였다. 주머니에 넣었던 살구를 주섬주섬 도로 꺼내놓는데 이상하게 나만 쳐다보던 그가 내 할아버지의 이름을 묻는 것이었다. 내 할아버지는 내가 태어나기 훨씬 전에, 아버지가 겨우 열두 살 때 돌아가셨기 때문에 나는 할아버지의 이름조차 모르고 있었다. 내가 우물쭈물하며 모른다고 하자, 다시 아버지의 이름을 물었다.

"그렇구먼. 어쩐지 많이 닮았더라니, 네가 손자로구나."

아버지의 이름을 들은 노인은 나로서는 알 수 없는 말을 중얼거리더니 내 머리까지 쓰다듬는 것이었다. 그리고 큰 바가지를 가지고 나와 살구를 한가득 담아 주었다. 그리고 살구가 먹고 싶으면 언제든지 안으로 들어오라고도 했다. 된통 혼이 날 줄 알았다가 뜻밖의 횡재를 한 나는 날듯이 집으로 와 자초지종을 이야기했다. 그리고 그 노인이 돌아가신 할아버지의 친구라는 얘기를 아버지에게 들었다.

그 후로 살구가 더이상 안 달릴 때까지 나는 하굣길에 마음껏 살구를 먹을 수 있었다. 노인은 할머니의 안부를 묻고 서울로 시집간 고모들이며 농사 이야기를 내게 묻곤 했다. 그러면서 찾아가보지 못해 미안하다는 말을 할머니께 전하라고 했다. 꽤 먼 거리이긴 했지만 어른이 걸어오기 어려운 거리는 아니었다. 나는 아주 나중에야 그 이유를 알게 되었다. 내 할아버지는 전쟁이 터지자마자 예비검속에 걸려 군경에게 죽임을 당했다. 그리고 친한 친구였던 그는 함께 잡혀갔다가 요행히 빠져나와 목숨을 건졌다. 은둔하다시피 살던 그가 옛 친구의 손자를 만났으니 그 감회가 남달랐던 것이다. 그리고 마음의 빚 때문에 우리 집에도 발걸음을 하지 않았던 것이었다.

어쨌든 나는 초등학교를 졸업할 때까지 그 집 살구를 마음껏 먹을 수 있었고 그 황홀했던 살구 맛을 잊지 못해 장날마다 살구에 손이 간다. 그런데 기억에 남아 있는 그 맛을 좀체 찾을 수가 없다. 고향을 떠난 후 영영 노인의 소식을 알지 못하는 것처럼, 그 살구 맛도 다시는 볼 수 없을 것 같다. (2012년 7월)

농민에게도 이야기를

거의 일주일 동안 밤마다 졸린 눈을 비벼가며 남이 쓴 글을 읽었다. 나도 책 읽기라면 엔간히 좋아하는 편인데 이번에는 아주 고역이었다. 장편소설이 열 개, 중·단편 소설이 50편이었으니, 거의 1년 동안 하는 독서의 양에 버금가는 분량을 읽어치운 셈이다. 그것도 종이에 활자로 찍힌 게 아니라 컴퓨터 모니터로 읽었다. 사실 나는 모니터로 긴 글을 읽는 게 익숙하지 않다. 익숙하지 않을뿐더러 집중이 잘 되지 않아 제대로 된 읽기를 해낼 수 없다. 아직 종이가 훨씬 친숙한 아날로그 세대인 것이다.

내가 고역의 독서를 감내해야 했던 이유는 어느 문학상의 소설부문 예심을 맡았기 때문이었다. 60편을 읽고 다섯 편을 본심에 올리는 게 내 임무였는데 나 역시 소설을 써서 투고해본 경험이 있는 터라 소설가 지망생들의 열정과 노고가 담긴 원고를 아무렇게나 읽을 수는 없었다. 다만 나는 여러가지 의아한 생각이 들긴 했다. 그다지 유명한 문학상도 아닌데 이토록 많은 응모작이 들어오는 게 첫 번째였다. 예심을 맡은 두 명이 나누어 심사를 했으니까 내가 읽은 것의 두 배쯤 되는 양이 응모된 것이었다. 수백 편이 들어오는 신춘문예야 전국의 소설가 지망생들이 목을 매는 데니까 그렇다고 해도 별로 공고도 하지 않은 문학상에 응모자가 이토록 많다니. 나이 어린 학생부터 일흔이 넘은 노인까지 연령층도 다양했다.

심사를 맡게 되면 은근한 기대도 품게 된다. 혹여 눈에 확 띄는 작품이 있어서 제대로 된 소설가를 내 손으로 등단시키게 되지 않을까 하는 기대다. 올해도 능숙한 솜씨를 자랑하는 한 작가가 있었고 나는 제일 먼저 그 작품을 본선에 올렸다. 또다른 기대 하나는 농촌과 농민을 다룬 소설을 고대하는 것이다. 언제부턴가 농민의 삶을 이야기하는 소설이 사라져버렸다. 한때는 우리나라 소설의 주류를 형성하기도 했던 농민문학이 이제는 눈을 씻고 보아도 찾을 수 없는 귀한 존재가 되었다. 농촌 이야기를 쓰는 작가는 덜떨어지고 시대에 뒤떨어진 취급을 받기 일쑤고, 문예지들도 농촌소설을 싣는 것을 구더기 피하듯 하니 실로 한심한 지경이다.

소설이란 게 사람 사는 이야기이고 농민들 역시 이 땅에서 살아가는 중요한 계급인데 소위 작가라는 자들이 어찌 이토록 농민 이야기에 관심조차 없는지 분노가 일 정도이다. 해봤자 괴로운 이야기이고 괴로운 이야기를 읽어줄 독자도 없을 테니 모두들 텔레비전 드라마 비슷한 불륜이나 비틀린 관계, 쥐뿔 들여다볼 것도 없는 내면이 어쩌고저쩌고하는 이야기만 쏟아내고 있다. 명색이 소설가이면서도 나는 우리나라 소설을 거의 읽지 않는다.

소위 베스트셀러라는 '엄마를 뭐시라' 하는 소설을 대여섯 장 넘기다가 거의 구토를 할 뻔하기도 했다.

그래서 이제 막 소설을 쓰기 시작한 사람들의 작품에서 다들 외면하는 농촌 이야기가 한두 개쯤은 있으리라는 기대를 품고 모든 투고작을 읽었다. 그리고 딱 한 편의 농촌소설을 발견할 수 있었다. 몇 해에 걸쳐 대란 수준으로 일어났던 구제역을 소재로 한 작품이었다. 만족할 만한 수준은 아니었지만 아마추어의 풋풋함이 묻어나는 단편소설이었다. 줄거리는 서울에서 이런저런 일로 힘겹게 살아가던 주인공이 고향집에서 키우는 송아지가 구제역 증상을 보인다는 소식을 듣고 시름에 빠진 부모를 찾아가서 겪은 며칠간의 이야기다. 구제역이 한 마을의 사람들을 어떻게 갈라놓고 서로 간에 깊은 상처를 냈는지 생생하게 보여주고 있었다. 농촌에 살아도 우리 마을은 구제역이 비껴간 터라 나도 그토록 큰 상처를 남겼는지 짐작하지 못했다. 도시사람들이라면 더욱 충격을 받을 만한 내용이었다.

나는 이 소설을 본심에 올렸다. 워낙 뛰어난 소설이 있어 본심에서는 뽑히지 않을 가능성이 많지만 누군지 모를 그 젊은 작가 지망생이 부디 실망하지 않고 정진하기를 빌었다. 농민은 결코 사라지지 않을 계급이며, 농민의 이야기를 누군가는 끊임없이 쓰고 기록해야 하니까. (2012년 7월)

불쾌한 날들

대체 어쩌자고 날씨가 이 모양인지 모르겠다. 가뭄에 폭염이 이어지더니 마치 장마철처럼 주야장천 비가 쏟아진다. 사람 마음이 간사하여, 지난주에 큰비가 내릴 때만 해도 이제 해갈이 되었다고 좋아했는데 햇빛 한번 제대로 나지 않고 비가 이어지니 오히려 가뭄이 더 낫다는 생각마저 든다. 가물면 물이라도 퍼서 위급을 면할 수 있지만 속절없이 내리는 비는 어찌해볼 도리가 없는 것이다.

게다가 요즘은 한창 복숭아를 따는 때인지라, 수분을 빠르게 흡수하는 복숭아나무 특성상 비는 몹시 해로운 존재이다. 복숭아의 당도가 급격히 떨어지고, 소비자들도 비가 많이 올 때 복숭아를 샀다가는 오이만도 못한 맛을 감수해야 한다는 것을 안다. 당연히 값은 폭락하고 복숭아 과수원을 하는 나 같은 농민의 가슴은 타들어간다. 값이 떨어질 뿐만 아니라, 물기를 노상 머금고 있는 열매에는 무름병이 번지기 십상이고 꼭지가 약해져 땅에 떨어지는 복숭아도 숱하다. 그래도 수확기에 접어든 과수원에 농약을 칠 수가 없어 두 손 놓고 하늘만 바라볼 뿐이다.

이른 아침부터 물에 빠진 생쥐 꼴로 복숭아를 따고 대형 선풍기로 복숭아를 말려가며 작업을 한 후, 경매장까지 트럭에 싣고 가는 일이 요즘 하루 일과다. 비가 오면 일이 두어 배는 더 힘들다. 수확하는 일은 언제나 즐거운 일인데도 왈칵 짜증이 일기도 한다. 어제는 잠시 하늘이 개는 듯해서 택배로 보낼 복숭아 스무 박스를 트럭에 싣고 우체국에 가다가, 그러니까 고작 5분밖에 걸리지 않는 거리를 가다가 비를 만나고 말았다. 아주 많이 젖지는 않았지만, 우체국 안에서 드라이어로 박스를 말리는, 평생 처음 하는 짓을 하기도 했다. 습도가 높으면 마음이 불쾌해진다고 하여 불쾌지수라는 게 있다더니, 어쨌든 유쾌하지 못한 나날들이 이어지고 있는 요즈음이다.

게다가 이번 주에는 더욱 불쾌한 일들을 연이어 겪었다. 지난 월요일, 이른 점심을 드신 아버지가 왠지 내 눈치를 보며 시내엘 다녀와야겠다는 것이었다. 어머니와는 이미 얘기가 된 듯 서로 미묘한 눈짓까지 교환하는 게 아닌가. 아직 복숭아 작업도 다 끝나지 않았는데 내게 말 못할 갑작스러운 일이 있을 리 없었다. 마지못해 꺼내는 말씀이 하, 기가 막혔다. 새누리당의 선거인단이 되어 대선후보 선출 투표를 하러 가야 한다는 것이었다. 진즉에 전화를 받고 선거인단으로 등록되었으면서도 아들이 그 당을 원수 대하듯 한다는 것을 잘 아는 터라 내게 숨겨온 모양이었다. 족히 수십 년은 이어진 언쟁과 설득이 무위로 돌아가고 이제 서로의 정치성을 인정하는 경지에 이르렀기 때문에 더이상 싫은 소리를 할 기운도 없었다. 잘 다녀오시라고, 그 대신 전직 대통령 딸에게 한 표를 던지는 일만은 말아달라고 했지만 아버지는 그녀 외에 누가 있기라도 하냐는, 의아한 기색이었다.

　다녀온 아버지는 투표하는 사람이 하나도 없더라고 지나가는 투로 말했다. 그럼 그까짓 것들 쇼하는데 사람들이 줄이라도 설 줄 아셨냐고 퉁을 주었더니, 웬일인지 아무 말씀도 없다. 독재자의 딸이 선출되는 데는 아무 문제도 없으리라는 자신감 때문인 듯했다.
　복숭아 작업을 마치고 홈집이 난 것들을 아이들에게 가져다주기 위해 시내로 나왔다. 비는 부슬부슬 내리고 마음은 영 유쾌하지 않아 단골로 가는 식당에 들러 밥과 소주를 시켰다. 젊은 부부가 종업원도 쓰지 않고 열심히 일을 하는 식당이었다. 주위의 식당들 간판이 1년에도 두어 차례씩 바뀌는 불황 속에서도 7년 넘게 한자리에서 버티는 곳이었다. 저녁을 먹기에는 이른 시간이라 식당 안에는 나밖에 없는데, 틀어놓은 텔레비전에서는 역시 새누리당의 후보 선출 이야기가 쉬지 않고 흘러나오고 있었다. 거푸 소주잔을 뒤집는 중에 식당 주인 부부가 주고받는 이야기가 들려왔다. 그런데 이 무슨 괴이한 일인가. 아직 마흔도 되지 않은 부부가 바로 아버지가 찍은 그녀를 찬양하는, 무지몽매한 이야기를 하는 게 아닌가. 입맛이 떨어진 나는 서둘러 남은 소주를 마시고 그 집을 나오고 말았다. (2012년 8월)

선거의 계절

텔레비전이고 신문이고 온통 대통령 선거 이야기들이다. 선거라는 게 묘한 것이어서 평소에는 정치에 아무 관심도 없던 장삼이사까지 게거품을 물고 핏대를 올리게 만들기도 한다. 마치 민주국가에 사는 백성이라면 마땅히 정견이 있어야 하고, 정견이다른 자를 만나면 역시 마땅히 싸워야 하는 줄로 아는 것 같다. 지난 총선 무렵엔 술자리에서 서로 지지하는 정당 편을 들어 말다툼을 하다가 살인사건으로 비화한 일도 있었다. 두 번의 민주정부 기간에 백성들의 정치적인 관심이 시나브로 줄어드는 것같더니 이명박 정부가 들어서면서 다시 정치에 대한 관심이 퍽늘어난 게 느껴진다.

신문을 보니 아직 대선이 여러 날 남았는데도 이미 지지할 후보를 정한 유권자가 대부분이라고 한다. 물론 그동안 우리나라선거판에 한 번도 등장하지 않았던 '착한 자본가'가 후보로 나왔기 때문일 테지만 그렇다 하더라도 부동층이 거의 없는 판세가이어진단다. 하긴 우리 마을만 해도 부동층이 아예 없다. 서른

명 정도의 유권자들이 여야 8 대 2 정도로 굳어진 듯하다. 정작 야 쪽에 속하는 나와 아내가 아직 마음을 정하지 못한 부동층이라고 할 수 있다. 때로는 착한 자본가 쪽으로, 때로는 착한 데다 잘생기기까지 한 후보에게로 왔다갔다 하는 것이다. 그리고 요즘에는 막판까지 봐서 누구든 유신의 딸을 이길 가능성이 큰 후보에게 지지표를 던지자고 마음을 정리하는 중이다.

생각하면 나는 항상 대통령 선거에서 괴로운 선택을 해왔다. 누군가가 당선되길 바라는 것보다 누군가가 떨어지길 원하는 투표를 할 수밖에 없었다. 그러다 보니 내가 진짜 찍고 싶은 후보에게 정작 표를 주지 못했다. 질타를 받을 만하고 옳은 선택이었는지 자신도 없지만, 사표(死票) 논리를 들고 나오는 보수 야당의 설득에 번번이 지고 말았다. 그래서 대통령 선거는 어떤 결과가 나오든 내게는 만족스럽지 않은 일이었다. 더구나 올해는 절대로 떨어뜨리고픈 후보가 있으니 나의 '네거티브'형 투표는 또 이어질 것이다.

마을주민들 대다수가 갑자기 의식이 진일보한 듯이 여성 대통령이 나올 때가 되었다는 얘기를 스스럼없이 하는 걸 들으며 우습기도 하고 슬프기도 하다. 사실 우리 마을사람들은 거개가 평소 정치에는 눈곱만큼의 관심도 없는 사람들이다. 그래도 선거 때마다 확고하게 누군가를 지지하는 것은 한 사람의 공이 크다. 오랫동안 마을의 이장이며 동·계장을 도맡아 하며 마을사람들을 쥐락펴락하는 한 노인이 있다. 선거 때면 거의 대놓고 주민들에게 이번에는 누구를 찍어야 한다고 지침(?)을 내리곤 하는데, 말발이 세고 고등학교까지 졸업한 고학력자라는 이유로 그에게 반대하는 말을 입에 올리는 사람은 없다. 그렇게 박정희 시절부터 수십 년 동안 그에게 받은 지침대로 투표권을 행사한 주민들은 그가 내세우는 논리에 거의 세뇌가 되어서 이제는 자동적으로 누구를 찍어야 할지 아는 경지에 이르렀다. 그 논리라는 게 언제나 빨갱이 운운, 안보가 어쩌고 하는 저열한 것임에도 마을사람들을 깨우치기에는 거의 절벽과 같은 막막함이 있다. 우스운 것은 마치 박근혜 대선캠프의 참모나 되는 것처럼 행동하는 그 노인이 평소에는 늘 여자가 어쩌고저쩌고하는 이라는 것이다. 만약에 야권에서 여성 후보가 나왔더라면 그 노인은 세상의 종말이라도 온 것처럼 난리를 쳤을 게 분명하다.

그나마 위안인 것은 언제나 마을주민과는 반대의 표를 행사하는 마을 형님이 한 분 있다는 것이다. 어떤 연유에서 새누리당과 그 전신들에게 격렬한 증오심을 품게 되었는지는 알 수 없지만 그들에게 단 한 번도 투표하지 않았단다. 노태우에게 정권을 안겨주었던 87년 대선 때에는 예의 그 노인에게 뺨까지 맞았다는 거였다. 나로서는 믿기 어려운 얘기였지만 그때만 해도 노인이 무소불위의 힘을 마을에서 떨쳤다고 했다. 거의 공개투표나 다름없는 부정도 서슴없이 저질렀다며 형님은 분개했다.

조그만 농촌마을이라도 주민들 사이에 권력관계가 존재한다. 그 알력은 생각보다 깊고 심각한 경우가 많다. 그러니 나라 전체를 두고 벌이는 선거판이 어찌 조용하게 흘러가랴.(2012년 10월)

담이 이야기

올해 수학능력시험이 얼마 남지 않았다. 불행하게도 작년에 이어 올해는 둘째 딸이 수험생이다. 나는 아이들의 학교생활이나 공부에 대해 짐짓 모른 체하지만, 아이들이 겪는 비참한 학창시절을 모르지 않는다. 세상과 삶에 대한 아름다움과 경이로움에 눈뜰 시기에 오직 교과서와 문제집, 학원 따위에 매어진 아이들을 보면 가슴이 아프다.

고3이 제일 상전이라는 말이 틀리지 않음을 날마다 겪은 한 해였다. 시험에 대한 스트레스로 신경이 날카로워진 아이는 별것 아닌 일에도 화를 내거나 짜증을 부렸다. 어느 대학을 가라거나 공부를 하라는 말을 한 번도 한 적이 없건만 아이는 스스로에게 지운 짐에 비틀거리곤 했다. 그럴 때는 공부하지 말고 쉬라는 말도 하지 못한다. 내가 안하면 아빠가 대신해줄 거냐는 괴이한 항변과 함께 방문을 쾅, 소리가 나도록 닫아버리는 사태가 일어나기 때문이다. 아무튼 모든 말이 비위를 거스르는 말로 들리는 모양이다. 그렇게 짜증을 낼 때는 한 가지 방법밖에 없다. 담이가 아이에게 달려가도록 하는 것이다. 담이는 우리 집에서 키우는 강아지 이름이다. 강아지가 달려가 매달리면 아이는 어느새 미소를 짓고 안아 든다. 그러면 나는 휴, 하고 안도의 한숨을 쉰다.

내 평생 집 안에서 강아지를 키우리라곤 상상도 못 했었다. 남들이 애완견이라는 이름으로 개를 키우는 것도 항상 못마땅해하는 편이었다. 우선 정서적으로 개는 집 밖에서 키우는 가축이라는 선입견을 버리기 어려웠다. 귀농 초기에 몇 년간 개를 키웠다. 남은 음식을 처리하고 낯선 사람이 오면 짖어주기도 하였지만 개가 일으키는 문제 또한 만만하지 않았다. 혈통이 있는 영리한 개가 아니어서 그랬는지 툭하면 목에 맨 줄을 끊고 키우던 닭을 물어 죽이는가 하면, 어린 딸아이에게 대들어 혼비백산하게 만들기도 했다. 개에 놀란 아이가 며칠씩 밤에 경기를 일으키자, 화가 머리끝까지 난 나는 놈을 마을회관에 '기증'해버렸다. 그날로 회관에서는 장작불 피우는 연기가 솟아올랐다.

그다음에 기른 거의 송아지만 한 서양의 잡종 개는 덩치에 비해 순하고 말도 잘 들어 꽤 마음에 들었는데 어느 날 이유 없이 밥을 안 먹고 시름시름 앓기 시작했다. 그 큰 놈을 동물병원에 데려갈 수도 없어서 대충 증세를 설명하여 처방받은 약만 사다 먹였다. 그래도 영 기운을 차리지 못하고 있는데, 개를 오래 키웠다는 누군가가 소주에 고춧가루를 타서 먹이면 나을 거라는 훈수를 두었다. 지금 생각하면 거의 동물학대나 다름없는 일이었는데 나는 앞뒤 생각 없이 소주를 사다가 병째 콸콸 목에 부어주었다. 술기운을 빌려서라도 벌떡 일어나기를 바랐건만, 녀석은 일어나기는커녕 그대로 쓰러져 숨을 몰아쉬다가 두 시간도 안되어 삼도내를 건너고 말았다. 소주 처방을 내린 자는 이상하다며 고개를 갸웃거리면서도 기왕 죽은 개를 어찌할 거냐고 물어왔다. 그제야 나는 그 해괴한 처방이 새로 이사 온 사람에 대한 일종의 텃세였을지도 모른다는 의심을 했다. 그는 죽은 개에 욕심이 있는 눈치였다. 하지만 나는 개를 산에 묻어주었다.

3년 전에 둘째 아이가 강아지를 사달라고 졸랐을 때 절대 불가하다는 나와 딸아이 사이에 거의 몇달 동안 실랑이가 이어졌다. 친구가 키우는 강아지에 폭 빠져 날마다 그 집에 가는가 하면, 강아지만 사주면 가장 완벽한 딸이 되겠다는 다짐을 두기도 했다. 반대로 강아지가 아니면 가장 불량한 딸의 모습을 보여줄 것이라는 협박도 서슴지 않았다. 그래도 나는 완강하게 버텼다. 결국 내가 굴복하게 된 것은 의사의 권유 때문이었다. 딸아이는 어떤 스트레스성 질환이 있었는데, 그 치료에 애완동물이 큰 도움이 될 수 있다는 거였다. 마침내 내 허락이 떨어지자, 아이들은 며칠간 인터넷을 뒤져서 강아지 한 마리를 '주문'했고 전국 어디나 무료로 '배송'해준다더니 과연, 강아지는 고속버스 편으로 배달되었다. 참으로 놀라운 일이었다. 장날에 닭이나 토끼들과 뒤섞여 사과박스 따위에 담긴 강아지만 2만~3만 원에 사봤던 나로서는 무려 20만 원을 호가하는 주먹만 한 강아지가 저 혼자 버스를 타고 왔다는 게, 아니 그런 시스템이 실로 이해하기 어려운 일이었다.

생후 2개월짜리 강아지가 처음 온 날, 사달라던 둘째보다 더 환호성을 지른 것은 큰애와 막내였다. 보자마자 강아지에 빠진 아이들은 지금까지 담이에게 지극한 사랑을 쏟는다. 생각지 못한 수확이라면 아이들이 강아지를 키우면서 자기들끼리의 다툼이 거의 사라진 것이다. 동시에 애정을 쏟는 대상이 생김으로써 서로에 대한 우애가 돈독해진 것 같다. 고3의 스트레스를 풀어주는 역할까지 대신해주니, 이제 나도 한 식구로 받아들일 수밖에 없다.

가끔 "애고, 내가 담이를 두고 어떻게 멀리까지 대학을 가나" 하고 진지하게 혼잣말을 하는 딸이 어이없기도 하다. 강아지 때문에 집에서 가까운 대학을 가야겠다는, 반쯤은 농담이라고 믿고 싶은 말을 하기도 했다. 멀리 떨어지는 게 강아지뿐 아니라 저를 낳아주고 키워준 아비라는 이름의 누군가도 있다는 것을 까맣게 잊은 것처럼.(2012년 10월)

딸과 건배를

딸아이가 수능 시험을 치르는 날, 전날 술을 꽤 마시고 잤는데
도 다섯 시 전에 잠이 깼었다. 아직 동이 트려면 한참을 더 있어
야 하는데 정신은 말갛게 개어 그저 누워 있을 수가 없다. 밖으
로 나와 떨면서 담배 한 대를 태우고 아내를 깨웠다. 아내 역시
깊이 잠들지 못했는지 금세 눈을 비비고 일어난다. 밥을 안치고
도시락 쌀 준비를 한다. 그럭저럭 아이가 깨워달라던 여섯 시가
되었다. 방으로 들어가보니 벌써 일어나 있다. 평소에는 꼭 깨워
야 일어나더니 저도 꽤 긴장이 되었나 보다.

아침으로 죽을 먹겠다더니 그나마 몇술 뜨지 않는다. 애써 밝
은 표정을 짓는 아이의 속내가 보이는 듯하다. 무려 12년 동안
학교를 다니며 공부한 게 오늘 하루로 결정되는 말도 안되는 교
육시스템에 잠시 울화가 치민다. 일곱 시 반에 아이를 태우고 고
사장으로 향했다. 출근시간이 늦춰져서 그런지 거리는 한가로웠
다. 교문 앞에는 경찰관들과 응원을 온 후배 아이들과 무언가를
나누어 주는 장사치들까지 온통 아수라장이었다. 등을 한번 두드

려주었을 뿐 아무 말도 하지 않고 아이를 들여보냈다. 교문을 붙잡고 기도를 하는 어머니도 보였다.

내가 대학시험을 치를 때, 집에서 몇 시간이나 떨어진 곳에서 자취를 하고 있던 방에 어머니가 왔다. 버스를 몇 번이나 갈아타고 온 어머니가 가방에서 꺼낸 것은 내가 태어나서 처음으로 입었던 배냇저고리였다. 바래고 얼룩이 남아 있는 조그만 옷이 무슨 부적이라도 되는 양 일부러 가지고 온 것이었다. 그때나 지금이나 그런 식의 미신을 믿지 않았지만 어머니의 정성을 뿌리칠 수 없어 그 옷을 가슴에 품고 시험을 보았다. 그리고 지금도 불가사의하게 생각하는 일이 벌어졌다.

고등학교 시절에 나는 문학에 빠져 시집이나 소설책을 주로 보았을 뿐 교과서에는 거의 아무런 관심을 갖지 않았었다. 당연히 대학을 가기는 어려우리라고 생각했고, 실제로 모의고사 때마다 대학에 갈 만한 점수를 얻지 못했다. 꼭 가고 싶은 대학이 있긴 했다. 당시에 유일하게 문예창작과가 있던 한 학교였다. 시험 결과는 스스로 놀랄 정도였다. 배냇저고리의 힘이었는지, 원하는 대학을 충분히 갈 수 있는 점수가 나왔던 것이다. 몰라서 찍은 문제들이 줄줄이 정답으로 나오는, 희한한 사태였다. 어쨌든 적어도 대학입시에서는 억세게 운이 좋았다고 할 수 있었다.

딸아이는 나와는 비교할 수도 없을 만큼 열심히 공부를 했다. 곁에서 보기에 안쓰러울 정도였는데 아이 말로는 저보다 더 열심히 하는 애들도 많다는 거였다. 그래서 그런지 상위권에 들지 못하는 때도 꽤 있었다. 나는 내게 떨어졌던 이상한 행운이 아이에게도 왔으면 하는 기대를 저버리지 못하고 종일 마음을 졸였다. 좋은 대학을 가거나 그런 걸 염두에 둔 건 아니었다. 나는 그냥 등록금도 싸고 쉽게 들어갈 수 있는, 집에서 가까운 대학에 들어갔으면 하고 바라고 있다. 다만 실망스러운 결과가 나오면 아이가 느낄 절망감이나 좌절이 두려웠다. 길었던 시간이 흘러 네 시가 되었다. 아내와 교문에서 한 시간 넘게 기다려 나오는 아이를 맞았다. 얼굴 표정이 어떨까, 잔뜩 긴장했는데 생글생글 웃으며 나온다. 나를 보더니 달려와서 품에 안긴다. 다 큰 딸을 안으면 참 기분이 좋다. 아이는 후련하다는 말을 연발하며 배가 고프다고 난리다. 도시락을 보니 밥을 반 넘게 남겼다. 아침과 점심을 거의 굶은 것이었다.

오랜만에 고기를 먹으러 가자고 했더니, 겨우 칼국수가 먹고 싶단다. 칼국수집에서 아이는 쉼 없이 조잘거리며 시험 이야기를 했다. 그 해방감에 나도 감염되는 것 같았다. 술 한잔을 아니할 수 없는데, 아무리 술을 좋아해도 칼국수에 먹을 수는 없었다. 메뉴를 보니 그나마 만두가 있다. 만두 한 접시와 맥주를 시켰다. 아이와 아내에게 한 잔씩을 따르고 셋이 건배를 했다. 아이는 단번에 잔을 비웠다. 술 마시는 품이 친구들과는 더러 마셔본 듯하다. 이제 가끔 딸아이와 잔을 기울이는 아빠가 되어야겠다는 생각에 술맛이 특별했던 수능날이었다. (2012년 11월)

기우

간혹 아내와 나를 처음 보는 사람에게 기분이 썩 좋지 않은 이야기를 듣곤 한다. 우리 부부가 한 열 살쯤 차이가 나는 줄로 착각했다는 것이다. 아내를 젊게 보아주는 좋은 뜻과 함께 내가 나이보다 훨씬 늙어 보인다는 말일 게다. 염색을 하지 않으면 보통 50대 중반으로, 그러니까 내 나이보다 예닐곱 살이나 위로 보는 사람들이 많은 것은 여러 이유가 있을 터이다. 농사를 지으며 햇볕에 그을고, 몸에 나쁘다는 술과 담배를 달고 살며 게다가 운동이라고는 하지 않으니 남들 늙어가는 속도보다 많이 앞서가는 것이리라.

15년쯤 전에 건강검진을 받았다가, 생각지도 못했던 몇 가지 진단을 받고 내심 놀랐으면서도 치료를 하는 대신 그 이후로 절대 병원에 발길을 하지 않는 것으로 버텨왔다. 일종의 성인병들이었는데, 스스로 처방을 하여 산과 들에서 나는 약초를 달여 물처럼 마시며 건강을 돌보았다. 효험이 있었는지 그냥저냥 버티며 살고 있다 보니 다시는 건강검진 따위는 받지 않으리라는 신념은 더욱 굳어간다.

　요즘은 한가하여 주로 책을 보며 밤을 보내는데, 문득 이상한 걸 깨달았다. 전과 달리 책을 멀리 띄워놓아야 글씨가 잘 보이는 것이다. 가까이 대면 글자가 겹쳐지고 흐릿하여 알아볼 수가 없는데, 50센티쯤 띄우면 선명하게 보인다. 아하, 이게 노안이라는 것이로구나, 라는 느낌으로 마음이 꽤 심란하였다.

　어디 눈뿐이랴. 나이가 들면서 여러가지 몸의 변화와 함께 찾아오는 병치레 또한 피할 수 없을 것이다. 그렇더라도 혹시 감당 못할 큰 병이라도 닥치면 어떡하나, 하는 청승맞은 생각도 든다. 사실 내 나이 정도에도 큰 병마가 찾아오는 경우란 얼마나 많은가. 가까운 친구 중에도 벌써 여럿이 그렇게 세상을 떴다. 주위에서 병들고 죽어가는 과정을 지켜보며 가슴이 아팠던 것은, 그 과정 속에 끔찍하게 비인간적인 장면이 있어서였다.

　멀지 않은 인척 한 사람이 2년 넘게 암 투병을 하고 있다. 서울의 대학병원에서 수술을 하고 항암치료를 받고, 지금도 일주일에 사흘씩 병원에 가서 무슨 치료를 받는다. 병세는 호전되다가 악화되다가를 반복하고 있는데, 그동안 가지고 있던 가게와 아파트가 날아가고 작은 전셋집으로 물러나야 했다. 그러면서 아픈 이와 가족 사이에 기묘한 대립이 생겨났다. 내가 들은 충격적인 이야기에 따르면, 이렇게 전 재산을 탕진하고 죽느니, 진즉에 죽는 게 낫다는 것이었다. 그 아내 되는 이가 어머니에게 푸념하는 소리를 들으며 나는 깊이 놀랐다. 하지만 얼마 후 그 푸념이 조금은 이해가 되었다. 아무것도 없이 남겨질 자신의 미래가 어찌 두렵지 않겠는가. 병은 돈을 까먹고 돈은 가족관계조차 파탄시키는, 가장 끔찍하고도 적나라한 자본주의의 모습이 아닐 수 없다.

오래전, 독일에 갔을 때 깜짝 놀란 기억이 난다. 일행 중에 목발을 짚은 이와 안경을 쓴 사람이 있었는데 공항에서 그 두 사람에게 여행 중에 의료혜택을 받을 수 있도록 증명서 비슷한 것을 발급해주는 것이었다. 아마 우리나라로 치면 임시 건강보험증 비슷한 것이었던 것 같다. 여행 중인 외국인에게까지 제공하는 무상의료에 대해 놀랍고도 부러웠다. 적어도 그런 나라에서는 병이 들어 치료비가 과도하여 인간관계가 무너지는 부끄러운 일은 일어나지 않을 것이다.

대선후보 중 한 사람이 내건 연중 병원비 부담금 상한제는 의외로 일반인들 사이에서 화제가 되고 있다. 주위의 반응은 대체로 환영하면서도 반신반의하는 듯하다. 좋긴 하지만 무슨 돈으로 그게 가능하냐는, 국가재정을 생각하는 서민들의 충정이 눈물겹다. 내 독일 경험은 20년 전, 동독이 무너져 재정이 파탄날 수 있다는 위기감이 한창일 때였다. 요컨대 지금의 우리나라는 무상의료를 실현하는 데 전혀 무리가 없다는 말이다. 그러니 부디 나라살림 걱정 좀 하지 마시라. (2012년 11월)

대선(大選) 어름

점심참이 되기 전에 눈발이 날리기 시작하였다. 첫눈이었다. 예전에야 눈이 오면 괜스레 마음이 설레어 일부러 눈을 맞으며 쏘다니기도 했지만 그런 낭만은 진즉에 아득한 기억이 되어버렸다. 그럼에도 털모자를 눌러쓰고 밖으로 나온 것은 장날이기 때문이었다. 급한 원고를 끝내고 나면 긴장이 풀어져 술 생각이 간절해진다. 장날에 차일을 친 간이주점에 앉아 소주 한두 병을 비우는 재미도 쏠쏠한 데다 눈까지 오니 유혹을 떨치기 힘들었다. 아내에게는 장터에 가서 소설거리를 취재한다는 군색한 변명을 하지만, 그녀 역시 내 말을 곧이곧대로 믿지 않는다.

장터에 가까이 가자, 요란한 스피커 소리가 들려왔다. 그제야 요즘이 선거기간이라는 게 생각났다. 뉴스나 인터넷으로만 보던 선거운동 현장이 오일장에서 펼쳐지고 있었다. 장터의 중간쯤 되는 곳에 빨간색 치장을 한 유세 차량이 서 있고 지역에 얼굴이 알려진 어떤 정치인이 연설을 하고 있었다. 차량을 둘러싸고 수십 명의 젊은 아가씨들이 손뼉을 치는가 하면 음악에 맞추어 춤을 추기도 했다. 귀에 들어오는 내용을 아니 들을 수도 없어 새겨보니 내용이 가관이었다. 박정희한테 은혜를 입지 않은 사람이 어디 있느냐며, 이번에야말로 그 은혜를 갚을 기회란다.

오일장에 오는 사람들은 열에 일여덟이 노인들이다. 손뼉을 치고 고개를 주억거리는 그들이 무슨 봉건시대의 농노라도 되는 양, 박정희의 은혜 어쩌고 하는 말에 그만 부아가 치민다. 다른 데 가서는 설마 그따위 말을 하지는 않을 것이다. 장터에 오는 사람들이야 판무식꾼일 테니 무식한 말로 선동을 해야 한다고 전략을 짰으리라.

뒤이어 등장한 어떤 자는 막돼먹게도 그 후보가 우리 충청도의 후보라며 거품을 물었다. 어머니가 충청도니까 박정희는 충청도의 사위라는 우스개인지 진담인지 모를 소리를 지껄이기도 했다. 그나마 다행인 것 하나는, 유세 차량 바로 곁에 귤을 잔뜩 실어놓고 파는 트럭이 있었는데 그 트럭에서도 꽤나 높은 소리가 계속 흘러나와 연설을 방해하고 있다는 사실이었다. "달고 맛있는 제주산 귤이 한 보따리에 5,000원" 운운하는 녹음된 걸걸한 남자 목소리가 선거운동원의 연설 사이사이로 끼어들었다. 예전 같으면 다른 곳으로 쫓거나 끄도록 했을 텐데, 사람들 눈치가 보여 이러지도 저러지도 못하는 듯했다. 내가 빈대떡 한 장에 소주 두어 잔을 비웠을 때 유세를 끝낸 차량이 자리를 떴다. 시끄러운 소리에 기분이 잡쳤는데 그나마 다행이었다.

내 주위에 앉아 막걸리를 마시던 노인들도 저마다 대통령 선거를 두고 핏대를 올려가며 떠들고 있었다. 역시 짐작했던 대로 여당 후보 지지 일색이다. 누가 더 충성을 다 바쳐 지지하는지 경쟁이라도 하듯 노인들은 유언비어 수준의 말들을 마구 쏟아냈다. 이를테면 박정희만큼 깨끗한 대통령이 없다는 등, 그 딸의 얼굴이 인자하게 생겼다는 등, 실로 상상하기 어려운 말들이었다. 한 과격한 노인은 '자식새끼들'이 문제라며 분을 삭이지 못했다. 기세로 보아 여당 후보를 찍지 않으면 부모 자식 사이의 연이라도 끊을 모양이었다. 내 부모도 비록 갑자기 여성 대통령이 나와야 한다는 주장을 펴고 있긴 하지만, 그 정도로 과격하지 않은 것을 감사하게 여기고 싶을 지경이었다. 노인들이 나가자, 상을 치우던 아주머니가 혼잣말처럼 에효, 늙으면 어쩌야지, 하고 중얼거린 말은 차마 그대로 옮기지 못하겠다.

눈발은 점점 굵어지고 취기가 오르자 기분도 차차 나아졌다. 두 번째 병도 거의 다 비우고 일어서려는데 또다시 스피커 소리가 들려왔다. 이번에는 노란색 치장을 한 야당의 유세 차량이었다. 동영상이 상영되고 역시 젊은 처자들이 눈을 맞으며 춤을 추었다. 형평을 맞추려면 연설 한두 개는 들어주어야겠으나, 굳이 가던 발길을 멈추고 싶진 않았다. 다만 쉬지 않고 떠들어대던 귤 트럭의 소리가 뚝 끊어진 사실을 알고 귤 한 봉지를 사서 집으로 돌아왔다. 눈을 마주친 사내에게 내가 던진 미소를 그는 몰랐을 것이다. (2012년 12월)

반응들

대선 다음 날, 하루 종일 멍하게 지내다가 저녁 무렵이 되어서야 정신을 차렸다. 아침에 눈을 뜨고도 자꾸 현실감이 느껴지지 않아 애를 먹었다. 전날 밤에 본 게 꿈이었는지 현실이었는지 헷갈리기도 했다. 눈을 뜬 게 아직 어두운 여섯 시였다. 텔레비전을 켜서 다시 확인을 하고 싶었지만 아내와 아들이 곤히 자는 시간에 그럴 수도 없었다. 분명 누가 대통령이 확실하다는 뉴스를 보고 나서 남은 소주를 마시고 잠이 들었는데도, 그사이에 바뀌었을지 모른다는 기대가 새록새록 피어올랐다. 결국 참지 못하고 텔레비전을 켰다. 화면이 나오기까지 몇초 동안 가슴이 쿵쾅거렸다. 그러나 아, 물결치는 붉은색들. 자막에는 괴로운 숫자가 찍혀 있었다.

사실 투표를 하고 시골집에서 군불이나 때고 빌려온 책을 읽을 생각이었다. 박근혜의 당선을 각오했기에 별 기대가 없었다. 그런데 투표율이 심상치 않게 올라가는 것을 보며 마음이 요동치기 시작했다. 이길 수도 있겠다, 라는 생각은 세 시, 네 시가 되자 점차 확신 쪽으로 기울어갔다. 다섯 시가 되자, 지인들로부터 속속 문자가 들어왔다. 승리가 확실하다는 내용부터 구체적인 출구조사 수치까지 알려오기도 했다. 치솟는 투표율과 문자들은 김칫국을 마셔도 좋다는 독려처럼 달콤했다. 나는 더 참지 못하고 차를 몰아 시내의 아이들 집으로 달렸다. 시골집에서 박근혜를 지지하는 부모님과 함께 개표 방송을 보기에는 마음이 버성겼고 마음껏 환호성을 지를 수도 없어서였다. 차에서 치킨집에 주문을 하고 맥주와 소주를 샀다. 축포를 터뜨릴 만반의 준비를 하고 집에 들어서자, 아내와 아이들도 몹시 흥분해 있었다. 누구 영향인지는 모르겠지만 아직 어린 막내까지 3남매 모두 정권이 교체되길 간절히 원하고 있었다. 다섯 식구가 한꺼번에 함성을 지르기 위해 목까지 가다듬었는데 이럴 수가, 출구조사 결과는 배신이었다. 그래도 혹시나, 하는 기대를 품고 소주에 맥주를 타 마시며 올해 수능 시험을 본 큰애와 잔을 부딪치기도 했다.

선거 다음 날인 오늘, 저녁이 다 되도록 그 누구도 전화를 걸거나 문자를 보내오지 않았다. 더러 울분을 터뜨리는 연락이 올 것도 같은데 고요한 침묵이었다. 아마도 모두들 '멘붕'이라는 걸 겪고 있는 모양이었다. 나 역시 마찬가지였다. 말도 하기 싫어 아침도 거른 채 이불 속에서 빈둥대었다. 어찌 생각하면 그런 결과를 예상하지 못한 것도 아니었으니, 투표율과 기대 섞인 전망들에 깜박 속아서 흥분한 것뿐이었다. 그래도 충격은 좀처럼 가시지 않았다. 끔찍했던 지난 5년이 떠오르며 한숨만 땅이 꺼지게 나왔다.

다섯 시가 넘어서 문자 하나가 들어왔다. 서울에서 중학교 선생을 하는 친구였다. "혼자 술 한잔한다. 또다시 5년을 기다려야 하다니. 그럼 우리도 오십이 넘겠구나." 과학 선생답게 여간해서 감정을 드러내는 법이 없는 친구가 보낸 문자치곤 꽤나 감상적이었다. 혼자가 아니라 여럿이 마실 때도 소주 한 병을 넘기지 못하는 놈인데 홀로 술병을 땄다면 어지간히 마음이 괴로웠던 모양이었다. 짧은 답장을 보내주고 났을 때, 전화가 울렸다. 이번에는 멀리 경상도 시골로 낙향한 대학 선배이자 시인이었다. 다짜고짜 신경림의 시집 《쓰러진 자의 꿈》을 아느냐고 물었다. 이미 목소리에는 취기가 묻어나고 있었다. 어찌 모르겠냐고 했더니 자신은 지금 그 시집을 읽으며 울고 있단다. 그러더니 시집에 들어 있는 시 몇 구절을 읊다가 그냥 끊어버리고 말았다. 어찌 모르랴. 가녀린 시인의 감성으로 오늘 하루를 온전히 견뎌내기 어렵다는 것을. 선배는 괴로워 술을 마셨고 책꽂이에서 오래전에 나온 그 시집이 눈에 띄었을 것이다. 제목을 보는 순간 마음이 울컥, 했을 것이고 이내 울음이 되어 터지는 모습이 눈에 보이는 듯했다. 마지막으로 걸려온 전화는 선거캠프에 직접 들어가서 자원봉사를 했던 선배였다. 놀랍게도 두 달 일정으로 절에 들어간다는 거였다. 아예 휴대폰도 없이 간다며 한동안 연락이 되지 않을 거라고 했다. 선거에 대한 반응들이 모두 우울하기만 하다.(2012년 12월)

지리산행

  아침 일찍 집을 나서 터미널로 향했다. 충주에서 하루 다섯 번 왕복하는 광주행 버스는 첫차가 여덟 시다. 한 시까지 5·18기념공원에 도착해야 하는 약속이라 조금 초조하기는 했다. 평상시 같으면 넉넉한 시간이지만 눈이 많이 온 끝이라 제시간에 닿지 못할까 걱정이 되었다. 하지만 걱정도 잠시, 남도로 가는 길은 시원스레 뚫려 있었다. 광주에 도착한 게 정오였다. 긴 시간 동안 참았던 담배를 피우려고 하니, 웬걸 터미널 안팎이 모두 금연 구역이었다. 갈수록 설 자리가 없어지는 끽연가 신세를 면하려면 결국 담배를 끊을 수밖에 없겠다는 한탄을 하며 한 식당으로 들어갔다. 역시 어느 곳과도 비교가 안되는 맛난 한정식으로 점심을 먹고 곧바로 택시를 타고 공원으로 향했다.

  길가에는 내가 타고 갈 전세버스가 기다리고 있었다. 먼저 온 이들과 반갑게 인사를 하고 있으려니 속속 아는 얼굴들이 버스에 올라온다. 서른 명 남짓 되는 이들을 태우고 버스는 지리산으로 출발했다. 구례군 산동면, 장엄한 지리산이 한눈에 들어오는 한 호텔에 여장을 풀었다. 그리고 곧바로 회의가 시작되었다. 버스를 타지 않고 따로 온 이들까지 50여 명이었다. 내가 참석한 회의는, 내게 삶의 지침이 되었던 윤한봉(1947-2007)이라는 분의 기념사업회 정기총회였다. 호남 출신으로 광주항쟁의 주모자로 수배 중에 미국으로 밀항하여 13년 동안 망명생활 끝에 귀국하여 활동하다 5년 전에 세상을 뜬 분이다.

총회는 한 시간 만에 끝났지만 내게 큰 감동과 반성의 시간이 된 것은 2부 순서로 마련된 미얀마 민주화운동가인 소모뚜 씨의 강연이었다. 타민족 형제들이 우리나라에서 겪고 있는, 피상적으로만 알고 있던 문제들은 충격적이었다. 그들의 아픔을 외면하고 마음 편히 살 수는 없다는 자각이 들 정도로 그의 강연은 깊은 감동이었다. 이어진 뒤풀이 자리에서 그와 조금 더 이야기를 나눌 기회를 가졌고 비록 미약한 글로라도 연대를 해야겠다는 마음을 먹었다.

저녁을 겸한 술자리에서 역시 이야기 주제는 지난 대선이었다. 마침 대선 기간 중에 소위 '박근혜 출산 그림'으로 논란을 일으켰고 그로 인해 새누리당으로부터 고발까지 당한 홍성담 형님도 함께한 자리였다. 특유의 유머와 해학으로 한바탕 눈물이 나도록 즐겁게 그의 이야기를 들었다. 그렇지만 전반적인 분위기는 당연히 무거운 편이었다. 감히 한자리에 앉아 있는 것조차 어려운 여러 어르신들의 말씀에 숙연해지기도 하고 힘을 얻기도 한 자리였다. 특히 강정마을 일로 밤낮없이 싸우시는 문규현 신부님의 말씀이 큰 감동이었다. 내게도 한마디 할 기회가 주어져, 나는 진심으로 광주에 계신 분들에게 죄송하다고 했다.

사실 버스를 타고 오며 톨게이트에 걸린 '광주'라는 글씨를 보자마자 가슴이 울컥, 하며 눈물을 찔끔 흘렸었다. 도무지 이 도시가 감당하고 있는 절망감이 얼마나 클 것인지 짐작조차 할 수 없었다. 야당에 절대다수의 지지를 보낸 그분들이 겪고 있을 집단적인 좌절감에 비하면 나 따위가 혼자 술이나 마시고 푸념하는 것은 얼마나 하찮은 것인가. 짧게 죄송하다고 두어 번 말하면서도 목소리는 떨렸다. 자리에 있던 분들이 박수를 보내주고 내게 와서 권하는 술잔을 받으며 이제 다시는 대선 결과에 대해 절망이니 어쩌니 하는 생각을 하지 않겠다는 다짐을 두었다.

아침에 일어나서 마주친 지리산은 과연, 지리산이었다. 눈에 덮인 골짝과 등성이, 하늘과 맞닿은 능선들을 그저 하염없이 바라보게 만드는, 그 어떤 말도 허용하지 않는 산이었다. 나는 한 시간 넘게 말없이 지리산을 바라보며 지그시 역사의 무게에 나를 맡겼다. 칼바람 부는 겨울날, 저 골짝을 오르내리다 고혼이된 우리 현대사의 중음신들을 생각하며.

해장으로 재첩국을 먹고 섬진강가 매운탕집에서 점심 겸 이별주를 나누었다. 너무도 아름다운 사람들과 함께한 1박 2일이었다. 지금껏 가슴에 남아 있는 지리산의 영상은 어쩌면 그 사람들의 마음이 함께 빚어낸 것일 게다. (2013년 1월)

남녘 끝, 바다에서

올해가 결혼한 지 꼭 20년째다. 햇수를 헤아리며 무슨 기념 같은 걸 해본 적이 없어, 남들은 짜장면이라도 먹는다는 결혼기념일조차도 챙겨본 적 없었는데, 올해는 우연히 먼 여행을 하게 되었다. 아내와 함께 하룻밤이라도 묵고 오는 여행은 신혼여행 이후에 처음이었다. 요즘 세상에 드문 일일 것이나 시할머니와 시부모 모시고 농사지으며 아이 셋을 키우다 보면 충분히 그럴 수 있다.

대학입시 끝나고 놀기에 바쁜 큰애는 빼고 네 식구가 제주도행 비행기에 올랐다. 처음 타보는 비행기에 신이 난 아이들과 달리 나는 비행기 타는 게 그다지 마음 내키는 일은 아니었다. 몇 해 전 저가 항공이라는 소형 비행기를 탔다가 난기류를 만나 얼마나 비행기가 흔들리는지 저승 문턱까지 갔다 온 경험이 있기 때문이었다. 다행히 날이 쾌청하여 무사히 제주공항에 내렸고 곧바로 모슬포로 향했다. 우리의 목적지는 제주도가 아닌 마라도였다.

6년 전에 나는 마라도에서 한 달을 보낸 적이 있다. 주민이 50~60명밖에 되지 않는 작은 섬인 마라도에도 꽤 큰 절이 하나 있다. 그 절에 오랜 지인이 스님으로 있어 요사채의 방 한 칸을 빌려 소설을 쓰며 지냈다. 이번 여행도 스님의 간곡한 권고로 갑자기 이루어진 길이었다. 아이들과 며칠이라도 여행을 하라는 말씀과, 먹고 자는 경비가 들지 않는다는 이점에 비교적 쉽게 결심을 하게 된 것이었다.

　모슬포항에서 마라도를 오가는 배는 6년 전보다 훨씬 큰 대형 여객선으로 바뀌어 있었다. 겨우 25분 거리에 불과한 뱃삯도 왕복 1만 5,000원으로 꽤나 비싼 편이었다. 텔레비전 프로그램에서 마라도가 여러 차례 소개된 탓인지, 아니면 국토 최남단 섬이라는 국지적 애국심(?)을 불러일으키는 곳이라서 그런지 관광객들이 많이 늘었다고 했다. 그러고 보니 평일인데도 배가 거의 만원일 정도로 사람들이 많았다.

　마라도는 그사이 눈에 띄게 변해 있었다. 많은 건물들이 새로 들어섰고 신축 중인 곳도 여러 곳이었다. 이제 마라도 하면 먼저 떠오르는 짜장면집이 10여 군데도 넘어 보였다. 심지어 유명 프랜차이즈 편의점도 들어와 있었다. 다만 아귀다툼처럼 늘어나 거의 흉물에 가깝던 관광카트는 거의 눈에 띄지 않았다. 서로 관광객을 유치하려 경쟁이 치열해지다 못해 살인사건까지 일어나자, 도에서 금지시켰다고 했다. 전에는 낚시꾼들이나 들어오던 섬에 사람들이 밀려오고 돈이 돌자 여느 곳이나 마찬가지로 인성의 타락을 피할 수 없었던 것이다.

천천히 걸어도 40분 정도면 충분한 섬 둘레를 식구들과 함께 걸었다. 신기한 풍경에 연신 사진을 찍던 아이들이 바닷가 바위 틈에서 무언가를 발견하고는 환호성을 질렀다. 나도 보기는 봤어도 이름을 몰랐는데 아이들은 그것이 거북손이라고 했다. 삶아서 속을 내먹을 수 있다는 설명도 덧붙였다. 충청도 산골 놈들이 어찌 그런 걸 아느냐고 물었더니 〈1박2일〉에서 보았다는 것이었다. 어이가 없어 웃고 말았다.

그렇게 한 시간쯤을 쉬엄쉬엄 돌고 나니 마지막 배가 나가는 시간이었다. 배가 나가면 섬은 갑자기 물속에 잠긴 듯 고요해진다. 지금부터는 섬에 사는 주민과, 몇몇 숙박을 하는 낚시꾼들뿐이다. 우리는 한창 제철이라는 방어회를 넉넉히 떠서 숙소로 돌아왔다. 오랜만에 만난 지인과 '한라산' 소주에 방어회를 즐기는 동안 아이들은 바닷가로 나가 정말로 거북손을 두어 되나 따 왔다. 얼굴 가득 기쁨이 넘치는 게 눈에 보였다. 그것을 삶아 속을 까보니 기실 먹을 건 별로 없었다. 하지만 바다 내음만큼은 입 안 가득 부족함이 없었다.

밀린 이야기와 세상 돌아가는 이야기로 밤은 깊어가고, '한라산' 소주는 달았다. 틈틈이 밖으로 나와 듣는 밤바다의 파도 소리도 왠지 아득하기만 했다. 다시 또 마라도의 거센 파도 소리를 들을 날이 있을 것인지. 다만 아이들은 밤이 되자 와이파이가 안 터진다고, 심심한데 할 게 없다고 툴툴거렸다. 이 아이들이 언제나 이 겨울 바다를 이해하게 되려나. (2013년 2월)

빛이자 빚인 '리얼리스트100'

20대의 대부분을 멀리 떠돌다가 농사를 지으며 살기 위해 고향으로 돌아온 게 1995년이었다. 의욕에 넘치거나 농사에 대한 어떤 믿음 같은 게 있어서 행한 귀농은 아니었다. 서른한 살밖에 되지 않은 나이였지만 꽤나 지쳤다는 느낌이었다. 대상도 뚜렷하지 않은 자책과 울분, 비관 따위가 끈적끈적하게 뒤통수에 붙어서 떨어질 줄 몰랐다. 하루가 멀다 하고 이어진 폭음에서 깨어나 보면 몸에 상처가 남곤 했다. 자해였다. 조금씩, 아주 느리게 그런 상태를 벗어났다. 10년쯤 걸린 것 같다. 그동안 나는 거의 세상 밖에 나오지 않았고, 사람 만나는 것도 꺼리면서 농사를 짓고 아이들을 키웠다.

대개 혼자 마시는 술이었지만 가끔씩 술병을 들고 찾아가는 사람이 있었다. 이웃해 살던 소설가 윤동수 형이었다. 그 역시 은둔하듯 외딴 과수원에 딸린 오막살이에서 홀로 밥을 끓이며 살고 있었다. 꽤 오랫동안 시를 썼지만 재능이 없다는 것을 깨달아가면서도 문학 이야기를 나눌 수 있는 형과의 만남은 내가 기댈 수 있는 위안이었다. 술에 취하면 어김없이 울음이 터지곤 하던 날들이었다. 얼마 되지 않아 소설가 안재성 형이 가까운 곳으로 이사를 와서 술자리는 세 사람으로 늘어났다. 재성 형도 지금과 달리 그때는 소주 두 병 정도는 거뜬히 마셨고 다들 없는 살림에도 1년이면 두어 번씩 함께 짧은 여행을 다녀오기도 했다. 셋이 만나면 화제는 늘 문학이었고 나는 어쩔 수 없이 얼마간 움츠러드는 기분이었다. 끝내 그 세계로 들어가보지 못하고 언저리를 맴돌다 말 것 같은 속된(소설가는 본디 속된 족속이라는 오래된 풍문을 이제 믿게 되었다) 조바심 같은 게 일었다. 형들이 주머니에 넣고 다니던 '작가회의' 수첩이 얼마나 부러웠던가. 동수 형은 늘 무언가를 쓰고 있었고 재성 형도 10여 년의 침묵 끝에 책을 내기 시작했다. 그리고 내게 소설을 써보라는 권유를 했다. 소설이라니! 그 황당한 권유를 받고 나는 어느 바닷가 빈집에서 한 달을 지내며 단편을 몇개 썼고 그것으로 2006년에 '전태일문학상'을 받게 되었다.

《삶이보이는창》 발행인인 이인휘 형을 만난 것도 그 무렵이었을 게다. 하여튼 작가들이 모여 무언가를 해야 하지 않겠느냐는 진지한 논의들이 오가고 있음을 알았고 졸지에 소설가가 된 나도 형들 꽁무니를 따라 '리얼리스트100' 탄생 전의 준비모임 비슷한 데까지 끼게 되었다. 단체에 들어 활동하게 되면 내가 끼칠 수 있는 유일한 영향이 다름 아닌 해악이라는 것을 잘 알기 때문에 평생 그런 상황을 만들지 않겠다는 결심을 한 바가 있다. 하지만 새로운 문학단체 '리얼리스트100'에는 군말 없이 가입을 하기로 했다. 거기 모인 작가들이 참, 한심할 정도로 좋은 사람들이란 걸 단박에 알아챘기 때문이었다. 일단 여기에 끼면 나도 도매금으로 조금 좋은 인간이 될 것 같은 계산이 있었을까? 아마 그랬을 것이다. 물론 다른 단체들과는 다르게 회원에게 별달리 강제하는 바가 없고, 무엇보다 좋은 글을 세상에 내놓는 게 목적이라는 창립 취지에 공감해서였다.

회원으로 있으면서도 나는 거의 아무런 활동을 하지 못했다. 농사를 짓는다는 이유로, 지방에 산다는 핑계로 수도권 회원들이 감내하는 악전고투에 힘을 보태지 않았고 정기총회에조차도 거의 참석하지 못했다. 충분히 제명 사유가 될 것 같은데 '리얼리스트100'은 너그럽게도 나를 봐주고 있다. 더러 회원들과 만날 때에도 할 줄 아는 게 술 마시는 것뿐이라 누구라도 눈살을 찌푸릴 짓만 하는데도 아직 절교를 선언한 회원이 없으니 역시 너그러움을 입은 바 크다. 그뿐이 아니다. 《리얼리스트》 편집인인 박일환 형의 배려로 등단한 지 채 1년도 되지 않아 첫 소설집을 내기도 했다. 집으로 배달된 30권의 새 책이 풍기던 잉크 냄새는 내 평생 맡아본 가장 황홀한 냄새였다. 술이나 퍼마시던 원수 같은 아들이자, 남편이며 아비였던 내가 집안에서 소설가라는 낯설지만 괜찮아 보이는 존재가 된 것이었다. 비웃음을 받아 마땅한 생각이지만, 나는 소설가가 되어 내 식구들이 어느 정도 나를 인정해주게 된 게 기껍다는 걸 숨기고 싶지 않다.

내가 '리얼리스트100'에 빚진 것은 어쩌면 작가로서의 나 자신 전부일 것이다. 회원들이 작가로서 살아가는 모습이나 펴낸 책을 읽으며 나를 추스르고 채찍질을 할 수 있었기 때문이다. 회원들을 보며 나의 게으름을 조금이나마 떨쳐냈고 글쓰기의 엄중함을 늘 생각하려 했다. 비록 활동은 별반 하지 않더라도 언제나 내밀하게 연결되어 있다는 느낌이 나를 긴장하게 만드는 힘이라고 고백해야겠다. 그러니까 '리얼리스트100'의 회원이 아니었다면 나는 본래의 삿되고 게으른 자로 돌아와 또 술이나 마시며 설렁설렁 살았을 것이다. 나를 매혹시켰던 '작가회의' 수첩도 가졌겠다, 내 이름자가 찍힌 책도 냈겠다, 무슨 문명을 떨칠 것도 아닌데 머리를 쥐어짜며 글을 써서 뭣하나, 분명 그런 식의 타협으로 주저앉았을 게다. 그런데 그럴 수가 없었던 것은 나를 격려해주던 '리얼리스트100'의 여러 회원들 덕분이었다. 갈수록 느끼는 거지만, 글이라는 건 자신이 쓰면서도 이게 말이 되는지, 읽을 만한 거리가 되는지 늘 의심스럽다. 소설을 시작하면 언제나 처음으로 쓰는 것처럼 떨리고 긴장된다. 누군가 '모든 작품은 처녀작'(이 단어를 쓰면 안되는 걸 아는데, 인용이니 용서하시라)이라고 한 말이 절절하게 다가오기도 한다. 그렇게 해서 내놓은 작품에 아무런 반향이 없다면 그 자괴감을 어찌 견딜 것인가. 그러니까, 단 한 명이라도 작품을 읽고 무언가를 느꼈다는 증거가 없으면 글을 계속 쓸 동력을 잃을 것이고, 실제로 쓸 이유도 없을 것이다. 그러나 나 같은 무명작가의 소설을 누가 읽고 한마디 말을 건네랴. 오직 '리얼리스트100' 회원들의 격려가, 그것도 과분한 격려가 있었을 뿐이다. 일일이 이름을 들 수 없는 그분들이 나를 글쓰기에서 멀어지지 않게 한 힘이었다. 전작으로 장편 두 편을 쓸 수 있던 것도 여러 '리얼' 동지들의 격려가 아니었으면 불가능한 일이었을 것이다.

반년간지로 펴내는 《리얼리스트》에도 큰 빚을 진 기분이다. 분에 넘치게 작가특집으로 다루어주었고 여러 차례 글을 실을 수 있었다. 잡지를 만드는 데 들어가는 온갖 수고로움을 모르지 않으면서도 아무런 힘이 되어준 적이 없으니 그 또한 작은 빚이 아니다. '리얼리스트100' 사이트에 산문을 연재했던 기억도 빼놓을 수 없겠다. '리얼리스트의 아침' 코너에 1년 동안 50회 연재를 하면서 나는 비로소 수필 쓰는 재미를 알았다. 일상에서 건져 올리는 이야기를 재미있고 감동적으로 전달할 수 있는 방식을 고민하면서 훌륭한 글쓰기 수업이 되었다고 생각한다. 댓글과 답글, 덧글의 차이도 모르면서 생전 처음 온라인으로 글을 써보았는데 회원분들과 많은 이야기를 나누었고 퍽이나 행복하였다. 그 덕에 어느 작은 신문사에서 제의가 들어와 무려 130여 회나 연재를 하기도 했다. 문동만 시인이 주선하여 '삶창' 출판사에서 낸 산문집은 기본적으로 '리얼' 사이트에 연재했던 수필들이었다. 농촌에서 살며 느낀 이야기들은 내가 소설에서는 좀처럼 들을 수 없었던 독자들의 반응을 불러오기도 했다. 물론 소수이기는 하지만 수필로 만난 독자들 덕에 언감생심, 생각지도 못했던 《녹색평론》에 연재를 하는 기쁨을 누리고 있다. 이 모두 극히 불량한 회원인 내게 베푼 '리얼리스트100'의 은덕이다.

한 해 농사를 마무리하고 이제 호젓한 계절로 접어들었다. 책을 읽고 글 쓰는 데 몰두할 수 있는 시간이다. 길고 긴 겨울을 앞에 두고 게으름을 피우고 싶을 때마다 내가 좋아하는 작가들, 그러니까 이시백이나 홍명진, 임성용 들을 떠올리며 불에 덴 놈처럼 벌떡 일어나 앉곤 한다. 《나는 꽃 도둑이다》 같은 재미있는 소설을 써야 할 것 아니냐, 《우주비행》 읽고 나서 청소년소설을 쓰려고 계획한 건 어찌 되었느냐, 임성용의 폭포수가 떨어지는 듯한 산문 문장을 좀 배워야 하지 않겠느냐 — 이런 꾸짖음이 책 속에서 들려오는 것 같기 때문이다. 정우영, 문동만 시집을 읽으며 시 한 편에서 영감을 얻어 단편소설로 구상해놓은 것만도 10여 편이 넘는다. 모두 올겨울에 해야 할 방학숙제다. 그렇다, 나는 이 즐거운 동업자들이 있어 긴 겨울을 넘길 양식을 얻는다.

연륜이 얼마 되지도 않았거니와 내게 문우라고 할 사람은 거개가 다 우리 회원들이다. 숫기가 없고 어리석어 여전히 여러 사람이 모이는 자리는 불편해하지만, 간간이 찾아오거나 찾아가서 만나는 벗들과의 만남은 금쪽처럼 귀하게 여긴다. 브레히트가 말하기를 신이 천당과 지옥을 만들려다가 자본주의라는 천당만 만들었다고, 그러면 돈이 없는 자들에게는 자연히 지옥이 된다고 했다던가. 반대로 이 끔찍한 세상에서 잠시 천당을 맛보려면 마음을 터놓을 수 있는 글벗을 만나는 것 말고 나는 아직 다른 방법이 있는지 모르겠다. 그런 벗들이 다 '리얼리스트100'에 모여 있으니 옴짝달싹 못 하고 이곳에 묶여 있을 수밖에.

어쨌든 소설을 쓰기 시작한 지 7년 남짓에 이런저런 애들 책까지 세어보니 열 권이 넘는 책을 펴냈다. 글을 쓰면 원고료라는 게 생긴다는 놀라운 사실을 알게 된 아내의 닦달도 한몫을 했지만, 역시 함께 가는 동료 회원들이 없었다면 그만한 부지런도 떨기 어려웠을 것이다. '리얼리스트100'에 진 마음의 빚을 갚을 수 있을까? 아무리 생각해도 난망한 일이다. 그저 회원으로서 그 이름을 더럽히지 않는 작품을 써내야겠다는 어설픈 다짐을 둘 뿐이다. 혹여 충청도를 지나다 남한강 줄기가 눈에 들어오거든, 연락 주시라. 메기찜이 일품인 데다 소주 맛도 그만인 어느 집으로 안내할 터이니. (2014년 2월)

만인에게 필요한 소득을!

학창시절, 시인을 지망하는 내게 등록금을 내어줄 때마다 아버지는 심란한 얼굴이 되곤 했다. 때로는 노골적으로, 원하는 대로 시인이 된들 들어간 등록금이나 벌 수 있겠느냐며, 꽤 상처가 될 말을 곁들이기도 했다. 당시 한 학기 등록금이 70만 원 정도였고 그 액수는 시골에서 농사를 짓던 집에서 감당하기에 실로 벅찬 금액이었다. 아직 어린 나이였던 데다 문학이라는 희귀한 열병에 들떠서 시(詩)를 돈으로 환산해서 보는 아버지를 전혀 이해할 수 없었지만, 과연 아버지의 예언은 그대로 맞아떨어졌다. 학교를 나온 후 오랫동안 생계를 위해 이런저런 일을 하면서도 시를 놓지는 못했는데, 시가 돈이 되는 경우는 거의 없었으니 말이다.

결국 일찌감치 귀농을 한 나는 농사일에 베테랑인 부모님 그늘에 얹혀살다시피 하며 골방에서 시를 끼적거렸으나, 타고난 재능이 미치지 못함을 한탄하는 날이 늘어갔다. 그러던 차에 이웃한 소설가 선배의 권유로 소설을 쓰게 되었고 언필칭 소설가란 게 되었다. 농사꾼인지 백수건달인지 도무지 정체를 알 수 없던 남편이 소설가가 된 것도 놀랍거니와 아내에게 가외의 기쁨이 생겼으니 이 소설가란 작자가 더러 원고료라는 걸 받아온다는 사실이었다. 뒤늦게 소설가가 된 나 역시 누가 써달라고 하는 게 신기하고 반가워서 잡문이 되었든 르포가 되었든 청탁을 마다하지 않았다. 때로는 고료 대신 쌀이나 고추장 단지를 받기도 했으나 그 역시 그대로 기꺼운 일이었다. 드물었지만 문예지 발표 우수 작품인가 해서 주는 돈도 받았고, 펴낸 책 두 권이 문학나눔 사업에 선정되어 관에서 주는 인세를 받아보기도 했다. 소설가가 되어서 비로소 오래전에 혀를 차던 아버지의 손익계산서를 조금은 맞추어주었다고나 할까.

작년 6월, 한창 사과봉지를 싸느라 바쁠 적에 전화가 한 통 왔다. 소설을 권했던 예의 선배였는데 다짜고짜 축하의 말을 건네며 '아르코' 창작지원금 대상에 선정되었다는 거였다. 언뜻 장난처럼 들려서 되풀이 물어보고야 그리된 줄 알았다. 남에게 전해 들어 알 정도로 별 기대를 하지 않았던 까닭이었다. 어쨌든 가뭄에 단비 같은 소식이었다. 진즉 생활비가 떨어져 마이너스통장에 의지하고 있던 차에 어찌 아니 반가우랴. 아버지도 나라에서 거액(누군가에게는 소액일 수도 있으니 1,000만 원이라는 점을 명기해야겠다)의 돈을 받았다는 사실이 무슨 진사시쯤에나 합격한 줄 알고 흥분을 감추지 못했다. 받은 돈은 초풍에 애 날리듯 금세 동이 나고 말았지만 한동안 밥상으로 올라오는 반찬에 기름기가 돌기도 했다.

내남없이 알고 있듯이 한국문화예술위원회에서 주는 아르코문학창작기금이 요즘은 '문학상'이라는 이름의 시상금 제도로 바뀌었다. 잘은 모르지만 정산 따위가 번거로워 그리되었다고 들었다. 받는 처지에서는 한결 편하게 바뀐 셈이다. 수십 명의 작가에게 주는 것이라서 여타의 문학상보다 받기가 용이해서인지 신청하는 작가의 수도 꽤 많은 걸로 안다. 그중에 내 작품이 특별했을 리는 없으니까 작품의 질 말고 사는 형편 따위도 심사 기준이었는지 모르겠다. 어쨌든 관에서 주는 이런저런 돈을 주는 대로 받았으니 먼 훗날 사가(史家)들이 관변작가였다고 평해도 할 말이 없는 신세가 되고 말았다.

지원금이 됐든 문학상이 됐든 관에서 받는 돈이 그저 마음 편한 것은 아니다. 근자에 예술인복지재단도 생겨났지만 관에서 주는 돈은 기본적으로 예술인에 대한 복지의 성격이 강하다. 내가 받은 아르코문학창작기금 역시 일종의 선별적 복지임이 분명하다. 이 선별은 이중, 삼중적이다. 국민이되 문학인이며 문학인이되 자신들의 심사를 통과한 소수에게 베푸는 시혜적 복지다. 이게 과연 정당한가. 조금 더 생각을 해보면 이것이 무상급식이나 기초연금 같은 사회적 복지 이슈와 조금도 다를 바가 없다는 것을 알게 된다. 부자와 가난한 자를 나누는 복지 개념은 이미 폐기의 길로 들어선 개념이다.

문학, 혹은 예술을 하는 사람이라고 해서 다른 사람에 비해 특별한 대우를 받아야 한다는 것은 있을 수 없는 일이다. 내가 하는 일이 남들이 하는 일보다 우월하다거나 보호받아야 할 사회적 가치가 있다는 생각보다 우스꽝스러운 생각은 없다. 예술인들의 복지를 주장하는 것은 참으로 덧없는 짓이고 저지르지 말아야 할 악덕에 속한다. 왜 예술인이 받고자 하는 복지를 모든 사람이 받으면 안되는가. 자신이 받고자 하는 것을 이 사회의 모든 사람들이 동등하게 받아야 한다고 주장하는 것이 올바르지 않을까. 그토록 상상력을 중시하는 사람들이니까 아주 조금 더 상상력을 발휘해서 사회의 모든 사람이 예술가로서(모든 사람들은 삶의 예술을 사는 거니까) 드물게 주어지는 선택적 시혜 말고 지속적이고 보편적인 소득을 요구하는 게 어떨까.

눈치챘겠지만 내가 요구하고 있는 것은 요즘 활발히 논의되고 있는 기본소득이다. 베짱이임이 분명한(그렇지 않은 분들도 베짱이를 꿈꾸지 않을까) 예술인들이 당당하게 개미의 소득을 받아야 한다는 게 기본소득의 기본적인 일면이다. 요컨대 예술인을 포함한 누구라도 현재의 생산력에 대한 일정한 지분이 있다는 얘기다. 엄청난 생산력을 이룬 오늘은 수백, 수천 년 동안 인류가 걸어온 발자국의 맨 끝에 운 좋게도 우리가 맞게 된 풍요다. 그리고 인류의 역사는 인류 전체에게 상속되어야 한다. 우리가 모르는 사이에 우리가 꿈꾸었던 유토피아는 바로 우리 등 뒤에 와 있었던 것이다.

어릴 적에 그런 말을 듣거나 해본 적이 있을 것이다. 앞으로 과학기술이 아주 발달하면 로봇이 인간의 일을 대신하게 되어 인간은 일을 하지 않고도 편하게 살 수 있는 세상이 온다고. 그런 세상이 온다면 얼마나 좋을까, 그런 세상이 천국, 유토피아가 아니고 뭔가, 부질없는 상상이라고 여겼던 것이 지금 이 세상에서 이루어졌다. 우리가 꿈꾸었던 바로 그 세상, 기계가 사람의 일을 대신하는 세상, 일자리가 없어서 일을 하지 못하는 사람이 넘쳐나는 세상은 본래 우리가 원하던 세상이었다. 언젠가 그렇게 될 거라고 믿으며 기술을 개발하고 생산력을 높여온 게 인간의 역사다. 이제 일하지 않고 편히 살 수 있는 세상이 온 게 분명하다. 그런데 왜 우리는 여전히 일을 하면서, 혹은 일자리를 찾아 헤매면서 가난하게 살고 있는 것일까.

전문가들에 따르면 우리나라 정도의 생산수준에서 조세를 서유럽 수준으로 개편하고 몇 가지 공공정책을 펴는 것만으로 1인당 월 50만 원 정도를 지급하는 게 가능하다고 한다. 물론 얼마 전에 기본소득법안을 국민투표에 부치게 된 스위스의 경우 1인당 거의 월 300만 원을 책정했지만, 우리 현실상 4인 가족 기준으로 200만 원의 기본소득이 보장된다면 말 그대로 최소한의 기본생활을 유지할 근거가 마련된다고 할 수 있을 것이다. 우파 이론가들에 의해서도 지지를 받고 있는 기본소득은 사회적으로 엄청난 기대효과가 있다. 얼마 전에 일어났던 세 모녀의 비극 같은 일이 사라지고, 지속적인 내수 소비에 의해 경기가 안정적인 호황을 유지한다. 무엇보다 노동자의 처지가 강화되어 악질적인 일자리를 피할 수 있어 자본가들도 노동자를 더 배려하고 우대하지 않으면 고용을 할 수가 없게 될 것이다. 지금처럼 단지 돈을 벌기 위해 원하지 않는 일을 해야 하는 고통에서 해방된다면 그 사회는 상상할 수 없을 정도로 활기가 넘치게 되고, 이는 새로운 사회로 이행해나가는 원동력으로 작용하게 될 것이다. 물론 기본소득에 만족해서 아무 일도 하지 않는 사람도 있겠지만 그 비율은 오히려 지금의 실업률보다 낮아질 것이라는 게 많은 전문가들의 진단이다. 인간은 경제적 자존감을 잃을 때 비참하고 위험해진다. 범죄가 일어나는 가장 큰 요인이 바로 경제적 이유 아닌가. 기본소득은 모든 사람에게 자존감을 갖게 해주고 안전한 사회가 되는 데도 중요한 구실을 할 것이다.

나는 예술인에 대한 지원을 모든 사람들에게 인간다운 삶을 영위할 수 있는 기본적인 소득으로 대신하는 게 마땅하다고 믿는다. 그것은 생명과 개인의 자유를 보장한 헌법적 가치이기도 하다. 그렇게 되면 실로 문화와 예술이 꽃을 피워 누구나 시와 소설을 읽고 쓰는, 우리가 꿈꾸는 그런 세상이 되지 않겠는가.(2014년 4월)

봄 오는 들녘

머칠 푹한 날이 계속되더니 봄을 재촉하는 비가 내린다. 아직 겨울이 다 갔다고 하기엔 이르고 2월 바람에 장독 깨진다는 속담도 있으니까 비가 그치고 나서 다시 추위가 몰려올지도 모르겠다. 그래도 가만히 맡아보면 비 내음 속에 옅은 봄기운이 느껴진다. 어느 시구처럼 봄은 멀리서 이기고 오는 중이다.

잠시 비가 그은 틈을 타서 과수원을 둘러본다. 겨울 전정을 끝낸 사과나무, 복숭아나무는 아직 깨어날 기미가 없는데 작년에 심은 매실나무들에는 벌써 연초록 꽃눈이 부풀어 올랐다. 설중매라더니, 과연 겨울 속에서도 눈을 틔우는 매서운 꽃이다. 천천히 걷다 보니 마른풀만 사위어가던 땅 위에 점점이 자줏빛 모양이 눈에 띈다. 햇살이 잘 드는 양지쪽에서 올라오는 그것은 냉이다. 여러해살이식물인 냉이는 겨울에 말랐던 이파리 가운데에서 자주색으로 새순을 내민다. 아직 초록 잎으로 퍼지기 전인 이맘때 캐어서 끓이는 냉잇국이 제일 맛있다. 나는 횡재라도 만난 양 당장 호미를 챙겨와 냉이를 캐기 시작한다. 산그늘이 깊은 곳은 아직 언 땅이 녹지도 않았는데 쪼그려 앉아 호미질을 하다 보니 냉이가 지천이다. 서서 보는 것과 앉아서 보는 게 이렇게 큰 차이가 있다. 땅에 몸을 대고 눈을 가까이할 때에 우리는 비로소 흙과 이어진 자신을 발견한다.

금세 냉잇국거리를 캐고 내친김에 마을을 한 바퀴 멀리 돌아본다. 우리 마을은 논이 많고 이모작을 하지 않기 때문에 아직 들녘에 사람이 보이지 않는다. 농로를 따라가는 호젓한 산책길, 멀리 논 가운데 트랙터가 돌아다니고 있다. 그래도 논을 갈 때가 아닌데, 갸웃하며 살펴보니 소먹이용으로 갈무리해 놓은 볏짚 덩어리를 옮기는 중이다. 하얀 비닐로 싼 커다란 볏짚 덩어리를 보고 도시에서만 산 어느 아이가 그랬다지. "저거 봐. 저기가 마시멜로 밭인가 봐."

올해도 논에 흙을 받은 곳이 두 군데 늘었다. 쌀값이 형편없이 떨어져서 생산비가 나오지 않으니까 논을 밭으로 바꾸는 것이다. 벌써 그렇게 바뀐 논배미가 여남은 필지가 넘는다. 그곳에 비닐하우스를 지어 시설농사를 하거나 고추, 콩, 옥수수 등속의 잡곡 농사를 짓는다. 논을 밭으로 바꾸는 것을 엄격하게 금지했던 게 불과 몇년 전인데 이제 정부에서 권장하는 바가 되었다. 이제 우리 땅에서 나오는 쌀만으로는 자급자족이 되지 않는데 논은 점점 줄어든다. 그렇다면 쌀값이 올라야 할 것 같은데 오히려 계속 떨어지는 이상한 일이 벌어지고 있다. 올해부터 완전히 수입이 자유화된 쌀에 대해 의심의 눈초리를 거둘 수가 없다. 높은 관세율로 장벽을 쳤다고 하지만 농민들은 불안하다. 우리나라를 먹여

살린다는 휴대폰이니, 자동차 같은 수출품을 빌미로 관세율 재조정을 요구한다면 얼마나 버틸 수 있을까. 여전히 수출만이 살길이라는 신화가 건재한 터에 쌀쯤은, 농민들쯤은 간단히 버림받지 않을까. 봄이 오는 들녘에는 스산한 불안이 배어 있다.

봄은 역시 사람에게, 농민들에게 먼저 온다. 마을회관에 모여 겨울을 난 나이 든 농부들의 엉덩이가 들썩인다. 해토머리가 되면 별반 할 일도 없건만 진득하게 앉아 있지 못한다. 괜스레 논밭을 둘러보고 경운기도 탈탈, 시동을 걸어보고 먼저 풀린 텃밭에 삽이라도 꽂아보는 것이다. 한 해 농사지어서 제 품삯 나오는 작물이 아예 없어진 게 이미 몇 년째 이어지고 있지만 날이 풀리면 어쩔 수 없이 다시 농사 준비를 한다. 계산속이 없어서도 아니고 미련해서도 아니다. 따져보고 셈을 놓던 사람들은 이미 농촌을 떠난 지 오래다. 아이 울음이 사라진 농촌을 지키고 올 한 해 또 농사를 준비하는 마음은, 애처롭지만 남은 삶을 온전히 거두기 위해서다. 농업도 '창조경제'로 하고 6차 산업이 되어야 한다고 목청을 높이지만, 다만 스러져가는 저 늙은 농부들의 존재증명 또한 그대로 아름다운 이 시대의 아픔이리라.

우수 지나고 경칩이 내일모레다. 모래알처럼 많은 풀과 나무들 하나하나에 물이 오르고 발밑에 녹은 흙이 들러붙을 때, 잠시 기억하자. 그렇게 봄은 깊은 곳에서부터 물이 되어 온다는 것을, 때로 그것이 눈물이라는 것을. (2015년 2월)

인생을 즐기라며?

쉰 살을 넘기다 보니 친구들끼리 만나면 자녀의 결혼이나 취업 문제가 자주 화제에 오르게 된다. 취업이고 결혼이고 술술 잘 풀리는 경우는 드물고 너나없이 이런저런 걱정을 하는 게 보통이다. 나 역시 성인이 된 딸이 둘 있는데 맏이는 대학교 3학년이다. 주변에서 말하기를 그즈음이면 이미 취업준비를 한다고들 하는데 이 녀석은 준비는커녕 벌써 석 달 넘게 사라졌다. 굳이 이름 붙이자면 자발적 실종 상태 정도가 되겠다.

지난 봄학기가 시작할 때 학교에 등록을 하는 줄 알았더니 돌연 휴학계를 냈다는 것이며 게다가 한 해 용돈을 일시불로 달라는 뻔뻔한 요구까지 덧붙이는 게 아닌가. 제 어미와는 어느 정도 이야기가 오간 모양이었는데 혹 내가 반대할까 봐 일단 저지르고 본 것이었다. 용돈이 목돈으로 필요한 것은 비행기 삯 때문이란다. 요컨대 비행기 표만 달랑 들고 북미와 남미 일대를 여행하고 오겠다는 거였다. 경비를 벌어가며 1년 동안 다니겠다는 계획에 아연할 지경이었지만 두 여자에 맞서 입씨름을 해봐야 돌아올 것은 처절한 패배뿐이라는 것을 직감하고 나는 순순히 그 요구에 따르고 말았다. 전에도 두어 차례 배낭여행을 다녀온 적이 있고 미심쩍으나마 영어로 의사소통이 된다는 말을 믿기로 했는데 이번엔 거의 무전여행이나 다름없어 적이 걱정이 되었다.

그런 애비의 걱정을 아는지 모르는지 녀석은 떠난 이후 가끔씩 소식을 전한다는 게 고작 "생존 보고합니다!" 한마디면 끝이다. 공짜로 쓴다는 문자가 잘 터지지 않는 건지 애가 탈 때쯤 해서야 겨우 소식 한 자가 오곤 한다. 처음 들어보는 외국의 지명을 검색해보며 속을 끓이다가 하루는 걱정과 우려와 미래에 대해서 사랑을 가득 담은 장문의 문자를 보냈다. 아비가 공력을 다한 글을 읽고 타국에서 눈물깨나 짜내지 않을까 걱정하던 찰나, 문자가 날아왔다. 짧고 간략한, 눈물기가 아닌 짜증기가 밴 한마디는 "인생을 즐기라며?"였다. "내가 언제?"라고 반문하다가 퍼뜩 7~8년 전의 어느 날이 떠올랐다.

한창 사춘기에 들어 공부며 일상에 짜증이 늘던 아이를 위로한답시고 책상머리에 붙여준 글귀가 바로 '인생을 즐겨라!' 였던 것이다. 무슨 뜻이냐고 묻는 아이에게 미래 따위 걱정하지 말고 늘 현재를 즐겁게 살라는 것이라고, 개똥철학 비슷한 이야기도 들려주었다. 굵은 매직펜 글씨가 부적도 아닌 터에 무슨 효험이 있었겠느냐만 어쨌든 아이는 그럭저럭 학교를 졸업하고 성인이 되었다. 그런데 그 말이 딸아이의 진짜 좌우명이 되었을 줄이야. 이제 와서 후회해도 소용없으니 제 인생을 알아서 즐겁게 살아가기를 바랄 수밖에 없다.

생각해보면 인간이 기나긴 역사 동안 과학기술을 발전시키고 생산력을 높여온 과정은 일자리를 줄이려는 노력에 다름 아니었다. 모내기가 끝난 농촌을 예로 들자면 열 마지기 정도의 농토에 예닐곱 식구가 매달려도 예전에는 힘이 부쳤다. 하지만 요즘은 기계로 하니까 혼자서 100마지기도 거뜬하다. 어느 분야나 마찬가지이고 보면 일거리가 없어지고 취업할 곳이 없는 게 당연한 일이다. 어쩌면 일자리가 없다는 것은 인류가 오랜 노력 끝에 성취한 축복과도 같은 것이다. 어릴 때 어느 선생님이 먼 미래에는 사람 대신 로봇이 일을 해서 아주 편하게 사는 세상이 올 거라고 이야기한 적이 있다. 신기하게만 생각했던 그 말이 실제로 이루어진 게 오늘날 아닌가. 사람이 힘들게 일하지 않아도 먹을 것과 입을 것이 나오는 기술력의 발전은 실로 인류의 숙원이었다. 꿈처럼 이루어진 이 일자리 없는 세상에서 젊은이들은 진정 삶을 즐겨야 마땅하지 않은가. 그런데 현재의 사태는 무언가 크게 잘못된 것이다. 이것을 어떻게 바로잡느냐에 따라서 우리 시대는 야만과 문명으로 갈릴지도 모른다.

그나저나 딸아이로부터는 또 일주일째 '생존 신고'조차 없다.

(2015년 6월)

낯선 것들

때 이른 태풍이 연이어 올라온다고 한다. 지금은 오랜 가뭄 끝이라 비를 몰고 오는 태풍이 반갑기도 한데 본래 나처럼 과수원을 생업으로 삼는 사람들에게 제일 두려운 게 또한 태풍이다. 태풍뿐 아니라 갑자기 닥치는 모든 자연재해는 두려운 존재다. 일상적이지 않은 것, 낯설고 거대한 힘 앞에 공포를 느끼는 것은 당연한 일일 것이다.

어린 시절의 여름날, 멱을 감고 돌아오던 들판에서 엄청난 뇌우를 만난 적이 있다. 하늘을 가르며 쉴 새 없이 내리꽂히는 번개에 포위되어 나는 그 자리에 쪼그리고 앉아 울음을 터뜨리고 말았다. 당장이라도 머리에 떨어질 것 같던 번갯불의 이미지는 지금껏 내게 남아 있는 두려움의 원형이다. 어린 나는 희미하게나마 이 세상에는 아주 낯설고 이질적인 어떤 힘이 존재한다는 것을 느꼈을 터이다.

소설이나 시에도 '낯설게 하기'라는 기법이 있다. 아마 여타의 예술 장르도 비슷할 것 같은데 평소에 친숙하거나 습관적으로 대하던 사물이나 관념을 전혀 다른 각도로 표현하는 기법이다. 그럼으로써 독자로 하여금 새로운 느낌을 갖게 하고 인지 부조화를 통해 작품이 충격적으로 다가가게 만들기도 한다. 공포소설의 구조를 보면 대개 이 기법에 충실하다. 사람에게 공포를 유발하는 것은 예기치 못한 낯선 상황이거나 익숙했던 것이 반대로 낯설게 되는 순간들이다. 현실에서 그런 일이 끊임없이 이어진다면 그 누구도 견딜 수 없을 것이다. 그래서 소설 같은 일이나 영화 같은 상황은 아주 드물고 그날이 그날인 평온을 유지하는 게 누구에게나 주어진 평등한 일상이다.

그런데 가끔 이런 낯섦과 두려움을 이용하는 자들이 있다. 천둥의 신 토르 정도는 아니겠지만 그렇다고 골방에 앉아 공포소설을 끼적이는 갑남을녀는 더욱 아니다. 그러니까 막강한 힘을 가진 권력자라는 말이다. 권력을 가진 자들이 애용하는 것이 백성의 공포인 것이야 예로부터 유구하지만 특별히 정치학 용어로 '미친 사람 이론(Madman Theory)'이라는 게 있다. 쉽게 말하면 미친 척하기인데 상대에게 나는 정상적인 인간이 아니라는 인식을 심어주는 것이다. 이상한 이야기 같지만 실제로 국가 사이의 외교 무대에서 요긴하게 쓰이는 수법이다. 상대가 미친 사람이라서 당장이라도 핵무기를 날릴 수 있다고 믿게 된다면 당연히 두려움을 갖게 될 거라는 이론이다. 실제로 미국의 닉슨이 자신을 비이성적인 '매드맨'으로 포장하려 했던 것은 유명한 일이다. 전쟁광이었던 나폴레옹이나 히틀러 등도 그 이론의 신봉자였을 것이다. 물론 진짜 미친 인간이었을 가능성도 있지만.

작금의 믿기지 않는 현실을 보며 어쩔 수 없이 떠올리게 된 생각이다. 대통령이 국무회의에서 쏟아낸 말들을 들으며 나는 바로 그 낯섦과 공포를 느꼈던 것이다. 전혀 자리에 어울리지 않는 내용과 불구의 언어들, 감정 조절과 통제가 안되는 최고 지도자의 모습은 가히 충격이자 공포였다. 심지어 어떤 일이 있어도 현 대통령을 지지하고 말겠다는 결심이 굳건한 아버지조차 웬만큼 질리는 표정이었다. 그것은 어떤 비이성적인 일도 할 수 있으며 상식 따위는 통하지 않는다는 선언이었고 백성의 머리 위에 떨어진 쇠망치였다. 한편으로는 서글프기 그지없었다. 민주주의의 퇴보라는 말도 이제는 식상할 정도가 되었고 힘겨운 살림살이에 더해 비이성이 횡행하는 정치 밑에서 살아가야 하는 백성들의 고단함이 애달프다.

대통령이 구사하는 극단적인 언어와 비상식은 우리사회에 깊은 상처를 남길 것이다. 악화가 양화를 구축하는 것처럼 비정상이 지속되다가 무엇이 정상인지 잊어버리지나 않을까 두렵다. 게다가 거기에 맞장구치는 또다른 오염된 말들이 이 사회를 이영차, 하고 한 걸음 더 나락으로 밀어 넣을 테니 말이다. 언젠가 오늘을 뒤돌아보며 낯설게 느낄 그날이 오려나. (2015년 7월)

잠 못 드는 밤

올해도 어김없이 염천이 찾아왔다. 예전에는 이즈음에 농사일이 뜸해서 '어정칠월에 건들팔월'이라는 말도 있지만 복숭아 과수원은 수확이 한창이라 쉴 수도 없다. 어쩔 수 없이 해야 할 일이니 낮에는 그렇다 치고 더 견디기 어려운 것은 좀체 온도가 떨어지지 않는 밤이다. 잠을 설치면 다음 날 더욱 힘이 들기 마련이다. 하여 더위가 극심했던 재작년 여름에 기어이 에어컨을 놓게 되었다. 놓았으되 형편에 맞게 방 한 칸에만 설치하고 정 더운 밤에만 그 방에 식구들이 모여서 자는 걸로 했다.

요 며칠 방에 침대 두 개를 붙여놓고 네 식구가 함께 잠을 잤다. 열대야를 겪지 않는 것만도 감지덕지인데 부모와 함께 자야 하는 아이들은 그게 아닌 모양이었다. 열일곱, 스무 살의 다 큰 남매는 불편한 기색이 역력하여 은근히 내가 열대야 속으로 복귀하기를 바라는 것도 같았다. 요컨대 침대가 좁다는 것이었다. 나는 아이들의 바람대로 밖으로 나가는 대신 우리 침대보다 훨씬 좁은 어떤 침대 이야기를 들려주기로 했다. 나로서도 꽤나 충격을 받은 내용이라서 아이들 또한 곱다시 입을 다물기를 바라면서 말이다. 물론 내가 직접 본 것은 아니고 책으로 읽은 내용인데 지금부터 100여 년 전 유럽에 있던 어느 침대에 관한 것이었다.

당시 최하층 계급을 형성하고 있던 노동자들의 비참한 생활을 묘사한 글 중에 그들이 잠을 자는 기묘한 숙소에 관한 것이 있었다. 즉, 한 방에 여러 명이 자야 하는데 장소가 극히 좁아서 줄침대를 놓았다는 것이다. 누울 엄두도 내지 못하는 작은 방 가운데에 밧줄을 매어놓으면 노동자들은 그 밧줄에 의지해서 잠을 자야 했다. 눕지도 못하고 앉거나 서서 오직 밧줄에 의지해 잠을 청했다니, 상상하기조차 어려운 광경이었다. 너무나 피곤해서 밧줄에서 늦잠을 자는 사람이 있으면 주인은 한쪽 끝을 사정없이 풀어버림으로써 잠자던 이가 바닥에 나동그라지게 했다고도 했다.

아이들뿐 아니라 아내까지 이 기상천외한 이야기를 듣고는 오히려 재미있다는 듯이 웃어대는 것이었다. 내가 에두아르트 푹스의 《풍속의 역사》에서 이 대목을 읽었을 때는 분명히 분노가 솟구쳤는데, 아무래도 내가 소설가 기질을 발휘해서 너무 재미있게 각색해서 들려준 모양이었다. 오래전의 다른 나라 이야기여서 그랬는지도 몰랐다. 하여 나는 비교적 가까운 과거의 우리나라 이야기도 한 자락 들려주게 되었다. 《전태일 평전》에 나오는 동대문 봉제공장 이야기였다. 방 가운데를 나누어 2층으로 만들고 허리도 펴지 못하는 공간에서 먼지를 뒤집어쓰고 열다섯 시간을 혹사당하던 어린 노동자들, 지금의 내 자식보다도 어렸던 그 노동자들이 쏟아지는 잠을 쫓으려 '타이밍'이라는 약을 먹으며 코피를 쏟는 광경을 들려주자 아이들은 조금 숙연해지는 듯했다.

그럭저럭 아이들은 잠이 들었는데 정작 잠이 달아난 것은 나였다. 생각해보니 아이들이 분노하지 않았던 데는 이유가 있었다. 책을 읽으며 내가 진정 분노했던 대목은 줄 침대에서 자는 노동자들의 맞은편에서 주체할 수 없는 돈에 짓눌려 향락과 사치에 빠져 있던 자본가들의 행태였다. 그것은 인간의 이성이 감당할 수 있는 크기의 격차가 아니었다. 자본주의를 통해 평등한 개인이 탄생했다는 이론 따위를 다시는 믿지 않게 된 계기이기도 했다.

나와 내 아이들은 이 땅에서 분명 '99퍼센트'의 일원으로 살아갈 것이다. 이제 줄 침대 따위에서 자지 않고 염천에는 에어컨까지 켜고 사니 배부른 줄 알라는 윽박지름도 당할 것이다. 하지만 나는 믿는다. 모든 것은 영원하지 않으며 평등에 대한 인간의 염원은 사라지지 않는다는 것을.

잠 오지 않는 밤, 얼키설키 잠든 아이들을 보며 이런저런 생각이 꼬리를 문다. 무언가 바뀌어야 한다면 나 자신부터 당장 무언가를 해야 한다는, 강박과도 같은 늦은 깨달음으로 여름을 넘는다. (2015년 8월)

도서관의 계절

거의 두 달 만에 도서관에 갔다.

올해 농사일이 끝나고 지금부터 내게는 축복과도 같은 긴 시간이 남아 있다. 다시 바빠지는 내년 4월까지 내가 가장 자주 발걸음을 할 곳이 도서관이 될 터이다. 내가 주로 이용하는 곳은 시립도서관이다. 주위에 있는 대학도서관에 비하면 장서가 턱없이 적지만 건물은 으리으리하게 새로 지은 대형 건물이다. 책이 적다고는 하지만 내가 평생을 읽어도 다 읽지 못할 것이고 신간을 주문하면 늦어도 두어 주일 안에는 구입을 해놓으니까, 전혀 불만은 없다. 오히려 불만을 가진 쪽은 도서관 측이다. 그들에게 나는 꽤나 괴로움을 안기는 이용자 중 한 사람이다. 뭐, 그렇다고 내가 어떤 식으로든 악의를 가지고 사서들을 괴롭힌다거나 하는 의미는 아니다.

나는 도서관 측으로부터 한 달에 몇 번씩 전화를 받는데, 모두 대출한 도서를 속히 반납하라는 독촉전화이다. 대출기간은 일주

일이고 한 번에 빌릴 수 있는 권수는 세 권으로 한정되어 있다. 그런데 책을 빌리다 보면 항상 욕심이 앞서서 이 정도는 반드시 읽고 말아야지, 하며 여러 권을 빌리거나 두께가 만만찮은 책을 들게 된다. 그리고 그 후에는 아니나 다를까, 언제나 게으름이 가상했던 결심을 이기고 만다. 하여 반납 기일을 넘기면 여지없이 독촉전화가 걸려오고, 나 역시 기왕 빌린 책을 읽지 않고 되돌려 줄 수는 없는지라 때로는 끈질긴 전화를 버티며 달포 이상을 끌기도 한다.

문제는 지금부터다. 내가 주로 이용하는 곳은 3층, 그러니까 문학과 역사책들이 있는 곳인데 담당직원은 둘이고 독촉전화를 하는 사람은 실로 말이 없는 한 남자 직원이다. 나는 벌써 몇 년째 그의 얼굴을 보지만 전화 이외에 그의 목소리를 들어본 적이 없다. 그는 나의 악행을 잘 알고 있으므로(도서를 반납하면 당연히 연체기록이 확인되니까), 짐짓 비굴한 미소를 띠고 몇번 인사를 건네보았지만 그는 가타부타 답이 없고 고개만 겨우 희미하게 움직일 뿐이었다. 누군가 자신에게 말을 걸까 매우 두려워하는 듯했다. 그런 그가 직책상 어쩔 수 없이 꼬박꼬박 독촉전화라는 것을 해야 하니 얼마나 괴로울 것인가. 게다가 나로 말하자면 그 괴로움의 주범 아닌가. 도서관은 연체자에게 가혹한 징벌을 내린다. 즉, 사흘이 연체되면 사흘간, 한 달이 연체되면 정확히 한 달간 신규 대출이 금지되는 것이다. 나는 연전에 '만해마을'에 갈 때 자료로 쓸 생각으로 책을 빌려서 석 달을 연체한 대기록이 있는데, 그때 그는 처음으로 어이없다는 표정을 보이기도 했다.

한 달을 연체해서 한 달간 대출 금지자가 되었으니, 내 독촉 담당자는 한동안 안심해도 될까? 그런데 그게 그렇지가 않다. 대출 금지자 처지에 나는 버젓이 다시 책을 들고 와서 대출을 요구한다. 비밀은 내 지갑에 들어 있는 다섯 개의 도서대출증이다. 시립도서관을 이용할 수 있는 자격은 전혀 엄격하지 않아서 주민등록상 거주지만 확인되면 누구에게나 대출증을 내주는 고로, 나는 시민 사격을 가진 내 가족 다섯 명의 내출증으로 번갈아 책을 빌릴 수 있는 것이다. 그러니까 다섯 개 중 한두 개는 늘 연체이고 대출 금지 상태이지만 또 언제나 두어 개는 싱싱하게 대출 가능 상태다. 이쯤에서 직원의 일그러진 표정을 보는 것은 약간 괴로운 일이어서 서둘러 도서관을 나오게 되는 것이다.

물론 나의 이러한 악행은 시민들의 재산을 부당하게 점유하고 그 책을 읽고자 하는 이들의 권리를 심각하게 침해하는 죄악으로 단죄할 수도 있겠는데, 실은 변명할 거리가 궁색하다. 나중에 내가 가진 책 전부를 시립도서관에 기부하겠다는 결심으로 스스로에게 미리 면죄부를 주는 수밖에 없겠다.

하여튼 시간에 구애받지 않고 도서관을 들락거리는 행복보다 더 큰 게 어디 있으랴. 그것만으로도 나는 앞으로 올 긴 겨울을 사랑하지 않을 수 없다.(2015년 10월)

3부

갑오년, 남도를 걷다

개벽, 백성이 곧 하늘이다!

수운(水雲)은 걷고 또 걸었다. 스무 살에 길을 나서서 10년이 넘게 떠돈 조선 팔도였다. 그 길에 뿌린 눈물은 얼마였으며 분노로 잠 못 이룬 밤은 몇 날이던가. 수운은 보았다. 이 나라 백성으로 태어나 짐승만도 못한 삶을 사는 수많은 생령들을. 마지막 피한 방울까지 짜내는 전세, 군포, 환곡…. 야반도주하여 도적이되거나 칼 들고 일어서는 반란이 아니면 살길이 없었다. 그러나그 길 또한 어찌 살길일 것인가.

풀뿌리와 나무껍질로 연명하는 백성들 위에 기름내 진동하는탐관오리, 썩고 썩은 조정이 있었다. 조선 팔도를 긴긴 다리로감고서 골육을 빨아대는 거대한 낙지 한 마리, 그 살찐 대가리는500년 궁궐이었다. 이를 어찌할거나. 서른여섯 살, 고향 경주로돌아온 최제우(崔濟愚, 1824-1864)는 아버지가 공부하던 구미산 자락 용담정으로 들어가며 "여기서 도를 깨우치지 못하면 다시 세상으로 나오지 않으리라"는 글귀를 문 위에 붙여두고 수도(修道)

에 정진한다. 그리고 여섯 달 후, 마침내 한소식을 들으니, 곧 시천주(侍天主)였다.

사람은 누구나 한울님이고 마음속에 한울님을 모셨다는 깨우침은 머리를 후려치고 새 하늘이 열리는 개벽이었다. 무극대도(無極大道)라 일컫는 깨달음을 얻은 날은 1860년 4월 5일이었다. 수운은 여자 노비 둘을 해방시키고 하나는 며느리로, 하나는 양딸로 삼으니 그 깨달음이 깊고 깊었던 소이다. 또한 전답을 흩뿌려 땅 없는 이들에게 나누어 주고 자신은 하늘에서 받은 뜻을 세상에 널리 알리는 데 신명을 바치기로 한다. 태어나면서 가진 신분이 족쇄가 되고 평생의 배고픔이 되던 시절, 누구나 한울이고 평등하다는 말씀은 말 그대로 경천동지였고 서러운 백성들이 들으면 그저 눈물 먼저 나오는 복음이었다. 하니, 요원의 불길처럼 퍼져 나간 것은 당연한 일이었다.

그러나 짓밟히고 억눌린 백성을 깨우치는 말은, 위정자들과 양반들의 눈에는 다만 불온하고 위험천만일 뿐이었다. 동학이라니! 공맹의 도가 소중화까지 이른 눈먼 자들이 그냥 두고 볼 리 없었다. 혹세무민, 다른 말로 하면 체제를 무너뜨리려는 어떤 자도 그냥 두지 않겠다는 날 선 칼날이 결국 수운의 목에 떨어졌다. 1864년, 그의 나이 41세였다.

수운의 뒤를 이은 두 번째 교주는 노비 출신 최시형(崔時亨, 1827-1898), 보따리 둘러매고 평생을 수배자로 살던, 우리 역사상 최장기 수배자였던 그. 천재적인 조직가이기도 했던 해월(海月) 최시형은 동학을 더욱 널리 포교했고, 1871년 직업혁명가였던 이필제(李弼濟, 1825-1871)의 영해봉기에 연루되기도 한다. 이필제 역시 동학교도였다. 동학은 일절 금지되었고 교도는 역적으로 취급받았으나, 한번 백성들의 머리에 각인된 해방의 꿈은 사그라지지 않았다. "시천주(侍天主) 조화정(造化定) 영세불망(永世不忘)"이라는 동학 주문은 어린아이도 따라 할 정도로 널리 퍼져 나갔고 이내 함부로 대할 수 없을 만큼 교세가 커졌다.

1892년 11월, 전라도 삼례에 흰옷 입은 농군 수천 명이 모여들었다. 동학교도 최초의 집단행동이었다. 동학에 대한 탄압을 멈추고 억울하게 죽은 교주 최제우의 원통함을 씻어달라는 요구였다. 전라감사 이경직(李耕稙)에게 전달할 글은 훗날의 배반자 서병학(徐丙鶴)이 썼다. 그러나 이 서한을 누가 전달할 것인가. 아무도 선뜻 나서지 않았다. 범의 아가리로 들어가는 길이고 자칫 목숨을 걸어야 하는 일이었다. 그때 앞으로 나선 사람이 있었다. 오척단구에 눈빛이 형형한 사내, 그의 이름은 전봉준(全琫準, 1855-1895)이라고 했다.

모인 농군들 위세에 눌린 이경직은 동학에 대한 수탈을 멈추겠노라는 답신을 주었고 삼례집회는 열흘 만에 해산되었다. 비록 교조신원(敎祖伸寃)은 이루지 못했지만 농군을 벌레 보듯 하던 봉건관료에게서 어느 정도 달라진 태도를 본 것만으로도 자신감을 얻는 계기였다. 우리도 모이면 무언가 이룰 수 있다는 집단에 대한 신뢰이기도 했다. 정부의 약속은 지켜지지 않았다. 예나 지금이나 지배세력은 힘이 밀릴 때만 양보의 제스처를 취할 뿐, 흩어진 민초들에 대해서는 다시 승냥이로 변한다. 그렇다면 이제 제대로 뭉치고 싸우는 일이 남았다.

삼례에서 시작된 농군들의 요구는 단지 교조에 대한 신원만은 아니었다. 이듬해 서울 광화문에서 동학 대표 40명이 사흘 밤낮을 엎드려 왕에게 상소를 올릴 때, 그깟 왕에 대한 읍소보다 직접 민중을 선동하려는 괘서, 지금 말로 대자보 사건이 이어졌다. 서장옥(徐章玉, 1853-1900)과 전봉준, 김개남(金開南, 1853-1895) 들이 속해 있던 남접에서 행한 일이었다. "정부를 타도하고 간신들을 처단하자", "왜와 서양 세력을 쓸어버리자"라는 주제를 가지고 붙은 대자보는 호남지역 동학농민들이 선진적인 의식을 가지고 있었음을 보여준다. 이 대자보운동은 한양에서 한 달가량이나 이어졌다. 이 지점에서 우리는 최시형을 중심으로 한 동학 북접과 전봉준을 위시한 남접의 차이를 확인할 수 있으려니와 이어진 보은과 원평의 집회에서도 두 세력 간 갈등을 볼 수 있다.

상소는 예상했던 대로 아무 소득이 없었다. 최시형은 팔도의 교도들에게 보은 장내리로 모이라는 명을 내렸다. 각각 짚신 다섯 켤레, 쌀 석 되와 바가지를 든 농군들의 행렬이 끝도 없이 보은으로 모여들었다. 수만 명을 헤아리는 엄청난 숫자였다. 한창 농군들이 모여들던 때, 보은 관아 문밖에 동학 유생의 이름으로 포고문이 하나 붙었다.

"지금 왜와 양의 도둑들이 서울에 들어 큰 난리가 극에 달했도다. 끝내 오랑캐의 소굴이 되었으니, 이들을 쓸어버리자."

동학의 이름으로 걸렸지만 동학에 관한 내용은 전혀 없이 척

양·척왜를 주장한 방문이었다. 이에 당황한 것은 조정뿐 아니라 비교적 온건한 입장을 취하고 있던 북접의 지도부였다. 조정에서 파견한 어윤중(魚允中)이 고종의 어명이라며 해산을 종용하자 집회의 주도자였던 서병학은 투항적인 태도로 바뀌고 말았다. 그는 척양·척왜 방문을 붙인 자들은 호남의 남접이며 자신들과는 다르다고 항변하며 남접을 고발하는 망발까지 서슴지 않았다. 조정에서는 방문을 붙인 주모자로 전봉준, 서장옥 등을 지명하여 잡아들이라는 통문을 내려보냈다.

지도부의 투항적인 태도로 보은집회는 별 성과도 없이 해산하고 말았지만 농군들의 반외세·반봉건 분위기는 뜨겁게 달아올랐다. 보은과 달리 금구·원평에 모인 동학 남접의 움직임은 치열하게 전개되었다. 만여 명에 달하는 참가자들은 보은집회의 추이를 지켜보면서 인천 제물포까지 진격할 계획을 세웠다. 원평집회에는 동학교도뿐 아니라 은밀하게 조정을 전복하려던 세력들이 들어와 있었다. 하지만 보은에서 지리멸렬하게 해산이 되자 원평만으로는 여의치 않았고, 이미 농사철이 시작되고 있었다.

두 집회가 끼친 영향은 컸다. 보은의 주력 세력은 상주 우복동으로 들어갔고 원평 세력은 지리산에 은거했다. 조정에서는 이들을 막기 위해 군대기구를 재편성하고 강화도와 평양에 있던 군대를 경기도로 이동시켰다. 고종은 이때 이미 청나라에 원병을 요청하자고 했으니, 고종과 그를 조종한 명성황후는 이미 백성의 안위 따위는 안중에도 없고 자신들의 무너져가는 자리만을 지키기 위해 외국 군대를 끌어들이자는 한심한 자들이었다. 드라마나 뮤지컬 따위로 본래의 모습이 가장 왜곡된 인물이 바로 명성황후다. 이후의 전개 과정에서 보겠지만 그 여자는 씻을 수 없는 역사의 죄인일 뿐이다.

보은과 원평에서 기세를 올렸던 농민들은 그해 10월까지 대체로 조용하였다. 수확을 하고 나면 빼앗기는 게 태반이지만 그래도 농사철에 농사일을 하지 않을 수 없는 게 농민이다. 소규모 봉기들은 이어졌지만 그해에도 농민들은 씨 뿌리고 밭 갈며 농사를 지었다. 마치 이듬해를 준비하는 것처럼.

갑오년이 다가오고 있었다.

원한의 만석보, 녹두장군 일어나다

그 새벽 동진강머리 짙은 안개 속에
푸른 죽창 불끈 쥐고 햇불 흔들며
아비들은 몰려갔다.
(중략)
원한 쌓인 만석보 삽으로 찍으며
여러 사람이 한 사람처럼
소리소리쳤다.
만석보를 허물어라.
만석보를 허물어라.

— 양성우, 〈만석보〉 중에서 *

　정읍천과 태인천이 만나 동진강을 이루는 가녘에 너른 들녘이
있다. 흉한 가뭄이라도 강이 내어주는 물을 받아 가을이면 곡식

---

* 2014년 1월, 3박 4일간 떠돌듯 돌아다니며 나는 동학농민혁명 100주년 기념 시
집 《황토현에 부치는 노래》(창작과비평사, 1993)를 암송하듯 읽고 또 읽었다. 3부
에 나오는 시는 모두 그 시집에서 따온 소절이다.

이 실하게 여무는 옥답이었다. 하나, 기름진 들녘은 기름진 배를 채우고자 하는 탐관오리들이 눈독을 들이는 곳, 탐욕과 생존이 칼끝처럼 맞부딪는 곳이기도 했다. 아나나 다를까, 새로 부임해 온 조병갑(趙秉甲), 권세 높은 조정에 벼슬 얻으려 바친 수천 재물 어디에서 뽑아낼까, 눈알 벌겋게 두리번거렸다. 아하, 저 들녘, 저기가 바로 빨대 꽂아 천하고 몸만 부릴 줄 아는 농투성이들 등골 빼먹을 노른자위로구나, 무릎을 쳤다.

보를 새로 높이 쌓아라, 나락 농사에 깊은 보는 선정이 아니고 무엇이랴 — 아전들, 이속들 동네방네 오가며 나발 불었고, 눈 맑고 선한 백성들 속는 줄 알면서도 선산 소나무까지 베어가며 합수머리 막았다. 아나나 다를까, 물을 그냥 쓰게 하겠다던 약속 헌신짝처럼 버리고 가을걷이 끝낸 농군들에게 수세(水稅)를 물리었다. 상답은 두 말, 하답은 한 말, 도적처럼 눈 부라리며 내놓으라는 나락이 무려 1,000석이었다. 왕은 왕대로, 감사는 감사대로, 군수는 군수 몫을, 아전붙이까지 백성들 피눈물로 배때기를 채우느라 혈안이었다.

수세! 이 얼마나 오랜 착취고 얼마나 쓰라린 굴레였던가. 만석보 수세투쟁은 결국 100여 년이 지나 김대중 정부에 이르러 비로소 최종적인 승리를 거두었다.

혁명, 시작되다

살길이 없었다.

그래도 순한 백성들, 자신들 처지를 적은 등소장 들고 탄원하였으나, 돌아온 것은 매질뿐, 앞장섰던 전창혁(全彰赫)은 모진 매질 당하여 끝내 죽고 말았다. 나이 칠십에 이른 노인을 때려 죽인 조병갑, 듣고 본 이들 원한은 구천에 닿았으리라. 그는 전봉준의 늙은 아버지였다.

고부 땅 양교리, 키가 작아 '녹두'라 불리던 전봉준은 훈장 노릇도 하고 약을 짓기도 하면서 때로는 집터 묘터 잡아주는 풍수 노릇도 했다. 그러나 그에게는 혁명가의 풍모가 숨어 있었다. 수십 리 밤길을 걸어 뜻있는 동지들과 만나고 연락하며 썩어 빠진 세상 뒤집어엎을 구상 머릿속에 무르익고 있었다. 손화중(孫華仲, 1861-1895), 김개남, 최경선(崔景善, 1859-1895), 김덕명(金德明, 1845-1895)…. 하나같이 난세에 태어난 인걸이고 동지였다. 그들이 믿는 동학이란 것, 전봉준도 입도하여 2년 만에 고부접주가 되었다.

탐학을 끊지 못하면 삼천리 강토에 살아남을 백성이 없었다. 더이상 무엇을 기다릴 것인가. 계사년 11월, 고부 죽산리 송두호(宋斗浩, 1829-1895) 집에 모인 스무 명의 동지들, 사발 하나 엎어 놓고 둥글게 앉아 제 이름자를 썼다. 이름을 올리는 순간, 목숨은 제 것이 아니었다. 목숨이란 무겁고 무거우나 어느 순간에는 깃털처럼 가벼워야 하는 것, 그때를 알아 제 모든 걸 거는 사람을 일러 혁명가라 부른다. 사발통문에 담긴 서릿발처럼 매운 격문으로 마침내 혁명은 시작되었다.

1. 고부성을 격파하고 군수 조병갑을 효수한다.
2. 군기창과 화약고를 점령한다.

3. 군수에게 아부하여 인민을 갈취한 탐리를 처단한다.

4. 전주영을 함락하고 서울로 곧바로 짓쳐 올라간다.

사발통문이 돌자 숨죽이며 웅크렸던 농군들 대숲처럼 웅성거리며 일어나기 시작했다. "났네, 났네. 난리가 났어." "이놈의 세상 하늘과 땅이 자리바꿈해야 우리가 살지 않겠나." 그리고 이런 노래도 불렀다.

"가보세, 가보세/을미적 을미적/병신 되면 못 가리."

갑오년에 이어진 을미년, 병신년 어간에 혁명을 이루어야 한다는 참요였다.

고부 땅, 해방구가 되다

갑오년이 밝아 정월이 되었다. 초열흘날, 풍물패가 돌며 농군들을 모으기 시작했다. 이미 통문이 돌아 모인 농군들 얼굴은 붉게 빛나고 있었다. 전봉준은 조병갑의 학정과 탐관오리들을 준열히 꾸짖는 연설을 마치고 관아로 쳐들어가자고 소리 높여 외쳤다. 죽창을 든 수천 농군들, 대오를 둘로 나누어 마침내 고부 관아로 쳐들어가니 마치 무인지경인 듯 아무것도 거칠 게 없었다. 단숨에 죽창을 내지르려 조병갑 찾았으나, 쥐새끼처럼 이미 도망치고 없었다. "이겼다, 관아가 우리 수중에 들어왔다." 만세 소리 드높게 부르면서도 믿기지 않아 서로를 얼싸안았다. 감옥 문은 활짝 열리고, 날이 밝자마자 달려가 만석보 단숨에 무너뜨렸다.

창고에 쌓아놓은 원한 서린 쌀을 풀어 농군들에게 돌려주고 큰 가마솥 줄지어 걸고 밥을 지었다 — 누구든 와서 배불리 먹게 하라. 두렵고 의심 들어 집 밖으로 나오지 못했던 이들, 하얗게 가마솥 앞에 모여들었다. 김 펄펄 나는 쌀밥 바가지에 담아서 아귀아귀 움켜 먹으며 아하, 이것이 새 세상이로구나, 새로이 농민군 대열에 섞이니 흰옷으로 산을 이루고 함성소리 드높았다.

해방구가 된 고부 말목장터에는 금세 장사치가 몰려들고 음식을 파는 노점이 차려졌다. 시끌벅적, 야단법석, 권력자가 사라진 세상은 그렇게 신명 나고 좋았다. 죽창을 든 농군들은 관군 동향 살피느라 순시를 하고 무기고를 열어 창과 활을 든 이들은 위풍이 당당했다. 맛보지 않으면 절대 모를 해방의 기억은 물론 얼마 가지 못했지만, 그런 세상을 위해서라면 죽음도 두렵지 않다는 믿음을 농민군들에게 심어주었다.

몰래 도망친 조병갑은 전라감영으로 찾아가 고부에 난이 일어났으니 군사를 내어달라고 애걸했다. 전라감사 김문현(金文鉉) 또한 조병갑과 다를 바 없는 탐관오리였다. 제 수하가 그런 꼴을 당했으니 제게도 낭패였다. 군관과 부하들을 보내 해산을 권유하고 전봉준을 잡으려 하다가 되레 그들이 성난 농군들의 죽창에 찔려 죽고 말았다. 연이어 농민군을 해산시키고 주모자를 잡으려는 책동이 계속되었지만 농민군은 더욱 방비를 탄탄히 하였다.

지도부는 농민군이 아직 오합지졸임을 알고 있었다. 이미 전쟁이 시작되었고 조직력과 군율이 없으면 결코 승리할 수가 없었다. 녹두 전봉준을 비롯한 지도부는 각 마을마다 다섯 명의 책임자와 연락책을 두었으며 적과 동지를 구분하기 위해 왼손에 노끈을 매도록 했다. 암호를 정해 서로를 확인하기도 했다. 모르는 동학군끼리 만나면, 동학에 들어가 청수(淸水)를 마셨느냐는 뜻으로 '음'이라 묻고, 주문(呪文)도 외웠다는 뜻으로 '송'이라고 대답했다. 일종의 군호였던 셈이다.

고부에서 내란에 버금가는 사태가 계속되자, 조정에서는 비교적 온건한 박원명(朴源明)을 고부군수로 임명해 내려보냈다. 그는 농민군들에게 책임을 묻지 않겠다고 약속했으며 소를 잡고 술을 빚어 농군들을 위무하는 잔치를 열기도 했다. 성의 있는 박원명의 태도와 조병갑을 몰아낸 성과를 거두었다고 생각한 농군들은 하나둘 흩어졌다. 그러나 안핵사로 임명되어 고부로 내려온 이용태(李容泰)는 조병갑 못지않은 탐관오리에 악질이었다. 박원명의 약속을 뒤집고 주모자를 색출한다며 닥치는 대로 백성을 구타하고 재산을 약탈하였다. 심지어 집에 불을 지르고 부녀자를 강간하는 만행도 서슴지 않았다. 전라감사도 끼어들어 양반 상인을 가리지 않고 잡아들여 난의 주모자라는 혐의를 씌워서 뇌물을 우려냈다. 탐욕이라는 귀신에 씐 자들이 바로 권력자들이었다.

한편, 전봉준은 농민군이 흩어지는 모습을 보며 새로운 시작이 필요하다고 생각했다. 분명 한 번으로 그칠 싸움이 아니고 더 크게 붙어야만 할 전쟁이었다. 농민군이 흩어지고 탐관오리들의 탐학이 다시 기승을 부리고 있을 때 전봉준은 아무도 모르게 무장으로 갔다. 거기에는 손화중이 있었다.

황토현에 울린 승리의 함성

이 끊임없는 싸움, 싸움을 보아다오
밥과 땅과 자유
정의의 신성한 깃발을 치켜들고
유혈의 투쟁에 가담했던
저 동학농민의 횃불을 보아다오
압제와 수탈의 가면을 쓴
양반과 부호들의 강탈에 항쟁했던
저 1894년 갑오년
농민혁명의 함성을 들어다오

— 김남주, 〈황토현에 부치는 노래〉 중에서

전봉준이 이웃 고을 무장으로 내달아 찾아간 사람, 손화중은
누구였던가. 일본군이 기록하기를, 무장에는 손화중이라는 '대접
주 거괴'가 있다고 했으니, 서장옥과 더불어 일찍부터 남접의 우
두머리라 할 인물이었다. 전봉준보다 나이는 여섯 살 아래였으나
동학 내에서는 그 영향력이 전봉준에 비길 바가 아니었다.

전해 내려오기를, 고창 선운사 뒤 도솔암의 비결을 손화중이 꺼냈다고 하거니와 석불의 배꼽에 들어 있던 비결이 세상에 나오는 날이면 서울이 망하게 된다고 민초들은 의심 없이 믿었더란다. 서울이 망한다는 뜻은 다름 아닌 썩은 왕조가 망한다는 것이고 미륵세상이 온다는 뜻이니, 백성들의 가없는 염원이 그러한 전설이 된 것이리라. 하나, 염원이 절절하면 그 염원을 풀어낼 진인이 나오는 법, 비결을 꺼낸 이가 손화중이라는 소문은 골골의 민초들이 그 이름을 각별히 여겼음이라.

스무 살 무렵부터 포교에 진력하여 이때 갑오년 어간에는 손화중이 이룬 동학의 교세가 전라도 일대에 두루 미치지 않는 곳이 없었다. 병장기를 크게 맞대야 할 때가 이르매, 전봉준이 손화중 포(包)를 찾아간 것은 당연하였다. 손화중이 마침내 뜻을 합치어 교도들에게 궐기할 것을 호소하니, 사방에서 농민군들이 몰려오기 시작했다. 전라도 북쪽 금산에서는 서장옥 포의 농민군 수천 명이 관아를 불태우며 기세 높게 백산을 바라 내려오고 있었다. 마침내 5,000년 역사를 통틀어 가장 위대한 반봉건 전쟁의 불꽃이 타오르기 시작한 것이었다.

서면 백산 앉으면 죽산

동학혁명의 기포(起包)를 무장으로 볼 것이냐, 백산으로 볼 것이냐로 학계에서 설왕설래가 있었으나 그다지 중요한 건 아니다. 제폭구민(除暴救民)과 보국안민(輔國安民)을 내세운 포고문을 발표한 것은 무장인 게 분명하나, 농민군이 대오를 갖추고 편제를 이룬 곳은 백산임이 또한 분명하다.

전봉준이 작성한 것으로 보이는 포고문은 언뜻 임금의 치세를 칭송하는 듯하지만, 그 안에 숨은 뜻은 철저한 반봉건임을 쉬이 알 수 있다. 척왜·척양 주장보다 반봉건 기치를 내세운 것에는 백성들의 참여를 이끌어내려는 의도가 있었으리라. 어쨌든 왕조에 대한 선전포고라 할 수 있는 기포문을 발표함으로써 이제는 돌이킬 수 없는 강을 건넌 셈이었다.

오지영(吳知泳)이 《동학사(東學史)》(1940)에서 이제 조선반도는 백산을 중심으로 흔들흔들하였다고 쓴 것처럼 해발고도 50여 미터의 작은 산인 백산은 순식간에 봉건왕조의 운명을 가를 중심이 되었다. 백산에 모인 농민군 수는 정확하게 알 길이 없다. 만여 명이라고도 하고 4,000여 명이라고도 하는데, 어쨌든 국가권력에 맞서서 일어난 숫자로는 역사 이래 최고였다. 그 수가 얼마나 많았던지 사람들이 서면 산이 온통 흰색으로 뒤덮이고, 앉으면 들고 있는 죽창이 솟아 죽산이라는 별명을 얻게 되었다.

음력 3월 25일 전후로 이루어진 백산대회에서 농민군은 완전한 군제를 갖추게 된다. 농민군 대장에 전봉준, 총관령에 손화중과 김개남, 총참모에 김덕명, 오시영(吳時泳), 영솔장에 최경선 등이었다. 전봉준은 스스로 '동도장군'이라 칭하고 장군기를 만들었으니, 이는 비단 동학의 도가 아니라 세상을 동서로 나누어 한쪽 반을 이끈다는 뜻으로 그 기개가 높고도 높음을 알 수 있음이라. 마침내 출전에 이르러 사방에 격문을 띄웠는데 그 내용이 실로 간략하면서도 자신에 차 있다.

"우리가 의를 들어 여기에 이름은 그 본의가 다른 데 있지 아니하고 백성을 도탄에서 건지며 국가를 반석 위에 두고자 함이라. 안으로는 탐학한 관리의 머리를 베고 밖으로는 강적의 무리를 몰아내고자 함이다. 양반과 부호에게 고통받는 백성과 방백과 수령 밑에서 굴욕을 당하는 소리(小吏)는 우리와 같이 원한이 깊은 자라, 조금도 주저치 말고 일어서라. 만일 기회를 놓치면 후회해도 미치지 못하리라."

황토재를 피로 물들이다

백성의 피땀을 짜던 지배자들은 어찌했을까. 이미 보은집회 때 고종은 청나라 군사를 불러들여 진압하겠다는 뜻을 밝힌 바 있었다. 또한 농민군이 주장하는 '제폭구민'이란 곧 민씨 척족들을 겨냥한 것이었으므로 그들은 하루속히 청군을 불러들이려 획책하고 있었다. 실로 민비를 정점으로 한 민씨들의 탐학은 백성과 나라를 거덜 나게 했으며 결국 외세를 불러들여 망국의 길로 나아가게 만들고야 말았다. 제 나라 백성들을 진압하기 위해 외국 군대를 불러들이려는 못난 지배자들, 그야말로 눈먼 탐욕의 덩어리들이었다.

하지만 아직 이 무렵에는 호남의 농민군 위세를 정확하게 읽지 못하고 있었다. 숫자만 많지 오합지졸이라는 장계가 올라오기도 했다. 그러나 전봉준을 위시한 농민군 지도부는 병법에도 상당한 소양을 갖춘 인물들이었다. 첫 전투가 전봉준이 손금 보듯 환한 황토재에서 벌어진 것은 치밀한 작전의 결과였다.

전라감영에 속한 군사 700과 향군 500, 그리고 보부상군 1,000여 명까지 관군 2,200여 명이 기세 좋게 농민군을 토벌하겠다며 몰려왔다. 농민군은 유인작전을 폈다. 관군이 보이면 겁을 집어먹은 척 달아나기를 여러 차례, 마침내 관군은 황토재에 이르러 진영을 세우고 농민군은 조금 더 높은 사사봉에 진을 쳤다.

본래 홍계훈(洪啓薰)이 이끄는 서울의 경군이 오기를 기다리기로 했으나, 관군은 농민군을 얕잡아 보고 4월 6일 밤 야습을 감행한다. 그러나 농민군 진영에 도달했을 때 사방은 조용했다. 군사로 위장해 세워둔 허수아비를 보고 당황하는 사이에 사방에서 농민군이 쏟아져 나왔다. 완벽하게 매복에 걸린 것이었다. 이미 혼백이 하늘에 뜬 관군들은 변변히 싸울 엄두도 내지 못하고 도망치기에 바빴다. 거칠 것 없이 베고 찌르며 농민군은 그대로 황토재의 관군 본진으로 짓쳐 들어갔다. 병장기가 부딪치고 비명이 밤하늘을 찢었다. 화살과 총탄이 비 오듯 쏟아지는 처절한 전투가 밤새도록 이어졌다. 날이 밝기 전에 승패는 이미 판가름이 났다. 농민군의 대승이었다. 농민군은 지배자들의 수족 노릇을 하며 악행을 일삼던 보부상군들을 추적하여 닥치는 대로 베었다.

양력으로는 5월 중순이 다 되어가고 있었다. 모내기를 위해 논에는 물을 대어놓았고, 논 한편 못자리에는 어린 모가 자라고 있었다. 그런 논마다 관군과 농민군이 흘린 붉은 핏물이 넘실댔다. 밤새 난리를 피해 숨어 있던 촌로들이 밖으로 나와 함께 승리를 확인하고 안도했다. 관군이 이겼더라면 한바탕 피바람이 불 것이기에 잠 안 자고 농민군의 승리를 빌었던 이들이었다.

황토현전투에서 관군 1,000여 명이 목숨을 잃었다고 한다. 관군을 이끌던 영관 이경호(李景鎬)가 현장에서 사망했을 정도였다. 농민군은 전리품으로 대포와 소총 600자루 등 다수의 무기를 획득했다. 그보다 더 소중한 것은 국가를 상대로 이길 수 있다는 자신감을 얻은 사실이었다. 농민군이 승리했다는 소식은 급속히 퍼져 나가 관망하던 이들이 속속 농민군에 합류하는 계기가 되었으며 다른 지역의 기포에도 커다란 영향을 끼쳤다.

커다란 승리를 거두고 난 후라도 숨 돌릴 틈 없었다. 달구어졌을 때 쇠를 두드려야 하듯이 여세를 몰아 그대로 조선을 쓸어버려야 했다. 우선은 호남과 전라감영이 있는 전주였다.

파죽지세로 호남을 달리다

조선의 눈동자들은
황룡들에서 빛난다
(중략)
그 모든 낡아빠진 것들과
그 모든 썩어빠진 것들과
그 모든 억압과 죽음의 이름들을 불태우며
조선의 눈동자들은 이 땅
이 산 언덕에서 뜨겁게 빛난다

— 곽재구, 〈조선의 눈동자〉 중에서

황토현전투 소식은 조정과 관군들을 떨게 만들었다. 전투가 있던 그날, 서울을 떠나 군산항에 도착한 홍계훈이 이끄는 경군은 전주성으로 들어갔다. 농민군을 진압하기 위해 출동한 조선 최고의 정예군이었다. 그러나 황토현에서 관군이 대패하였다는 소식이 들려오자 도망자가 속출하니, 기록에 따르면 거의 절반이나 탈영하였다 한다.

반면 농민군의 사기는 절정에 달했다. 농민군들은 정읍천에서 피 묻은 병장기를 씻고 느긋하게 아침밥을 지어 먹었다. 그러고는 해질 무렵, 정읍 관아를 접수한 전봉준은 감옥을 부수어 죄수를 풀어주고 무기고를 헐어 각종 병장기를 접수하였다. 이미 야심한 시각이 되었지만 농민군은 그대로 발길을 재촉하여 야간행군을 했다.

황토현전투가 승리로 끝나자 농민군에 뛰어드는 사람들이 급속도로 늘어났다. 이기지 않으면 돌아오지 않으리라, 굳은 결심을 한 이들은 살던 집을 불태우고 오는 경우조차 있었다.

끝없이 이어진 깃발과 나팔 소리

그로부터 18일 동안 농민군은 그야말로 대나무를 쪼개듯이 호남 일대를 휩쓸었다. 농민군의 모습은 어떠했을까. 이미 민란 수준을 넘어선 규모도 규모려니와 잘 조직된 군사편제, 그리고 동학이라는 종교적 색채까지 더해져서 농민군이 행군하는 모습은 가히 장관이었다.

우선 한 장정이 열 살 남짓한 아이를 무동 태우고 맨 앞에 섰다. 아마 전설처럼 구전되는 '오세동이' 이야기는 이에 근거해서 부풀려진 것일 게다. 아이는 남색 기를 들고 군대를 지휘하고 진을 짜는 신호를 했는데, 이는 뒤에서 보기 쉽도록 무동을 태운 것일 테고 종교적인 믿음을 주기 위함이었을 것이다. 깃발을 든 아이 뒤로 농민군이 따르는데, 나팔과 피리를 부는 자가 앞에 서

고 다음에 '인의예지(仁義禮智)' 깃발을 든 이들이 섰으며 '안민창
덕(安民昌德), 보제중생(普濟衆生)'의 대형 기가 나부꼈으며, 또 그
뒤로 각각 읍명(邑名)이 쓰인 기가 따랐다. 그다음에는 말을 탄
자, 칼춤을 추는 자, 걷는 자와 나팔을 부는 자들이 이어졌다. 그
리고 고깔모자를 쓴 도인 복장의 사람이 우산을 들고 나귀를 타
고 가는데 그 주위를 여섯 명의 장정이 에워싸고 있었다.

두 줄로 늘어선 1만여 명은 총을 들었고 이들은 진을 펼치기
용이하도록 다섯 가지 색깔로 표시했다. 총을 든 이들 뒤로는 죽
창을 든 농민군이 행군하였다. 농민군의 행군은 대단한 위용을
갖추고 있어서 보는 사람들을 격동시키기 충분했고 농민군 스스
로 크게 사기를 드높일 수 있었다. 밥은 이르는 곳의 이서배(吏胥
輩)나 부호들에게 짓게 하여 해결하였고 잠은 민가의 이불을 빌
려다가 덮고 노숙을 하고 난 후 아침에 돌려주었다. 부대 전체에
는 금주령이 내려져 누구도 술을 입에 대지 않았다.

농민군은 이튿날 흥덕 관아에 무혈입성했고 역시 무기고를 부
수어 창검과 소총을 접수했다. 그리고 쉴 새도 없이 곧바로 고창
으로 진격해 들어갔다. 저녁 무렵에 고창을 점령한 농민군은 관
아를 부수고 토호들을 수색하여 징치했다. 백성들의 고혈을 짜던
토호들의 집이 불타며 고창읍의 밤하늘을 밝혔다. 120년 너머,
그렇게 호남에서는 혁명이 일어나고 있었다.

이어서 무장 관아를 접수했으며 고창에서와 같이 평판이 좋지
않은 이서배와 양반들의 집을 태우고 가산을 몰수하였다. 특히
무장에서는 10여 명의 아전과 군졸들이 농민군에 저항하다가 살

해되기도 했다. 다만 농민군이 관아만은 불태우지 않고 그대로 두었는데, 이는 무장이 농민군이 처음 일어난 성지였던 까닭이었다.

전봉준은 농민군을 둘로 나누어 4월 12일 이른 아침, 무장을 출발하여 영광으로 짓쳐 들어갔다. 11시쯤 영광에 도착한 농민군은 거침없이 성문을 열었고 이곳에서 마필과 식량을 징발하여 군량미와 무장을 강화했다. 그리고 다시 함평을 향해 출발했다. 함평에서는 수비대 150여 명이 농민군을 가로막아 잠시 교전이 있었으나, 그야말로 적수가 되지 않았다.

황룡강전투, 장태를 굴려라!

한편, 경군을 이끌고 전주성에 들어온 홍계훈은 많은 군사가 도망한지라 서울에 증원군을 요청하였다. 그리고 청나라 군사를 불러들이라는 건의도 했다. 조정에서는 강화도 수비병 400명을 파견하기로 결정했다. 더는 전주성에서 머뭇거릴 수 없게 된 홍계훈은 태인과 고창을 거쳐 나흘 만에 영광에 도착하였다.

전봉준은 농민군을 나주와 장성으로 나누어 진격시켰는데, 장성의 본진은 월선봉 아래 진을 쳤다. 4월 23일, 홍계훈의 선봉 이학승(李學承)이 이끄는 경군 300여 명과 향군 400명이 황룡강 건너 월평장터에 이르렀다. 이미 농민군이 쫙 깔려 있는 곳을 향해 관군은 기세 좋게 대포를 쏘아댔다. 마침 밥을 지어 먹던 농민군 수십 명이 순식간에 피를 흘리며 쓰러졌다. 그러나 혼란을 수습한 농민군은 월선봉에 올라서 학익진을 펼쳤다. 마치 학이 날개를 펴듯이 넓게 벌린 품 안으로 적군을 포위해 들어가는 형국이었다.

그리고 이곳에서 농민군 회심의 무기인 장태가 등장한다. 장태란 무엇이던가? 장태란 본래 대나무를 잘게 쪼개어 종횡으로 엮어서 부피가 큰 물건을 담을 수 있게 만든 도구였다. 흔히 닭둥우리로 쓰이기도 했다. 이 장태를 크게 개조하여 길이 6미터에 높이 2미터로 만들어 그 안에 짚을 채워 넣었다. 엄폐물 겸 돌격용 수제 전차인 전쟁용 장태가 등장한 것이다.

전봉준이 명령하기를 "등에는 청을(靑乙) 부적을 붙이고 앞 옷깃을 물고 엎드려 장태를 굴려라, 그러면 적의 포탄이 침범치 못할 것이다" 했으니, 이는 아무래도 적의 화력 앞에 겁을 먹기 마련인 농민군을 독려하기 위한 것이었다. 부적을 붙이면 총탄이 피해간다는 말은 전쟁 내내 농민군의 믿음이었지만, 거기에는 그렇게라도 믿음을 주어야 했던 안타까움도 서려 있다. 옷깃을 입에 물게 한 것은 허리를 펼 수 없는 자세에서 오직 앞으로만 달리게 하려는 전술이었다.

장태는 강력한 무기였다. 농민군 30여 명이 장태 뒤에 몸을 숨기고 돌진할 수 있었고, 그런 장태 10여 개가 사방에서 굴러오며 총을 쏘아대니 관군의 눈에는 거대한 괴물로나 비쳤을 것이다. 장태 하나를 만들려면 500개 정도의 대나무가 필요하고 시간 또한 상당히 걸렸을 것이다. 미리 만들어두고 대비하였음에 틀림없다. 무기의 열세를 강력한 엄폐물로 만회하려고 한 것이나 부적을 이용하여 자신감을 불어넣은 것 등은 농민군의 전술이 뛰어났음을 보여주는 대목이다.

농민군은 황룡강을 건너 세 군데에서 관군을 압박했다. 관군은 농민군과 장태의 기세에 눌려 도망치다가 수많은 자들이 황룡강에서 무주고혼이 되었다. 관군 300여 명이 죽었고 선봉장 이학승도 전사했다. 황룡강전투는 농민군이 전주성에 입성하기 전에 치른 가장 큰 전투였고 서울에서 온 경군을 상대로 한 첫 승리였다. 장태의 등장 역시 영웅담처럼 퍼져 나갔다. 또한 황룡강전투는 임금이 내려보낸 군대와 전투를 치렀다는 상징적인 의의가 있다. 지역에서 지역의 관군과 싸운 것은 학정에 못 이긴 민초들의 소요쯤으로 치부될 수도 있었다. 그러나 봉건적 근왕체제에서 임금이 보낸 군대와 싸우는 순간, 이들은 돌아갈 길 없는 반역집단으로 낙인이 찍히게 되는 것이다. 이제 농민군에게 다른 선택은 존재할 수 없었다.

농민군은 크루프 야포 1문과 회전식 기관총, 모제르식 소총과 많은 탄약을 전리품으로 챙긴 뒤 대장기를 앞세우고 월평장터로 돌아왔다. 호남을 휩쓴 농민군이 이제 전주로 향할 차례였다.

농민군, 전주성을 점령하다

미치고 싶었다.
4월이 오면
산천은 껍질을 찢고
속잎은 돋아나는데,
4월이 오면
내 가슴에도 속잎은 돋아나고 있는데

— 신동엽, 〈4월은 갈아엎는 달〉 중에서

전주는 호남의 최대 관문이면서 왕조가 일어난 발상지라 하여 조정에서 특별히 관리하는 곳이었다. 전주성 남쪽 문인 풍남문 옆 경기전(慶基殿)에는 태조 이성계의 어진(御眞)이 모셔져 있었다. 또한 전국 제일의 곡창인 호남 들녘을 관장하는 자리인지라 탐관오리들이 눈독을 들이는 곳이기도 했다.

황룡강전투에서 승리한 농민군은 곧바로 칼끝을 전주로 겨누었다. 4월 27일 새벽, 농민군은 전주성이 내려다보이는 용두치에 일자진을 치고 진격을 준비하였다. 이미 전날, 고종의 회유문을

들고 온 선전관 이효응(李效應)과 배은환(裵垠煥)의 목을 친 농민
군은 비장한 결의에 가득 차 있었다. 임금이 들려 보낸 표신과
통부를 시체 위에 내던진 그들에게 남은 것은 승리 아니면 죽음
뿐이었다.

밀고 밀리는 싸움

4월 26일 정읍과 태인을 거쳐 농민군은 다시 원평에 도착하였
다. 이곳은 전봉준과 김개남, 김덕명들의 앞마당이자 농민군의
근거지였다. 원평에서 농민군은 다시 고종이 하사한 내탕금 1만
냥을 관군에게 전하기 위해 왔다가 사로잡힌 선전관 이주호(李柱
鎬)를 장터에서 참수하였다. 전봉준의 평소 행적이나 군령으로
보아 이례적일 만큼 결연한 일이었다. 기록에 이르기를, 서울에
서 내려온 경군을 격파하고 나서 왕조를 가벼이 보았다고 하거
니와 과연 썩어 빠진 왕조를 상대로 선전포고를 한 농민군의 기
세는 매서웠다.

전주성 점령은 오히려 싱겁게 이루어졌다. 다음 날 전주에 모
습을 드러낸 농민군은 그 숫자가 3만여 명을 헤아렸다. 마침 장
날이었다. 농민군은 장꾼으로 위장하여 장터로 스며들었다. 평소
보다 훨씬 늘어난 장꾼들이 북적이던 오시 무렵, 커다란 포성이
용머리고개에서 연거푸 터지기 시작했다. 농민군이 쏜 대포였다.
포 소리에 놀란 장꾼들이 정신없이 서문과 남문으로 밀고 들어
갔고 농민군들 역시 그들과 함께 성안으로 들어가 총을 쏘아대

기 시작했다. 사방에서 농민군이 공격해오자 전주성을 지키던 군 졸들은 겨우 대포 한 발을 쏘고 나서 도망쳐버렸다. 전라감사 김 문헌조차 황급히 평민의 옷으로 갈아입고 제 목숨을 구걸해야 했다.

이렇게 삽시간에 전주성을 점령할 수 있던 것은 안에 있던 관속배들이 농민군에 호응했기 때문이라는 기록도 있으나, 자신들의 패배를 변명하려 지어낸 이야기일 수도 있다. 물론 말단 이서 배 중에는 동학군에 호응하는 자가 상당수 존재하기도 했다. 하여튼 전봉준은 말에 높이 앉아 전라감사의 집무실인 선화당에 올랐다. 마침내 전주성을 점령한 농민군의 감격이 하늘을 찌를 만도 한데, 농민군은 더욱 규율을 엄격히 하여 관군의 공격에 대비하였다. 농민군이 오히려 성을 차지하고 관군이 성을 공격하는 모양새가 된 것이다.

다음 날, 농민군의 꽁무니만 따라다니던 홍계훈은 전주성이 떨어지고 나서야 전주성 외곽 완산에 이르렀다. 전주성 함락은 그에게는 날벼락 같은 일이었다. 그는 2,000여 병사를 성 주위 산과 성문에 배치하여 농민군의 연락과 탈출을 막으려 했다. 농민군이 전열을 정비하고 곧바로 서울로 진격한다면 역사상 최초로 민중혁명이 성공할 판이었다. 어떡하든 농민군을 전주성에 가두어놓지 못하면 자기 목이 떨어지는 것은 불 보듯 뻔한 일이었다.

이로부터 수일간 성 밖으로 나온 농민군과 성을 에워싼 관군 사이에 밀고 밀리는 싸움이 벌어졌다. 농민군의 전술은 지형에 불리했다. 높은 곳을 차지한 관군을 향해 밀고 올라가는 싸움에서 장태는 큰 역할을 할 수 없었다. 농민군의 사상자가 더 많이 나오는 전투가 서너 차례 이어졌다.

화약을 맺다

홍계훈은 전봉준을 잡아 오는 자에게 큰 상을 내리겠다는 따위의 효유문을 성안으로 유포시켰고, 몇 차례의 전투에서 관군의 화력에 겁을 먹은 농민군 일부가 동요하기도 했다. 사실 두 세력 간의 전투력은 비교할 수조차 없는 지경이었다.

지리적으로 우세한 곳에 자리 잡은 관군은 수입한 최첨단 소총인 스나이더, 모제르, 마르티니 등으로 무장하고 있었다. 당시 세계 최고 성능을 자랑하던 이들 소총은 정확하게 조준 사격을 할 수 있었다. 그러나 농민군의 무기란 고작 화승총과 창칼이 다수였고 죽창도 없어서 몽둥이를 든 이들까지 있었다. 화승총은 한 발을 쏘고 나서 다음 발을 장전하려면 10분 가까이 걸렸고 그나마 비가 오거나 습한 날에는 무용지물이었다. 총을 든 이의 전투력이 딱히 죽창보다 높다고 볼 수 없을 정도였다.

완산에 진주한 관군 본영을 뚫기 위해 농민군들은 좌우는 볼 수 없고 앞뒤만 볼 수 있는 일자진을 치고 전진하는 고육지책의 전술을 폈다. 누가 총에 맞아 쓰러지는지 보지 않고 오직 앞만 보고 달려가게 한 것이었으니, 용맹은 하늘을 찌를지라도 몸을 꿰뚫는 총탄이야 어찌 당하랴. 궁을(弓乙)이라고 쓴 부적을 붙이면 총알이 피해간다는 믿음으로 앞서 달리던 소년장사 이복용(李

福用)과 지휘자 김순명(金順明)이 목숨을 잃었으나, 끝내 본진을 돌파할 수 없었다. 이 전투에서 농민군 500여 명이 사상하고 마침내 전주성으로 퇴각하지 않을 수 없었다. 전봉준 또한 다리에 총상을 입었다.

농민군의 사기는 땅에 떨어지고 말았다. 전주성 점령은 외려 전주성에 갇힌 결과가 되고 말았다. 이제 어떻게 할 것인가. 그토록 고대하던 호서 농민군의 호응은 없었다. 그들 또한 전투에서 패배하여 전주성으로 달려올 수가 없었던 것이다. 최시형의 북접은 이미 황룡강전투를 보고 남접을 과격한 세력으로 여겨 호응하지 않았다. 게다가 10여 일이 지나며 성안의 식량도 떨어져가고 있었다.

내부의 동요도 컸다. 몰래 빠져나오면 체포하지 않겠다는 관군의 선전에 수십 명씩 무리 지어 성에서 나가는 농민군이 속출했다. 심지어 전봉준을 잡아 관군에 투항하려는 움직임조차 있었다. 이 무렵 조정에서 요청한 청군이 곧 도착할 것이라는 첩보도 들어왔고 실제로 사실이었다. 전투에서 승리한 홍계훈은 느긋해져서 청군의 상륙을 미루어달라는 전보를 보내기도 했다. 농민군으로서는 실로 진퇴양난에 처한 것이었다.

지도부는 결단을 내렸다. 군대를 해산할 용의가 있으니 농민군이 요구하는 폐정개혁안을 임금에게 보내고 선처를 약속해달라는 요구를 하기로 했다. 농민군들이 내건 요구사항은 국가제도가 잘못되어 생긴 각종 비정(秕政)과 벼슬아치들의 부정과 수탈 등과 보부상의 폐단과 쌀의 유출을 금해달라는 것들이었다. 폐정개혁안은 27개 조항에 달했다.

새로 부임한 신임 감사 김학진(金鶴鎭)과 홍계훈은 전투에서 승기를 잡았다고 생각했지만 농민군과의 화약을 거부할 수도 없었다. 그들의 속내는 복잡하였다. 무엇보다 청나라와 일본이 연이어 국내에 상륙하였던 터라 빨리 농민군을 해산시켜야 할 필요성이 있었다. 자신들이 청한 원병이 자신들의 목을 겨누게 될 것이라는 것을 그제야 깨달은 것이었다. 다급한 조정에서는 농민군을 해산시키라고 연일 독촉이었다. 홍계훈은 이미 화약이 맺어져 농민군이 떠난 전주성에 마치 전투라도 치르는 것처럼 대열을 갖추어 입성하였다.

농민군과 조정이 비교적 쉽게 화약을 맺고 농민군이 전주성을 비워준 데는 양쪽의 그런 사정이 깔려 있었다. 차라리 전주성을 점령하지 않고 서울로 진격했더라면 더 좋았을 거라고 아쉬워하는 사람도 있다. 결과야 어찌 되었을지 몰라도 농민군은 전주성 점령이라는 역사의 한 장을 남겼다. 그것은 이후 벌어질 근현대사를 통틀어 가장 빛나는 순간이기도 했다.

집강소, 민주주의의 씨를 뿌리다

바람 거센 날 대숲에 들면
청천까지, 청천까지 찌르는 소리
홀로서는 힘들다고 잎새 잎끼리 만나고
흐트러져도 어렵다고 뿌리 뿌리끼리 만나고
급기야는 저 소리 한 함성 이뤄
일어서라 일어서라고 부르는 소리
일어서자 일어서자고 외치는 소리

— 고재종, 〈대숲이 부르는 소리〉 중에서

우리는 파리코뮌은 알면서 집강소(執綱所)는 잘 모른다. 파리시
민군과 베르사유군이 싸운 피의 일주일은 알아도 우금티전투는
오히려 생소하다. 사실 이 두 코뮌과 전투는 비교조차 되지 않는
다. 코뮌의 내용이나 전투의 규모, 처절함에 있어서 파리의 그것
은 갑오년 동학혁명에 훨씬 미치지 못한다.

그런데 파리코뮌은 민주주의 역사에서 오랜 주목과 평가를 받
고 있지만 아쉽게도 동학혁명은 그러지 못했다. 외세를 앞세운

봉건왕조의 탄압과 뒤이은 일제의 강점으로 나라를 잃었던 탓이지만, 그 이후로도 오랫동안 민주주의를 이루지 못한 우리 현대사에 그 이유가 있을 것이다. 하긴, '동학농민혁명 참여자 명예회복 특별법'이 통과된 것이 불과 10여 년 전인 2004년이었으니 말해 무엇하랴. 그때까지 농민군은 공식적으로 난을 일으킨 역적이었을 뿐이었다.

혁명을 이루기 위하여

전주화약을 맺은 뒤, 농민군은 흩어져 고향으로 돌아갔다. 돌아가는 농민군의 모습은 승리를 거둔 당당하고 신명이 넘치는 걸음이었다. 수십, 수백 명씩 무리를 이루어 칼춤을 추고 노래를 부르며 모내기가 급한 집으로 돌아갔다. 그리고 농민군의 자치, 즉 집강소 통치가 시작되었다.

집강소는 우리 역사상 최초로 인민이 국가권력의 지배에서 벗어나 자치와 자립의 민주주의를 실천했던 기구다. 집강소는 본래 동학혁명 이전부터 향리에 있던 민간의 자치기구였다. 이것이 농민군에 의해 본격적으로 수령의 권한을 대행하는 조직으로 코뮌화한 것이었다. 수많은 농민군이 흘린 피의 대가로 이루어낸 자치권력 공동체라고 할 수 있었다.

집강소는 12개조의 정강을 발표했는데, 이는 우리나라 민주주의의 시작이라고 할 수 있을 만큼 혁명적이었다. 이 정강을 듣는 순간은 봉건제도에 억눌려온 농민과 천민들에게는 하늘의 복음을 듣는 것과도 같은 충격이었으리라. 실로 정강을 읽고 기쁨에 날뛰며 눈물을 흘렸다고들 한다. 그것은 그 이후, 아직도 다 이루지 못한 '너무도 아득한 민주주의의 기억'이자 오래된 민주주의의 원형이 되었다.

인명을 함부로 죽인 자는 목 벤다. 탐관오리는 뿌리를 뽑는다. 횡포한 부호배(富豪輩)는 엄하게 징치한다. 유림과 양반배의 소굴을 토멸한다. 잔민(殘民) 등의 군안(軍案)을 불 지른다. 종 문서는 불 지른다. 백정의 머리에 패랭이를 벗기고 갓을 씌운다. 무명잡세 등은 모두 없앤다. 공사채(公私債)를 물론하고 과거의 것은 모두 따지지 않는다. 외적(外賊)과 연락하는 자는 목을 벤다. 토지는 똑같이 나누어 경작한다. 농군의 두레를 장려한다.

— 오지영,《동학사》중에서

이 정강을 읽으면 지금도 가슴이 뛴다. 죽음으로도 벗어날 길 없던 군역과 종 문서, 빚더미가 하루아침에 사라진다면 그것이야말로 후천개벽이 아니고 무언가. 게다가 백정의 머리에 갓을 씌운다는 것은 그대로 하늘과 땅이 뒤집히는 혁명, 한주먹으로 봉건체제를 무너뜨리고 민주주의를 하겠다는 선언이다. 토지를 똑같이 나누어 농사를 짓는다는 것은 말 그대로 민주주의의 백미가 아닐 수 없었다. 동학의 인내천(人乃天) 사상은 다름 아닌 민주주의 사상이었고 바야흐로 집강소가 설치, 운영됨으로써 동학은 혁명의 교두보이자 원천을 확보하게 되었다고 할 수 있다.

전라감영 관할 대부분의 군·현·면·리에 집강소가 세워졌고, 치안 관리, 탐관오리 징벌 등 실질적인 개혁을 집행하게 된다. 민초들이 직접 행정·경찰·군사력을 행사했으니 그 권한은 실로 막강했다. 농민군과의 화약과 집강소 정치에 큰 도움이 되었던 신임 전라감사 김학진은 자신의 집무실 선화당을 전봉준에게 내주고 자신은 징청각이라는 조그마한 방 한 칸을 차지했을 정도였다. 그러니까, 전라감영의 모든 권력은 전봉준에게서 나왔다.

이 시기에 전라도 농민군은 크게 세 개 지역으로 갈라져 있었는데, 전봉준은 수천 명의 동학교도를 거느리고 금구·원평을 중심으로 전라우도를, 김개남은 남원을 근거지로 하여 전라좌도를, 손화중은 광주 일대를 관할했다.

먹구름이 몰려오다

여기서 잠시 김개남이라는, 전봉준과 더불어 농민군의 지도자가 된 인물을 보고 가자. 본명이 김기범인 그는 새로운 세상을 열겠다는 뜻으로 '개남(開南)'으로 개명하였는데, 전쟁 기간 내내 가장 비타협적이고 폭력적인 모습을 보여주었다. 하여, 지금까지도 전봉준과 달리 역사적 평가에서 비켜나 있다. 기실 그가 관할했던 남원 일대에서 양반의 씨를 말리겠다며 성기를 잘라버리는 경우도 있었으니, 꽤나 과격했던 측면이 있다고 할 수 있다. 그러나 혁명 시기에 일어난 일을 평상시의 잣대로 평가할 수는 없다. 비타협 폭력 노선이 가장 올바를 때도 있으며, 그런 의미에서 아직도 어둠 속에 가려진 김개남에 대한 새로운 조명이 필요하다 할 것이다.

전주성이 점령되자 조선 조정은 청나라에 원병을 요청하는 서신을 보냈다. 한심하게도, 자기의 백성이 사납고 교활하여 다스리기 어렵다고 하소연을 하고 있는 글을 보면 부끄러움도 모르는 봉건지배자들의 맨 얼굴이 보인다. 청나라 군대 수천 명이 조선에 들어오자 기다렸다는 듯이 일본군도 4,000명이 인천과 부산을 통해 상륙했다. 그들의 목적은 조선에 친일·개화 정권을 세우는 것이었다.

일본군은 완전무장을 하고 연일 서울 곳곳을 휩쓸고 다니며 사람들을 위협하며 궁성 앞에서 훈련을 하였다. 경복궁은 일본군에 거의 포위된 거나 마찬가지였다. 마침내 양력 7월 23일 자정, 일본군은 경복궁의 모든 문을 부수고 물밀듯이 쏟아져 들어갔다. 일본군에 의한 쿠데타는 너무도 쉽게 성공하고 말았다. 국왕은 포로가 되었고 대원군은 아이러니하게도 일본을 등에 업고 집권에 성공했다. 그러나 그것은 잠시일 뿐인, 일본의 꼭두각시에 불과한 자리였다.

한편, 조선은 청나라와 일본의 전장으로 변했다. 승승장구한 일본은 9월 평양전투에서 승리함으로써 완벽하게 승리를 거머쥐었다. 수백 년 동안 조선을 속국처럼 지배하던 중국이 물러가고 그 자리를 일본이 대신하게 된 것이었다. 바야흐로 일본의 조선 점령이 시작된 것이나 다름없었다.

이제 어찌할거나. 일본의 침략을 두 눈을 뜨고 지켜볼 수는 없었다. 다시 일어나야 했다. 봉건왕조가 아닌, 일본제국주의와의 한판 싸움은 피할 수 없었다. 제2차 농민전쟁이 다가오고 있었다.

남·북접, 반침략의 깃발을 함께 들다

발목까지 온통 부둥켜안고
목발 절룩이며 휘청거리며
지친 동학군 쫓겨 가던 길
무리무리 의병들 숨어 넘던 길
그리워 그리워 노래 부르며
언젠가 오지게 오지게 터지고야 말
골짝물도 엎드려 포복하는 길

― 이은봉, 〈갑사 가는 길〉 중에서

정국은 바야흐로 요동치고 있었다. 그토록 막강해 보이던 청나
라가 너무도 손쉽게 일본에 무릎을 꿇자, 조야(朝野)는 퍼뜩 놀라
고 말았다. 조선이 일본의 사나운 군홧발 아래 놓이게 되었다는
사실이 자명해진 것이다. 대원군은 이미 힘 잃은 청국을 다시 끌
어들이고 농민군과 세를 합쳐 일본을 몰아내려 시도하지만 이미
돌이킬 수 없는 지경이었다. 조선 천지에 일본과 맞서 싸울 세력
은 오직 농민군뿐이었다.

강대한 외적이 침략했을 때는 언제나 그러했다. 몽골제국이 쳐들어왔을 때 강화도로 도망간 지배층을 대신해 싸운 것도 백성들이었으며 임진년 왜란 때 역시 존망의 기로에서 나라를 구한 것은 전국에서 떨쳐 일어난 의병이었다.

이제 또한번 외적에 맞선 힘겨운 싸움이 농민들 어깨에 걸렸다. 반외세와 반봉건이라는 이중의 무거운 과제 앞에는 죽음만이 놓여 있는 줄 알면서도 비켜 갈 수 없는 길이었다. 인간의 역사는 언제나 그렇게 죽음을 넘어서 이루어진다.

곡식이 익기를 기다렸다

전봉준은 훗날 취조를 받으며 곡식이 익기를 기다렸다가 9월에 봉기하였다고 진술했다. 물론 그도 한 이유였고 청일전쟁의 추이를 지켜보기도 했을 것이다. 그러나 수만, 수십만의 목숨이 걸려 있는 전쟁을 시작하려는데 한 인간으로서 어찌 고뇌가 없었을 것인가. 전봉준은 그 엄청난 역사의 중압을 뚫고 마침내 2차 농민전쟁을 선언했다.

"일본군을 몰아내고 친일개화 정권을 타도하기 위해 삼례로 모이라!"

전봉준은 각지로 통문을 돌렸다. 지금의 전북 완주군 삼례읍은 전라도와 충청도를 잇는 교통의 요충이었다. 사람들이 많이 오가는 곳이며 역말이 있어서 묵을 수 있는 장소가 많았다. 삼례에는 속속 농민군이 모여들어 숫자가 4,000여 명에 이르렀다.

삼례에 농민군의 주력부대인 김개남 부대가 오지 않았다는 역사적 사실은 훗날 많은 논쟁과 추측을 낳았는데, 이는 아직도 명쾌하게 밝혀지지 않았다. 전술·전략상의 이견이 있었던 것만은 분명해 보인다. 밀고 밀리는 싸움에서 김개남 부대의 부재는 특히 아쉬웠다. 또다른 주력부대인 손화중과 김경선 부대 역시 삼례에 오지 않았는데, 이는 일본군이 바닷길을 통해 나주 해안으로 공격해 올 거라는 정보에 따라 그쪽을 방비하기 위함이었다. 그러나 어쨌든 전봉준 휘하에 모인 4,000의 농민군은 세력이 약했다. 남접 전체의 3분지 1 정도 되는 세력으로 일본군과 맞서 싸울 수 있을 것인가. 사태는 비관적으로 보였다.

물론 삼례의 농민군이 고립무원은 아니었다. 1차 봉기 이후 전국 각지에서 끊임없이 농민군이 일어났다. 경상도에서는 화개, 하동, 진주, 남해, 성주 등지에서 동학농민군이 봉기했고, 강원도에서는 원주, 영월, 평창, 정선, 횡성, 강릉, 양양 등에서, 경기도에서도 안성, 양지, 이천, 지평 등 전역에서 잇달아 농민군이 봉기하였다. 평안도와 황해도에서도 대규모 봉기가 일어나 관아를 습격해 수령의 목을 베었다. 그야말로 조선 전역에서 들불처럼 봉기가 일어난 것이다. 그러나 탁월한 지도력이 부재한 곳에서 지속적인 승리가 이루어질 수는 없었다. 2차 봉기에서 승패를 가름할 결정적인 곳은 역시 전봉준이 집결을 호소한 삼례였고 관군과 일본군 또한 그들의 칼끝을 삼례로 겨누었다.

결정적인 원군은 그동안 소극적이다 못해 반봉기의 입장을 취하던 북접 지도부의 결정이었다. 최시형이 이끄는 북접 지도부는 집강소 기간 동안 계속 남접의 행동을 견제했다. 그들은 호남에 있던 북접 계통의 동학교도들에게 봉기에 참여하지 말라는 명령을 내렸으며 양반이나 관리를 능욕하는 일을 엄히 금지했다. 남·북접의 갈등은 점점 심화되어 전봉준은 최시형의 명령을 무시하고 직접 접주를 임명하기도 했다.

이러한 갈등관계를 해소시켜준 것은 아이러니하게도 관군이었다. 그들에게 남·북접의 차이는 아무것도 아니었다. 그저 모조리 토벌해야 할 대상이었을 뿐이었다. 이미 기독교와 천주교가 공인되어 자유롭게 포교를 하게 된 마당에도 동학은 여전히 사문난적의 역도들이었던 것이다.

침략군과 칼을 맞대다

"지금 관리의 침학(侵虐)이 심하여 우리 부모처자로 하여금 구렁에 떨어지게 하니 … 우리 무리가 포(包)를 일으켜 저 화를 제거하고자 하니, 선생은 허락하소서."(《천도교교회사 초고》)

관군들은 경기, 충청도의 동학교도들을 남김없이 토벌하고 남진하였다. 죄 없는 양민을 학살하고 민가에 불을 지르는 등 그 만행이 말할 수 없이 자심하였다. 이에 참지 못한 북접 교도들이 위와 같은 요구를 최시형에게 했던 것이었다. 최시형도 이 요구를 저버릴 수 없었다. 북접의 지도부와 달리 하부조직에서는 혁명적이고 투쟁적인 분위기가 끓고 있었고 지도부로서도 이 압력을 견뎌낼 수가 없었다.

또한 침략세력에 대해서는 북접 지도부 역시 인식을 같이하고 있었다. 보은집회에서 내걸었던 척왜·척양의 기치에 비추어 보아서도, 청일전쟁 후 일본의 실체를 명확하게 알게 된 지도부로서는 반침략 전쟁의 명분을 외면할 수 없었다. 동학뿐 아니라 유생들과 일부 관료층에서도 반외세·반침략의 분위기가 팽배해졌고 이는 민족적 위기의식과 맞물려 커다란 파도가 되었던 것이다.

마침내 최시형은 총동원령을 내렸다. 남·북접 연합전선이 형성된 것이다. 북접에서는 손병희(孫秉熙, 1861-1922)를 대통령으로 삼고 경기, 강원, 충청, 경상도까지 망라해 거병하였다. 전봉준은 9월 말 직속부대 4,000을 거느리고 삼례를 출발하였다. 여산, 은진을 거쳐 논산에 이르렀을 때 농민군은 1만여 명으로 불어나 있었다. 가는 곳마다 농민들이 속속 호응해왔던 것이다. 그대로 한양까지 쳐들어가 일본을 몰아내고 낡은 세상을 뒤엎겠다는 의지로 사기가 충천했다. 이윽고 손병희가 이끄는 북접 농민군 수만이 논산에 이르러 남접군과 만났다. 역사적인 순간이었다. 양쪽의 농민군은 얼싸안고 환호하며 눈물을 흘렸다. 이 광경을 오지영의《동학사》는 이렇게 적었다.

동학군의 대본영은 논산포에 있었으며 호남 전봉준과 호서 손병희 양 대장이 서로 손을 잡으니 한번 만남에 간담이 서로 맞고 지기가 부합되는지라. 드디어 형제의 의를 맺어 사생고락을 동맹하니 전봉준은 형이 되고 손병희는 아우가 되었다. 이달로부터 같은 밥상에서 밥을 먹고 같은 장막에서 잠을 자고 기타 모든 일은 동일한 보조를 취하여나가기로 했다.

두 사람은 약속한 대로 생사고락을 함께하지는 못했다. 동학혁명 후에도 손병희는 살아남아 동학의 명맥을 지키며 3·1운동에 주역으로 참여하였다. 하여튼, 남·북접이 손을 맞잡고 드디어 2차 농민전쟁의 깃발이 올랐다. 이른 추위가 다가오던 갑오년 가을, 들판을 피로 물들일 참혹한 전투가 다가오고 있었다.

통한의 우금티, 농민군의 패배

그날이었는지 몰라라
우리에게 넘을 수 없는 무엇이 생긴 것은
그날이었는지 몰라라
우리가 우리의 죽은 몸 위에 가시덤불로 피어
넘을 수 없는 무엇을 넘기 시작한 것은

― 김진경, 〈우금치의 노래〉 중에서

120여 년 전, 갑오년 초겨울의 그 며칠이 아니었으면 우금티는 누구도 기억하지 않는 공주의 낮은 언덕에 그쳤으리라. 지금은 고개 아래 터널이 뚫리고 고갯마루에는 그날의 전투를 기념하는 위령탑이 서 있다. 공주는 북으로 금강이 흐르고 나머지 삼면은 험준한 산과 고개로 막혀 굳이 성을 쌓지 않고도 길목만 방비하면 뚫기 어려운 곳이다. 이곳에서 동학혁명 전 기간에 걸쳐 가장 치열하고 처절한 전투가 벌어졌다. 수만 농민군의 시체가 들판을 뒤덮고 피가 흘러 개울을 이룬 곳, 그곳에 말없이 선 위령탑은 1년 내내 인적이 드물다. 어느 시인이 읊었듯이 우리의 할아버지

의 할아버지까지만 거슬러 올라가면 바로 그 갑오년이건만.

한양까지 쳐들어가기 위해 북상한 전봉준의 농민군은 공주에 이르렀을 때 그 수가 4만으로 불어나 있었다. 공주 유생 이유상 (李裕尙)은 동학농민군을 토벌하기 위해 집결해 있던 부여 건평 유회군(儒會軍) 200여 명을 이끌고 논산의 동학농민군 연합부대 에 합류하기도 하였다. 토벌군이 오히려 농민군의 편에 선 것은 2차 봉기가 외세를 겨냥하고 있었기에 가능한 일이었다. 일종의 반일 연합전선인 셈이었다.

죽창과 기관총의 싸움

동학농민군이 논산을 떠나 공주로 진격하던 시기, 충청감영에 는 이미 서울에서 내려온 경군과 일본군에 의해 방어선이 구축 되어 있었다. 일본은 제19대대에 동학농민군을 모두 살육하라는 훈령을 내렸으며, 서울에서 세 길로 나누어 압박하면서 동학농 민군을 남쪽 바다로 몰아 몰살하겠다는, 일명 '청야작전'이라는 구체적인 전술까지 마련하고 있었다. 그 결과 10월 26일부터 미 나미(南小四郎)가 이끄는 부대가 공주에 도착하고 있었다. 조선 관군이 대략 3,200명이었으며, 일본군은 2,000여 명의 병력이 배 치되어 있었다.

10월 25일, 농민군은 공주로 넘어오는 고개인 능치를 향해 밀 려왔다. 관군이 기록하기를,

"깃발이 무수히 꽂혀 있는 것이 수십 리에 걸쳐 있고 산에 올

라가 있는 자들은 서 있는 것이 병풍이 둘러쳐져 있는 것 같았다. 진루에는 불빛이 수십 리를 비쳤고 인산인해를 이루어 강가의 모래알과 같았다"고 했으니 농민군의 숫자가 어느 정도인지 짐작할 수 있다. 그러나 문제는 숫자가 아니라 화력이었다. 고작해야 화승총과 죽창을 든 농민군은 애초부터 일본군의 상대가 될 수 없었다. 잘 훈련된 일본군의 대포와 기관총 앞에서 농민군은 그야말로 추풍낙엽이었다. 게다가 이미 양력으로 12월에 접어든 날씨는 매섭게 추웠다. 짚신이나 헝겊으로 감은 발은 오랜 행군과 험한 산을 오르면서 모두 해어졌고 맨발인 이들이 태반이었다. 농민군은 능치를 중심으로 삼면을 포위하고 짓쳐 들어갔으나 선봉에서 공격하는 일본군과 좌우에서 협공하는 관군을 뚫을 수 없었다. 게다가 능치는 천연의 요새였다. 밀고 밀리는 싸움에 농민군의 시체는 쌓여만 갔다. 다음 날까지 패배를 거듭한 농민군은 논산으로 물러났다. 1차 공주 접전은 농민군의 패배로 막을 내렸고 전봉준은 흩어진 농민군을 모아 재기에 나섰다. 훗날 공초(供草)에서 전봉준은 "만여 명의 군사 중에 남은 자가 3,000명뿐이었다"고 진술하였다.

동학농민군은 논산에서 약 일주일 동안 전열을 재정비한 뒤 11월 8일 공주를 향해 최후 결전을 감행하였다. 이들은 우선 이인에 주둔하고 있던 관군 부대에 대한 공격을 개시하였다. 관군은 동학농민군의 파상적인 공격으로 퇴진하였으며, 승기를 잡은 동학농민군은 이인 인근 산으로 올라가 일제히 횃불을 들어 올렸다. 수많은 횃불로 인해 인근 산은 마치 화성(火城)과 같았다고 한다.

갑작스러운 동학농민군의 공격에 놀란 관군은 우금티, 웅티, 효포 봉수대로 이어지는 방어선을 구축하였으며, 모리오(森尾雅一)가 이끄는 일본군도 우금티에 배치되어 있었다. 이인전투의 승리로 자신감을 되찾은 농민군은 모든 병력을 모아 우금티로 진격하였다. 11월 9일 오전 10시경이었다.

처절한 패배

전봉준이 이끄는 주력부대는 일본군과 마주 보는 건너편 산 아래 진을 쳤다. 이날 정오가 되기 전에 일본군은 높은 지형 위에서 아래를 내려다보며 대포를 쏘아댔다. 사거리가 수백 미터나 되는 기관총도 불을 뿜었다. 농민군은 쓰러진 시체를 넘으며 수십 차례나 진격하다 밀리기를 반복했다. 전봉준은 붉은 덮개가 휘날리는 가마 위에서 온 힘을 다해 전투를 지휘했다. 그의 주위에는 독전대가 북과 꽹과리를 두드리고 날라리를 불었다. 대포 소리와 총소리가 뒤섞여 우금고개 일대는 아비규환으로 변해갔다. 간밤에 눈이 내려 농민군은 동상 걸린 발로 산을 오르다가 붉은 피를 뿌리며 쓰러져갔다.

일본군은 능선에 몸을 감추고 있다가 농민군이 다가오면 일제히 일어나 구령에 맞추어 사격을 가한 후 다시 몸을 감추었다. 일본군이 가진 개인 화기는 1초에 한 발씩 총알을 쏠 수 있는 무라타와 스나이더였다. 그들이 일제히 총을 쏠 때마다 농민군의 살이 튀고 전열은 흐트러졌다. 농민군에게는 능선에 숨은 일본군을 타격할 아무런 수단도 없었다. 전투가 아니라 일방적인 학살에 가까웠다. 그래도 농민군은 쉬지 않고 우금티를 넘기 위해 밀려오고 또 밀려왔다. 한때 농민군 200여 명이 우금티 정상 직전까지 올라갔으나 끝내 재를 넘지는 못했다. 일본군은 전봉준 부대를 향해 근접사격을 시작했고 그토록 용맹하게 싸우던 농민군도 마침내 무너져 내렸다. 일본군의 사거리를 벗어나지 않으면 전멸이었다. 한번 진용이 무너지자 걷잡을 수 없는 공포가 확산되었고, 농민군은 죽기 살기로 도망칠 수밖에 없었다. 죽음을 각오한 결사대 500여 명만이 전봉준을 호위하여 이인까지 후퇴하였다.

처절하고 뼈아픈 패배였다.

두 차례에 걸친 공주 전투는 동학농민혁명 전 기간에 걸쳐 규모면에서도 4만 명이 넘는 최대 규모였으며, 전봉준이 이끄는 주력부대와 교단의 북접 부대까지 가세한 연합부대가 모든 역량을 쏟아부은 전투였다. 우금티전투에서 패배함으로써 동학농민혁명은 결정적으로 막을 내린 것이나 마찬가지였다.

4일간의 처절했던 우금티전투에서 패배한 동학농민군은 이인, 경천을 거쳐 11월 12일 노성에 이르러 진영을 재정비하고자 하였다. 이곳에서 전봉준은 대일연합전선을 호소하는 고시문을 발표했으나, 이미 전세가 기울어진 상황에서 호응하는 세력들을 결집할 수 없었다. 결국 노성에서 논산 대촌으로, 이어 소토산에서

황화대까지 관군과 일본군의 토벌대에 밀려 후퇴하였다. 퇴각하는 동학농민군에 대한 관군과 일본군의 소탕은 학살 그 자체였다. 이때의 정황을 장위영 지휘관 이두황(李斗璜)은 "남은 도둑 1,000여 명이 여지없이 무너졌는데 새벽하늘에 별이 없어지는 것 같았고, 가을바람의 낙엽과 같았다. 길에 버려진 총과 창, 밭두덕에 버려진 시체가 눈에 걸리고 발에 차였다"고 기록하였다. 갑오년이 저물고 있었다.

끝없는 학살, 저무는 갑오년

나는 본다
들것에 실려 서울로 압송되어 가는 그의 얼굴에서
두 개의 눈을 본다
양반과 부호들에 대한 증오의 눈과
가난한 민중에 대한 사랑의 눈을

― 김남주, 〈녹두장군〉 중에서

혁명 기간을 통틀어 어느 정도 수의 농민들이 죽어갔는지는 여전히 정확히 알 수 없다. 당시의 기록도 20만에서 40만 명까지 기록하고 있다. 박은식은 《한국통사》(1915)에서 30만으로 추정하거니와 당시 조선 백성 전체가 채 1,000만이 되지 않은 점으로 볼 때, 그 숫자는 가히 상상을 초월한다. 특히 호남에서 죽어간 농민들의 수가 너무도 막대하여 혹자는 민족의 알갱이가 이때 모두 스러져갔다고 한탄하기도 한다. 이후의 의병과 독립운동으로 이어진 지난한 투쟁에서 남은 이들도 또한 피를 흘리고 쓰러졌으니, 우리의 근대사는 실로 참혹하였다.

274

우금티에서 농민군이 패퇴한 이후, 농민군에 대한 학살은 집요하고도 광범위하게 이루어졌다. 일본군과 관군, 민보군들은 믿기지 않을 정도로 잔인하고 조직적인 학살을 자행했다. 1차 봉기가 반봉건이었음을 분명히 기억하는 사족(士族)들은 수명이 다해가는 신분제도를 지키기 위해 기꺼이 왜군의 앞잡이가 되어 농민군을 수색하고 처단하였다. 조선 산천이 피로 물든 겨울이었다.

개남아, 김개남아

한편, 우금티에서 전봉준이 눈물을 머금고 후퇴할 때 또다른 주력부대인 김개남 부대는 어디에 있었을까. 10월 14일 남원을 출발한 8,000여 명의 김개남 부대는 파죽지세로 회덕과 유성을 휩쓸고, 11월 12일 청주 인근에 나타났다. 청주성은 대부분의 병력이 공주를 사수하기 위해 빠져나가고 일본군 중대 병력과 소수의 관군만이 지키고 있었다. 실제로 김개남이 한양으로 쳐들어가는 길을 청주 쪽으로 잡은 것은 전략적으로 큰 무리가 없는 진격로였다. 청주성 역시 일대 결전을 치러볼 만한 장소였기 때문이다. 하지만 이곳에서도 일본군의 화력이 문제였다. 매서운 기세로 돌진한 농민군이 청주성 코앞에 이르렀을 때, 일본군의 기관총이 불을 뿜었다. 남원의 농민군이 일찍이 접해보지 못한 무서운 사격이었다.

가장 전투적이라고 불리던 김개남 부대는 일본군에 대하여 충분히 알지 못했다. 이전 전투에서 승리했던 경험으로 일본군 또한 쉽게 무찌를 수 있으리라는 자신감에 차 있었으나, 막상 엄청난 일본군의 화력을 직접 대하자 쉽게 무너졌다. 기록에는 담배한 대를 다 피울 참이 못 되어 등을 돌리고 달아났다고 하나, 그것은 오만에 찬 승자의 기록일 것이다. 그렇더라도 별다른 왜군의 피해도 보고되지 않았으니 김개남 부대가 속절없이 패배한 것은 분명하다. 첫 전투에서 물러난 부대가 전열을 정비하고 다시 맞섰으나 그 역시 오래가지는 못하였다. 결국 청주에서 물러난 김개남 부대는 대오가 흩어져 다시 부대의 위용을 찾지 못했다. 전봉준이 우금티에서 패배한 이후에 후퇴하면서 지속적으로 군사를 모집하고 끈질기게 전투를 벌이며 대오를 유지한 것과는 다른 국면이었다.

혁명적 시기에 지도자의 안목은 늘 갈라지게 마련이다. 전봉준처럼 전체를 조망하면서 현실조건에 맞게 지도력을 발휘하는가 하면, 김개남처럼 혁명의 대의에 어긋남 없이 비타협적으로 싸우는 지도력도 있다. 어느 것이 옳았느냐는 역사의 굴곡마다 다른 평가가 나오게 마련이다. 다만, 김개남이 택한 청주 진격로를 전봉준이 수용하고 북접과의 긴밀한 협력하에 신속하게 치고 올라갔다면 어떻게 되었을까, 하는 부질없는 생각은 쉽게 떨칠 수가 없다.

이후 김개남은 남원으로 퇴각하였다가 태인으로 잠입하였다. 그곳에는 매부 서영기(徐永基)와 친한 친구 임병찬(林炳瓚, 1851-1916)이 있었다. 그러나 임병찬은 이미 김개남과는 다른 뜻을 품고 있었다. 친구를 유인한 그는 급히 관찰사에게 밀고하여 80여 명의 관군들이 은신처로 달려왔다. 이미 돌이킬 수 없는 사태가된 것을 깨달은 김개남은 태연하게 오라를 받았다. 관군은 김개남의 손톱 밑에 대못을 박고 서까래에 묶은 다음 짚둥우리를 얹은 소달구지에 실어 압송했다. 그 모습을 본 백성들이 한탄하여 노래했으니, "개남아 개남아 김개남아／수만 군사 어데 두고／짚둥우리가 웬 말이냐"고 불렀다 한다. 안타까움과 절망이 묻어나는 서러운 가락이었을 것이다.

김개남을 체포한 관찰사 이도재(李道宰)는 재판도 없이 전주감영에서 김개남을 즉결 처형하였다. 한양으로 압송하다가는 도중에 불상사가 일어날 우려가 있다는 이유였다. 이는 호남 일대에서 김개남이 가진 신망이 컸다는 것을 의미한다. 황현(黃玹)의 《매천야록(梅泉野錄)》에 따르면 김개남의 배를 갈라 동이에 내장을 받았고 원한이 깊은 양반들이 간을 씹었으며 고기를 나누어 제사상에 올렸다 하니 그가 양반들에게 얼마나 철천지원수였는지 알 수 있다. 그의 잘린 머리만 서울로 올라가 혁명동지 전봉준, 손화중의 머리와 함께 저자에 걸리게 된다.

훗날의 일화이지만 김개남을 밀고한 임병찬은 나중에 의병장이 되어 일제와 싸우다 순국하였다. 김개남이 타파하고자 했던 왕조와 봉건제를 지키려던 그도 나라가 외세에 짓밟히자 분연히 일어나 싸웠고 목숨을 바쳤다. 조금 더 각성하여 동학군이 될 수도 있었건만, 시대와 자신의 계급적 한계를 넘어설 수 있는 인물은 아니었다.

마지막 혈전

농민군의 또다른 지도자 손화중과 김경선(金京善)은 나주에서 일본군에 패하고 장흥의 농민군과 합류하였다. 농민군은 12월 4일 벽사를 점령하고 장흥부로 진격하였고 총공격을 감행하여 이튿날 마침내 성을 함락하였다. 이어서 강진을 점령하며 기세를 올렸으나 뒤이은 일본군과 관군의 공격으로 퇴각하였다. 전열을 재정비한 농민군은 12월 15일, 수만 명의 병력으로 장흥 석대 들판을 가득 메우며 장흥부로 진격해 갔다. 실로 장엄하면서도 피눈물 나는 장면이 아닐 수 없었다. 우금티에서도, 청주성에서도, 이곳 석대들에서도 흰옷 입은 농민군의 가슴에 일본군의 크루프 기관총과 무라타 소총에서 발사된 총알이 날아와 박히기 시작했다. 기관총 하나면 1,000명의 농민군을 대적할 수 있었다. 아니, 수천의 농민군이 그 무서운 기관총을 보지도 못하고 낙엽처럼 스러져갔다.

전투가 아닌 학살이었다. 화승총과 죽창, 심지어 몽둥이를 든 농민군 3만 명이 석대 들녘에 붉은 피를 쏟으며 쓰러졌다. 겨우 살아남은 농민군이 강진과 해남으로 도망쳤지만 해남 앞바다에 대기하고 있던 일본군은 그들을 쫓아 잔인한 학살극을 되풀이했다. 그야말로 처절한 갑오년 최후의 혈전이었다. 갑오년이 완전히 저물어가던 12월 20일에서 그믐날에 이르기까지 관군과 일본군은 남도 일대를 집집마다 수색하여 날마다 수십, 수백 명씩 학살하였다. 처형 방식도 끔찍하기 그지없어, 화형과 생매장, 사지

를 찢어 죽이거나 산 채로 내장을 꺼내 죽이기 등 실로 상상을
초월하였다. 이는 나중에 일제가 감행한 숱한 집단 학살이나, 한
국전쟁 전후의 양민 학살의 원형이라 할 만했다.

갑오년이 갔다. 우리 역사상 가장 위대했고 가장 잔인한 해였
다. 그렇다면, 그냥 맥없는 한 해가 지듯이 시나브로 스러져갈
갑오년일 수 없었다. 잠시 사그라지더라도 다시 살아오는 갑오년
일 수밖에 없었고 실제로 그러하였다.

농민혁명은 끝나지 않았다

때를 만나서는 천지가 모두 힘을 합치더니
운이 다하매 영웅도 스스로 도모할 길이 없구나
백성을 사랑하고 의를 세움에 나 또한 잘못이 없건마는
나라를 위한 붉은 마음을 그 누가 알까

— 전봉준, 절명시(絶命詩)

일제의 조선을 집어삼키려는 계략에 가장 큰 걸림돌이 되는
세력은 동학농민군이었다. 하여 그들은 농민군을 남도 끝까지 추
격하여 궤멸시키려고 했다. 이미 청일전쟁에서 승리하여 천하에
두려울 게 없는 일본 군대였다. 이미 패퇴의 길로 들어선 농민군
은 처절한 저항 끝에 대부분 살해되었고 반봉건·반외세를 실현
하여 근대적 자주국가를 세우고자 했던 염원은 좌절되고 말았다.
당시 가장 중요한 계급이었던 농민들이 스스로 근대를 지향했던
혁명은 우리 민족사 제일의 사건이라고 할 만했다. 부질없는 가
정이지만, 외세의 개입만 없었던들 이미 쓰러져가는 봉건지배체
제를 끝장내고 집강소와 같은 코뮌이 조선 전체에서 이루어질

수도 있었다.

하지만 농민혁명은 역사 속 사건으로 끝나지 않았다. 혁명 이후 우리 역사는 갑오농민혁명에 모든 뿌리가 닿아 있다. 그것은 오늘날까지 이어진다.

녹두꽃이 떨어지면

전주감영에서 김개남의 목이 떨어질 때 전봉준도 피체의 운명을 벗어나지 못한다. 전봉준이 이끄는 부대는 퇴각하면서 전투를 이어가다가 태인에서 치른 마지막 전투를 끝으로 해산되고 말았다. 전봉준은 며칠 후 순창 피노리에 나타났다. 12월 2일이었다. 그가 토포군의 눈을 피해 피노리를 찾은 이유는 김개남을 만나 재기를 도모하고자 했다는 게 정설이다. 그러나 김개남은 이미 전날 붙잡히고 만 상태였다. 세 사람의 동지만 대동한 채 전봉준은 고부 출신인 김경천(金敬天)에게 찾아갔다. 그는 전봉준이 고부접주를 할 때 집사 업무를 맡아보던 자였다. 절체절명의 시기에 그를 찾아갔다는 것은 그만큼 믿음이 있는 사이였다는 뜻이나, 김경천은 이미 예전의 그가 아니었다.

전봉준 일행을 반기는 척 주막집으로 안내한 김경천은 그 길로 전주 퇴교(退校) 한신현(韓信賢)에게 밀고하였다. 한신현 역시 옛 제자였으니, 그들의 눈을 멀게 한 것은 다름 아닌 돈, 현상금과 벼슬이었다. 밀고를 접한 한신현이 마을의 장정들을 모아 주막을 포위하였고 낌새를 챈 전봉준이 뒷문을 박차고 나가 담을

순창에서 체포되어 서울로 압송되는 녹두장군

넘고자 하였으나 누군가 휘두른 몽둥이가 정강이를 꺾었다. 천하의 항우도 댕댕이 넝쿨에 넘어진다 했던가, 일세의 영웅도 무지한 산골고라리가 휘두른 눈먼 몽둥이에 스러지고 말았다. 이미 쓰러진 몸 위로 무수한 몽둥이찜질이 가해지고, 전봉준은 순창 관아로 인계되었다.

우리에게 남아 있는 게 있으니, 왜 순사와 조선 군인이 호송하는 그 유명한 사진 한 점과 〈전봉준 공초(供草)〉이다. 녹두장군이라는 별칭과 어울리게 작은 몸집에 형형한 눈빛, 누군가 성난 눈으로 돌아보다, 라고 이름 붙였던 사진 속 전봉준은 한편으로, 위대하도록 외로워 보인다. 그 한 장의 사진으로 전봉준은 불멸하는 혁명가의 모습으로 우리에게 남아 있다. 공초 중 두어 줄을 인용한다.

너는 피해가 없으면서 어찌 난을 일으켰는가?

일신의 피해를 면하려고 난을 일으키는 것이 어찌 사내의 일이라 하겠는가? 백성들의 원성이 드높아 학정을 없애고자 일어난 것이다.

전녹두라는 이름은 누구인가?

세상사람들이 나를 가리키는 이름이지 내가 지은 것은 아니다.

그랬다. 흰옷 입은 조선의 백성들은 그를 대장으로 삼았으나, 흔하고 작은 녹두라 불렀으니 스스럼없는 민중의 지도자, 누구나 가까이 갈 수 있는 애정의 대상이었던 것이다.

재판은 일사천리로 진행되었다. 오히려 일본 측에 전봉준을 살려두려는 움직임이 있었으나, 조선 조정은 어서 빨리 전봉준을 없애고자 했다. 따져보면 전봉준도 마찬가지였다. 이미 적의 손에 잡힌 장수로서 그에게 재판은 무의미했다.

너는 나의 적이요, 나는 너의 적이라. 내 너희를 쳐서 없애고 나라를 바로잡으려다 도리어 너희 손에 잡히었으니 너희는 나를 죽일 뿐 다른 말은 묻지 말아라. 내 적의 손에 죽을지언정 적의 법을 받지는 않겠다.

비가 내리던 3월 29일, 전봉준은 교수대로 끌려가며 소리쳤다.
"나를 죽일진대 종로 네거리에서 목을 베어 오고 가는 사람들에게 피를 뿌려라!"

다시 갑오년에

그렇게 전봉준과 손화중, 최경선, 김덕명 등이 한날에 가고, 조선은 몇 고비의 우여곡절 끝에 일제에 먹힌 바가 되고 말았다. 민족의 고갱이들이 몰살하다시피 한 갑오년 이후에도 외세에 대한 저항은 그칠 줄 몰랐으니 의병전쟁과 독립투쟁이 갑오년에 한 뿌리가 있음은 분명하다. 일제하 형평사운동, 적색농조운동들이 농민혁명의 후예들인 것이다. 조선공산당운동의 핵심인 박헌영이 동학혁명에 깊이 천착했음은 잘 알려진 사실이다. 혁명 당시 북접의 영수였던 손병희는 3·1운동의 거두였으며 독립운동가 김구 역시 동학혁명 때 김창수라는 소년접주였다.

동학농민혁명은 봉건체제를 대신해 자주적 정권을 세우는 데까지 나아가지는 못했지만 구체제를 붕괴시키는 결정적인 구실을 했다. 수천 년을 이어온 신분제도를 철폐함으로써 인간평등의 새 세상을 여는 데 결정적인 역할을 했으며 집강소를 통해 민주주의의 씨를 뿌렸다. 또한 외세의 침략에 맞서 나라를 지키려는 대투쟁을 전개함으로써 민족자존을 오롯이 세운 역사적인 혁명이었다. 이로써 근대의 과제인 반봉건과 반외세가 민족사에 확연하게 밑받침하게 되었다. 독립투쟁이나 민주화운동, 광주항쟁까지 갑오농민전쟁으로부터 이어진 역사라고 주장할 수 있는 근거가 거기에 있다.

또 한편으로는 본고에서는 짧은 지면상 소홀하게 다루었지만 최시형에서 이어지는 북접의 역할 또한 우리 현대사에 면면하다.

3년여 후 원주에서 체포되어 사형당한 최시형의 도(道)는 장일순(張壹淳, 1928-1994) 등에게 이어져 이후 생명운동, 한살림운동 등의 사상적 뿌리가 되어 오늘에 이른다. 거친 생각이지만, 오늘의 농민운동이 지난한 세월을 걸어오며 모색했던 길이 전봉준과 김개남, 최시형의 길이 아니었던가 하는 생각도 든다. 그만큼 농민운동은 갑오농민혁명과 뗄 수 없는 관련을 가진다.

지금, 다시 갑오년에 그날의 함성을 떠올린다. 소위 개방농정이라는 미명하에 우루과이라운드에서 WTO, 수많은 FTA 체결등으로 우리 농업의 목은 서서히 졸리어 이제 단말마의 고비에이르렀다. 그야말로 절체절명의 때인 것이다. 어떻게 해야 할 것인가. 그날, 학정과 외세의 침탈에 맞서 일어났던 우리의 할아버지의 할아버지들이 오늘을 다시 산다면 또다시 일어서지 않겠는가. 두 갑자가 지나 다시 맞은 갑오년은 대전환을 해야 하는 해이다. 돈에 눈먼 자본과 권력이 생목숨을 수장시키는 대학살을우리는 똑똑히 보지 않았던가. 크게, 아주 크게 바꾸어야 한다는것, 그게 동학농민혁명이 우리에게 주는 오늘의 외침일 것이다.

저자

최용탁(崔容鐸)

1965년 충북 충주 출생. 작가. 농부. 2006년 소설 〈단풍 열 꽃〉으로 전
태일문학상을 수상하며 등단.
소설집 《미궁의 눈》, 《사라진 노래》, 장편소설 《즐거운 읍내》, 산문집
《사시사철》 등이 있다.

아들아, 넌 어떻게 살래?

초판 제1쇄 발행 2016년 3월 31일
제2쇄 발행 2016년 12월 31일

저자 최용탁
발행처 녹색평론사

주소 서울시 종로구 돈화문로 94 동원빌딩 501호
전화 02-738-0663, 0666
팩스 02-737-6168
웹사이트 www.greenreview.co.kr
이메일 editor@greenreview.co.kr
출판등록 1991년 9월 17일 제6-36호

ISBN 978-89-90274-83-0 03810

책값은 뒤표지에 있습니다.